HENDRIK BERG

Sturmnacht

GOLDMANN

Hendrik Berg

Sturmnacht

Ein Nordsee-Krimi

GOLDMANN

MIX
Papier | Fördert gute Waldnutzung
FSC® C014496
FSC www.fsc.org

Penguin Random House Verlagsgruppe FSC® N001967

1. Auflage
Originalausgabe März 2024

Vermittelt durch die Literarische Agentur Kossack.
Umschlaggestaltung: UNO Werbeagentur, München
Umschlagmotive: © FinePic®, München;
alamy stock foto / Anders Tukler
Redaktion: Heiko Arntz
KS · Herstellung: ik
Satz: GGP Media GmbH, Pößneck
Druck und Bindung: GGP Media GmbH, Pößneck
Printed in Germany
ISBN: 978-3-442-49523-8

www.goldmann-verlag.de

»Das Herz des Menschen ist sehr ähnlich wie das Meer. Es hat seine Stürme, es hat seine Gezeiten, und in seinen Tiefen hat es auch Perlen.«

Vincent van Gogh

1

1825, Ärmelkanal, vor der Küste von Dover

Das Meer hatte ihn auf jede nur erdenkliche Weise gerettet. Es wurde ihm zur Heimat, als er seine verloren hatte. Es zeigte ihm unendliche Horizonte, als ihn alle Wege in dunkle Abgründe führten. Es gab ihm Leben, als er nicht mehr leben wollte. Und es gab ihm den Glauben zurück, als er nichts mehr hatte, woran es sich zu glauben lohnte.

Auch an diesem Morgen stand er vorne am Bug und blickte hinaus aufs Meer. Er spürte die vom Salzwasser glatt gespülten Planken unter seinen nackten Füßen, hörte über sich das laute Knattern der Segel im frischen Westwind. Das gleichmäßige Auf und Ab der Wellen war zum Rhythmus seines Lebens geworden, seit er vor zehn Jahren einsam und verzweifelt auf einem alten Frachtkahn angeheuert hatte. Inzwischen war er auf unzähligen Schiffen gesegelt, hatte das kristallblaue Wasser der Ägäis gesehen und auf der Fahrt von Porto und Lissabon ins Mittelmeer viele Male die Straße von Gibraltar passiert. Er war auf einem arabischen Segelschiff mehrfach die Route Alexandria – Konstantinopel gefahren, hatte wochenlang mit quälendem Fieber auf einer Galeasse vor Triest gelegen, hatte vor Korsika gegen Piraten gekämpft und unter der sengenden Sonne der Balearen Schmugglern geholfen.

Er hatte ein abwechslungsreiches Leben geführt, viele Menschen getroffen und Freunde gefunden. Aber nichts, nicht einmal die warmen Wasser des Mittelmeeres hatten die schmerzlichen Erinnerungen vertreiben können, die sein Herz seit den Ereignissen von damals quälten.

Heute sah er zum ersten Mal die grauschwarze Nordsee. Als sie die weißen Felsen von Dover passierten, glaubte er, in der Ferne an Steuerbord den hohen Kirchturm von Calais im trüben Morgennebel zu erblicken.

Noch nie war er so weit nach Norden gesegelt.

Er atmete tief durch, versuchte, den Geschmack des ihm unbekannten Meeres in sich aufzunehmen. Lauschte dem Rauschen der dunklen Wellen, die auf das Schiff zuliefen. Er spürte die unergründliche Tiefe, die raue Schönheit und glaubte, den gurgelnden Ruf uralter Legenden und Abenteuer zu hören.

»Hola, Gabriel«, begrüßte ihn Eduardo, der Steuermann der *Ariadna*. Wie der Frachtsegler kam er aus Spanien, aus La Coruña an der galizischen Atlantikküste. Er stellte sich neben seinen Kameraden und stützte seine kräftigen, nackten Arme auf die Reling.

Eduardo war fast einen Kopf größer als er. Stolz lächelnd blickte er aufs Meer hinaus. Dass ihm die eiskalte Gischt ins Gesicht spritzte, störte ihn nicht.

»Warst du schon mal im Norden?«, fragte Gabriel nach einer Weile.

Eduardo strich sich durch die vom Salzwasser verklebten Haare und nickte. »Ein paar Mal«, antwortete er, den Mund voller Kautabak.

»Wie ist es dir ergangen?«

»Es ist eine fremde, raue Welt. Das Wetter ist grauenvoll. Oben im Skagerrak sind wir einmal in einen Orkan geraten. Sechs tapfere Seeleute sind innerhalb von zwei Tagen über Bord gegangen.«

»Wie schrecklich.«

Eduardo nickte. »Die Nordsee mag im Vergleich ein kleines Meer sein. Aber seine Stürme sind umso fürchterlicher.«

»Und die Menschen?«, fragte er.

»Alles Wilde.« Eduardo spuckte den Tabak ins Meer. »Es stimmt, dass es dort viele gute Seefahrer gibt. Ich kenne einige Kapitäne, die auf den friesischen Inseln geboren sind. Aber der Rest? Nur dumme Bauern. Und viele Strandräuber und Piraten, die es kaum erwarten können, dir ein Messer in den Rücken zu rammen.«

Gabriel sah seinen Freund an. »Vielleicht ist es das Beste, wir kehren um.«

Eduardo grinste. »Aber die Frauen. Die werden dir gefallen. Stolze, blonde Kriegerinnen. Nicht leicht zu erobern, aber wenn du eine zähmen kannst, wirst du nie wieder eine andere Frau ansehen wollen. Und das Beste: Sie sind ganz verrückt nach Spaniern wie uns.«

»Ich komme aus Portugal«, sagte Gabriel.

»Claro! Aber Spanier oder Portugiesen, das ist denen egal, Hauptsache du hast schwarze Locken.«

Gabriel blickte schweigend hinaus auf das dunkle, unergründliche Meer.

Eduardo seufzte und legte ihm mitfühlend den Arm auf die Schulter. »Gabriel, du musst Sara endlich vergessen. Sieh nach vorne. Du kannst nicht dein ganzes Leben in der Vergangenheit leben.«

»Mach dir keine Gedanken darüber, was ich kann und was nicht.«

»Ich bin dein Freund, vielleicht dein einziger. Also hör mir gut zu. Lass dich einfach überraschen, frag nicht, wohin der Wind dich trägt. Sondern such dir einen Ort, an dem du sein willst. Es wird Zeit, dass du endlich wieder irgendwo ankommst.«

Gabriel dachte einen Moment nach. Dann schüttelte er den Kopf und deutete weit hinaus auf das offene Meer. »Mach dir keine Sorgen. Ich bin schon da, wo ich sein will.«

2

Gegenwart, Norderney

Dunkle Wolken waren am späten Nachmittag aufgezogen, hatten sich langsam, aber unaufhaltsam vor die Sonne geschoben und den bis dahin makellos blauen Himmel verfinstert. Sie hingen so tief über der Insel, dass Kinder sich auf der Promenade reckten und nach oben zeigten, in dem Glauben, sie mit ihren kleinen Fingern erreichen zu können.

Alex, Gino und Jan war das Wetter egal. Die drei Freunde aus Dortmund hatten sich an diesem Tag für ihre Verhältnisse ziemlich lange an die frische Luft getraut. In dicke Jacken gehüllt, waren sie durch die Dünen gewandert und hatten sich dann auf eine Decke gehockt, die bleichen Füße in den Sand gesteckt und dabei ihre Handys gecheckt.

Jetzt war Abend, und es sah aus, als würde es bald regnen. Also rafften sie sich auf und trotteten zurück zu ihrem Ferienhaus. Sie hatten es über einen Kollegen von Alex' Vater gemietet, ein komplettes Haus für nur dreihundert Euro die Woche. Das war fast nichts, noch dazu in der Hochsaison.

Gut, groß war es nicht, lag dafür aber am ruhigen

Ortsrand von Norderney und bot einen herrlichen Blick auf den Strand und die Nordsee.

Doch das Meerpanorama interessierte die drei Freunde weniger. Wichtiger war ihnen der 70-Zoll-Fernseher im Wohnzimmer.

Heute wollten sie es sich gemütlich machen. Das Essen war bestellt, und im Kühlschrank stand genug Bier für einen langen Filmabend mit der neuesten *Star-Wars*-Serie.

»Wo bleibt denn die verdammte Pizza?«, schimpfte Gino, der es sich bereits auf dem Sofa bequem gemacht hatte und gelangweilt in der dünnen Inselzeitung blätterte. »Langsam kriege ich Kohldampf.«

»Hey, wir sind hier nicht in Dortmund«, brummte Jan, der im Flur vorm Spiegel stand und einen Pickel ausdrückte, den er nach ihrem Ausflug zu den Dünen auf der Nase entdeckt hatte. »Die brauchen hier alle ein bisschen länger. Das sind Ostfriesen, Mann.«

Alex hockte auf einem kleinen Schemel direkt vor dem Fernseher. »Hoffentlich klappt das mit dem Streaming, Leute.« Er stöhnte.

Gino richtete sich alarmiert auf. »Mach keinen Scheiß.«

»Das WLAN hier ist die Hölle. Ich krieg einfach keine Verbindung.«

Jan trat hinzu und schnappte sich die Fernbedienung aus Alex' Hand. Mit geübten Fingern tippte er einen Moment auf den kleinen Tasten herum.

»Alter, du bist im falschen Netz. So wird das nie was.« Mit breitem Grinsen korrigierte Jan den Fehler, warf die Bedienung neben Gino auf das Sofa und setzte sich.

»Hol mal Chips«, forderte er Alex auf, »dann fangen wir schon mal mit der ersten Folge an.«

Alex stand ächzend auf und ging über den Flur hinüber in die Küche.

»Und bring ein paar Kaltschalen mit«, rief Gino ihm hinterher und meinte damit frisches Bier.

Alex öffnete den Hängeschrank und holte erst einmal die Kartoffelchips heraus. Er schloss den Schrank wieder und stand eine Weile gedankenverloren vor dem Küchenfenster, das auf den Garten hinausging. Sie waren echt Glückspilze, sogar eine Terrasse mit einem Weber-Grill hatten sie. Morgen mussten sie unbedingt ein paar Bratwürste kaufen. Vielleicht gab es in dem kleinen Supermarkt an dem Ende der Strandpromenade ja sogar Steaks.

Alex betastete seine Wangen. Sein Gesicht glühte. Das lag nicht nur an der Sonne, die er heute abbekommen hatte, sondern auch an der frischen Seeluft. Als Großstadtjunge aus dem Pott war er so intensiven Kontakt mit der Natur einfach nicht gewohnt.

Er betrachtete sein Spiegelbild in der Fensterscheibe und fand, dass er eigentlich ganz okay aussah. Schade nur, dass sein Bart nicht richtig wachsen wollte. Er war jetzt fast zweiundzwanzig und hatte die Haut eines Babys. Gino dagegen sah mit seinem Vollbart aus wie ein Grizzly. Alex strich sich gedankenverloren über den dünnen Flaum am Kinn und blickte dabei hinaus in den Sommerabend. Nur zwei Mädchen waren unterwegs, spazierten lachend auf dem Weg hinter dem Garten entlang. Vielleicht sollte er sie fragen, ob sie Lust auf ein paar Bier, Pizza und eine gute Serie hatten. So nett es hier war, mit ein paar Mädels wäre es gleich viel cooler.

Alex überlegte einen Moment, reckte den Hals, um den Mädchen nachzuschauen, aber die waren schon hinter der nächsten Ecke verschwunden. Egal, Frauen konnten mit *Star Wars* sowieso nichts anfangen. Naturgesetz.

Er schaute in den Himmel. Komisch, diese dunklen Wolken. Irgendwie unheimlich. Die Luft, die von außen durch das nur angelehnte Fenster ins Haus strömte, roch nach geschliffenem Metall. Alex kannte den Geruch. Er wohnte in Dortmund direkt neben einer Schlosserei.

Ein leises Knistern riss ihn aus seinen Gedanken. Oder waren es Schritte? Bei dem Rhododendron am Straßenrand? Und war da nicht ein Schatten hinters Haus gehuscht?

Alex rieb sich mit dem Handrücken über die Augen und blinzelte hinaus in den Garten. Hatte er sich getäuscht oder war da wirklich jemand? Ein Hund vielleicht? Oder ein paar von diesen frechen Inselkindern? Die liefen mit ihrem fetten Bluetooth-Lautsprecher am Garten vorbei, auf dem nur ihr dämlicher Idiotenrap lief, und schmissen aus Langeweile Steine in den Garten.

Verächtlich schüttelte er den Kopf. Provinzler. Außer ihrer kleinen Insel kannten sie nichts von der Welt.

»He, Mann, bist du eingeschlafen? Wo bleibt das Bier?«, rief Gino aus dem Wohnzimmer.

»Ja, ja, geht gleich los«, rief Alex zurück.

»Hoffentlich. Sonst fangen wir ohne dich an.«

Er ging gerade zum Kühlschrank, als es an der Tür klingelte. »Endlich, die Pizzas«, rief Gino.

»Ich geh schon«, hörte er Jans Stimme.

Alex lächelte. Jetzt konnte die Party losgehen. Vergiss die Mädels! Er versuchte, zwei Sixpacks mit Jever und die Chipstüte gleichzeitig zu tragen. Doch das Sixpack, das er sich unter den Arm geklemmt hatte, begann sofort, gefährlich zu rutschen. Er beschloss daher, alles noch mal abzustellen – als er ein dumpfes Ploppen aus dem Wohnzimmer hörte. Dann ein Geräusch, als würde etwas Schweres zu Boden gehen.

Verwirrt blickte Alex in den Flur. Doch durch die angelehnte Tür konnte er nichts erkennen.

»Alles in Ordnung bei euch?«, rief er.

Keine Antwort. Doch dann hörte er Gino: »He, was soll das? Wer sind …«

Wieder das dumpfe Ploppen.

Dann Stille.

Was zum Teufel war da los? Jemand war im Haus. Jemand, der absolut nicht hierhergehörte.

Alex schnappte sich eine Bierflasche, ein Reflex, keine bewusste Entscheidung. Er umklammerte sie mit der Hand, wie eine Keule.

»Gino? Jan? Alles in Ordnung?«

Keine Antwort. Vorsichtig trat er in den Flur. Sein Herz schlug ihm bis zum Hals hinauf.

Sein erster Blick ging in den kleinen Raum vor der Haustür. Sie war geschlossen. Davor lag ein Körper mit seltsam verdrehten Gliedern.

Jan.

Das Gesicht war von ihm abgewandt. Der Kopf lag in einer größer werdenden Blutlache.

Alex schwankte benommen. Für einen Moment wurde ihm schwarz vor Augen.

Was passierte hier?

War das ein Traum?

Jetzt sah er Gino. Er lag mit dem Rücken auf dem Sofa, die Augen weit aufgerissen. Und mit einem dunklen Fleck mitten auf der Stirn, aus dem ein feiner Blutfaden seitlich auf das Kissen lief.

Die Flasche glitt Alex aus der Hand, fiel mit einem dumpfen Schlag auf den Teppich und rollte unter das Sofa.

In diesem Moment löste sich ein Schatten aus der Zimmerecke.

Ein Mann, dessen Gesicht Alex im Halbdunkel nicht erkennen konnte. Aber er war groß, trug dunkle Kleidung.

Alex rührte sich nicht von der Stelle. Wie hypnotisiert starrte er auf die Waffe, die der Fremde in der Hand hielt. Erkannte den schweren und im schwachen Licht matt glänzenden Schalldämpfer.

Sah das rote Licht der Zielvorrichtung, einen dünnen Strahl, der sich jetzt auf seine schmerzhaft pochende Stirn richtete.

»Warum so überrascht?«, hörte Alex eine sanfte, ja mitfühlende Stimme.

Dann erklang wieder das leise dumpfe Knallen. Es war das Letzte, was Alex wahrnahm, als es ihn nach hinten warf in ein unendliches schwarzes Nichts.

3

Krumme saß auf einer Bank auf dem Bahnsteig 1 des Husumer Bahnhofs. Er reckte den Hals und hatte trotzdem Mühe, das Polizeipräsidium zu finden, das sich schräg gegenüber an der Poggenburgstraße befand.

Kein schöner Anblick. Ein schmuckloser Siebzigerjahrebau mit einer stillgelegten Tankstelle und einem sandigen Parkplatz als Nachbarn. Wenn er genau schaute, konnte er sogar in sein Büro im dritten Stock sehen, wo Pat allein an ihrem gemeinsamen Schreibtisch saß. Das Fenster war einen Spalt geöffnet, trotz des Lärms der immer wieder vorbeifahrenden Güterzüge. Anders war die Hitze in dem kleinen Raum nicht zu ertragen.

Dennoch wäre er an diesem Morgen lieber bei seiner jungen Kollegin gewesen, als sich hier auf dem Bahnsteig dieser schwierigen Situation zu stellen.

»So'n Schiet«, schimpfte Marianne. »Schon wieder eine halbe Stunde Verspätung. Warum kann die Bahn nicht einmal pünktlich kommen?«

Krumme nickte und sah zu seiner Freundin, die neben ihm auf der Bank saß und kopfschüttelnd auf ihre Uhr schaute.

»Ja, blöd«, stimmte er ihr zu.

Für einen Moment trafen sich ihre Blicke. Marianne versuchte es mit einem traurigen Lächeln. Krumme wandte sich verlegen ab und sah wieder zum Präsidium.

»Du musst hier nicht mit mir und Sonny herumsitzen«, sagte Marianne. Sie tätschelte freundlich den Kopf des großen Hundes, der zu ihren Füßen auf dem Boden lag. »Geh doch zu Pat, wenn du so dringend arbeiten musst.«

»Schon gut. Ich lasse euch hier nicht allein«, brummte Krumme und wies mit dem Kopf zu ein paar halbstarken Fußballfans, die einige Meter entfernt mit Bierflaschen in der Hand herumstanden.

»Mach dir keine Sorgen. Sind doch nur Jungs, die ein bisschen Spaß haben wollen.«

»Was die so Spaß nennen.«

»Ach Theo.« Sie seufzte. »Warum musst du immer gleich vom Schlimmsten ausgehen?«

»Ich weiß, du willst das nicht hören. Aber das gehört nun mal zu meinem Job.«

»Wirklich?«

»Ein guter Kommissar muss immer auf das Schlimmste gefasst sein.«

»Lernt man das auf der Polizeischule?« Sie lächelte.

»Nein. Das sagt mir meine über dreißigjährige Erfahrung.«

»Aber so gefährlich wie du denkst, ist die Welt gar nicht.« Als Krumme schwieg und auf seine Hände starrte, fuhr Marianne fort: »Ich weiß, Berlin war schlimm. Aber jetzt bist du schon so lange in Nordfriesland. Es wird Zeit, dass du endlich hier im Norden ankommst.«

»Du redest immer so, als wäre ich ein gemütskranker Idiot.«

»Du bist kein Idiot. Und gemütskrank auch nicht. Aber leider bist du ein Berliner Sturkopf.«

»Darf ich den Hund mal streicheln?«

Ein kleines Mädchen hatte ihre Mutter zu ihrer Bank gezogen und schaute sie jetzt mit großen Augen an.

Marianne lächelte. »Natürlich.«

»Sicher?«, erkundigte sich die Mutter, die im Gegensatz zu ihrer kleinen Tochter Angst vor dem Hund zu haben schien. »Er ist so groß. Ein Happs und …« Sie ließ die Finger der einen Hand nach dem Gelenk der anderen schnappen, um zu zeigen, was sie meinte.

Marianne schüttelte den Kopf. »Keine Sorge, Sonny tut keiner Fliege was.«

Sonny hatte sofort den Kopf gehoben und sah das Mädchen mit seinen großen braunen Augen freundlich an. Nach kurzem Zögern strich die Kleine ihm vorsichtig über den breiten Rücken und strahlte glücklich, als er den Kopf wohlig hechelnd zur Seite drehte.

»Was für eine Rasse ist das?«, fragte die immer noch besorgte Mutter.

»Da kommt einiges zusammen«, verriet Marianne. »Sein Vater war eine Mischung aus Bernhardiner und Leonberger, seine Mutter eine Hütehündin auf einem Schafhof auf Eiderstedt.«

Mit kreischenden Bremsen fuhr der RB 64 nach

St. Peter-Ording in den Bahnhof ein. Mutter und Tochter verabschiedeten sich und stiegen ein, genau wie die Gruppe Halbstarker. Kurz darauf waren Krumme und Marianne fast allein auf dem Bahnsteig.

Immerhin – eine Ansage verriet, dass der Zug nach Kiel in fünf Minuten endlich kommen würde.

Marianne deutete auf Sonny, der seinen mächtigen Kopf mittlerweile auf Krummes Knie abgelegt hatte.

»Der Kleine wird dich vermissen.«

Krumme tätschelte Sonnys Kopf. »Ist ja nur für ein paar Tage.«

Sie griff nach seiner Hand. »Ich werde dich auch vermissen.«

»Ach ja? Gestern klang es so, als wärst du ganz froh, wenn wir uns ein paar Tage aus dem Weg gehen.«

»Von wegen. Ich hätte mich sehr gefreut, wenn du mit nach Rendsburg gekommen wärst.« Sie seufzte. »Aber du willst ja nicht.«

»Ich habe eben viel zu tun.«

»Vor einer Woche hast du was ganz anderes gesagt.«

»Ach ja?«

»Du hast mir erzählst, dass du langsam dick und rund wirst, weil ihr ständig während der Dienstzeit Eis essen geht, du und Pat.«

Krumme strich sich verlegen durch das spärliche Haar. »Mittlerweile sind eben neue Fälle reingekommen.«

Marianne blickte ihm tief in die Augen. »Komm schon, Theo, du hast es doch längst zugegeben. Du hast keine Lust auf meine Schwester und ihren Mann.«

»Jetzt bin ich wieder schuld, oder wie?«

»Manchmal bist du wie ein kleines Kind.«

»Stimmt gar nicht.«

»O doch. Sobald man dich ein bisschen kritisiert, bist du sofort sauer.«

Er schwieg, schaute wieder auf seine Hände. Eine innere Stimme forderte ihn auf, kein Narr zu sein und sich mit Marianne zu versöhnen, wo er sie doch eine Weile nicht sehen würde. Und wo sie an diesem Morgen doch so hinreißend aussah in ihrer hellen Bluse, der hellblauen Jeans und dem offenen, blonden Haar.

Aber eine andere Stimme sagte energisch: Nein! Nach dem Streit am Abend zuvor wollte er es seiner Freundin auf keinen Fall zu leicht machen.

»Du hast mich mehr als nur ein bisschen kritisiert«, murmelte er, den Blick auf den Boden gerichtet.

»Ich habe dir gesagt, dass du manchmal ein ziemlicher Arsch sein kannst.«

»Siehst du? Schon wieder. Und dann beschwerst du dich, dass ich sauer bin.«

Marianne musterte ihn mit jetzt ernster Miene.

»Aber was du gesagt hast, war nicht gemein?«

Er schwieg, atmete tief durch und schaute Richtung Hafen, wo jeden Moment der Zug auftauchen würde.

»Gleich sind wir weg. Willst du uns nicht zum Schluss noch mal anschauen?«

Krumme drehte den Kopf, presste aber die Lippen zusammen und wollte immer noch nichts sagen.

Marianne seufzte. »Du hast recht. Vielleicht ist es wirklich besser, wenn wir uns eine Weile nicht sehen.«

»Wenn du das sagst«, erwiderte er. Und schämte sich sofort dafür. Was stimmte mit ihm nicht, dass in diesem Moment nur dumme Sachen aus seinem Mund kamen? Sie hatte ja recht, er benahm sich wie ein kleines Kind. Trotz dieser Erkenntnis starrte er wieder nur stumm auf seine Hände.

Auch Marianne beschloss, nichts mehr zu sagen.

Endlich fuhr der Regionalzug nach Kiel in den Bahnhof ein.

Marianne stand auf und schnappte sich ihren Rollkoffer und den Hund und ging zum Zug. Krumme trottete schweigend hinterher. Er wollte sich noch von Sonny verabschieden. Doch der Hund war von der Situation völlig überfordert. Wieso blieb Krumme zurück, während Marianne ihn mit sanftem Druck in den Wagen zog? Aufgeregt wollte er wieder auf den Bahnsteig springen, aber Marianne hielt ihn an der kurzen Leine fest.

»Ganz ruhig, mein Junge«, rief Krumme, dem plötzlich flau im Magen wurde. »Pass gut auf sie auf und mach dir eine schöne Zeit in Rendsburg. Ist ja nur eine Woche. Dann bist du wieder zurück, und wir beiden Nordmänner machen wieder schöne Spaziergänge am Deich.«

Er blickte zu Marianne, schenkte ihr zum Schluss nun doch ein stilles Lächeln.

»Zurückbleiben, bitte« hallte es über den Bahnsteig. Marianne schob Sonny weiter in den Wagen hinein. Sie hatte extra einen Sitz bei den Fahrrädern reserviert, damit der Hund genug Platz hatte.

»Tut mir leid, aber für einen Nordmann gehört mehr dazu, als nur am Deich spazieren zu gehen.«

Damit schloss sich die Tür, und der Zug fuhr ab.

Die Scheibe spiegelte stark, Krumme konnte Marianne und Sonny nur schemenhaft erkennen.

Ein paar Augenblicke später und der Zug war verschwunden. Krumme stand allein auf dem leeren Bahnsteig, hörte nur das spöttische Kreischen einer Möwe über sich. Nachdenklich blickte er nach oben in den wolkenlosen Himmel, blinzelte in die Sonne, zog ein Taschentuch aus der Hose und wischte sich den Schweiß von der hohen Stirn.

Noch nie hatte er sich so verlassen gefühlt.

Und noch nie so dämlich.

4

Amrum

Der Nachmittag war ganz nach ihrem Geschmack gewesen. Die meiste Zeit hatte sie am Strand zugebracht. Ab und zu war sie ins Wasser gegangen, aber ansonsten hatte sie faul in der Sonne gelegen. Jetzt saß Camilla auf ihrem Handtuch, die Zehen im warmen Sand vergraben und ließ ihren Blick über das Treiben am endlosen Strand schweifen. Stolze Väter, die ihre Babys wie Trophäen herumtrugen. Kinder, die mit ihren Schaufeln Kanäle zu ihren großen Burgen bauten. Knutschende Paare, die sich in Strandmuscheln vor dem heftigen Wind schützten, nur ihre sich aneinanderreibenden Füße waren hinter den Planen zu sehen. Ältere Herren, die durch die Brandung wateten und dabei stolz ihre gebräunten Bierbäuche präsentierten. Damen im besten Seniorenalter, die kleine Hundepinscher über den Sand trugen. Hübsche Teenagerinnen, die kichernd zusahen, wie sich ihre Jungs beim Beachvolleyball schwitzend zum Affen machten.

Eines der Mädchen bemerkte, wie Camilla, die allein war, einen Blick auf ihre Freunde warf. Sie tippte einer ihrer Freundinnen auf die Schulter und machte sie auf ihre potenzielle Konkurrentin aufmerksam. Gemeinsam beschlossen sie, sich so vor sie zu schieben, dass ihr die Sicht auf das Spielfeld versperrt war.

Kinder, dachte Camilla und schüttelte verächtlich den Kopf. Als ob sie sich für die pickeligen Halbstarken interessierte. Längst hatte sie hinter ihrer dunklen Oversize-Sonnenbrille ein anderes Ziel ausgemacht.

Die Kitesurfer, die vor dem strahlend blauen Himmel über die in der Sonne glitzernden Wellen jagten.

Einer hatte es Camilla besonders angetan. Schwarze gelockte Haare, in denen das Salzwasser blitzte. Scharf geschnittene Gesichtszüge, Lederarmband und Halskette. Ein muskulöser Body, den nicht das Training in irgendeinem Studio geformt hatte, sondern der Sport hier am breiten Amrumer Strand.

Natürlich war es kein Zufall, dass er sein Board und seinen Lenkdrachen nur ein paar Meter entfernt von ihr im Sand abgelegt hatte. Sie spürte seine Blicke auf ihrem gebräunten Körper in ihrem neuen roten Bikini, ließ sich aber hinter ihrer übergroßen Sonnenbrille nichts anmerken. Im Gegenteil, sie tat, als wäre sie genervt, dass er ihre Aussicht auf das Meer versperrte.

Doch dann stieg er auf sein Board, und sie hatte nur noch Augen für ihn und seine Show auf den rauschenden Wellen. Sie beobachtete, wie er über die spritzenden Wellenkämme glitt, und hielt staunend die Luft an, als sein Segel ihn viele Meter hoch in den Himmel hob.

Schließlich kehrte er zum Strand zurück, schritt lächelnd wie ein siegreicher Gladiator durch den Sand, wohl wissend, dass diverse Strandschönheiten seinen nassen, glänzenden Körper genau taxierten.

Bestimmt hatte er schon einigen von ihnen das Herz gebrochen. Aber Camilla wusste, dass er heute nur Augen für sie hatte.

»Hat's dir gefallen?«, fragte er, als er sich nicht weit von ihr in den Sand warf.

Sie nickte. »Sehr beeindruckend.«

Er zog eine Wasserflasche aus seiner Sporttasche und trank einen großen Schluck. Dann wischte er sich mit einem Handtuch über die breite Brust. Er blickte wieder zum Meer.

»Guter Wind heute. Aber letzte Woche bei den Masters auf Sylt war er noch besser.«

»Und wie ist es gelaufen?«

»Was?«

Der Hellste war er nicht. Aber dafür sah er aus der Nähe noch besser aus als in der Ferne auf seinem Board. »Na, die Masters.«

Er stöhnte. »Geht so. Vierter. Hatte mir eigentlich mehr erhofft.«

Er blinzelte mit seinen meerblauen Augen in die Sonne und wandte sich dann wieder ihr zu. »Ich heiße Marco. Und du?«

»Maria«, log sie.

»Schöner Name«, sagte er und grinste. »Surfst du auch?«

Camilla schüttelte den Kopf. »Kein bisschen.«

»Ach nein? Ich dachte nur, bei dem Body machst du doch bestimmt irgendeinen Sport?«

»Ich … tanze.«

Er schaute auf. »Ach ja? Was denn?«

»Hip-Hop. Und Jazz.«

»Cool.«

Eine Weile schwiegen sie und beobachteten das Treiben auf dem Strand.

»Wohnst du hier in Norddorf?«, fragte er schließlich.

Vorsicht, dachte sie. »Nein, in … Wittdün«, log sie wieder.

Er strahlte. »Was? Wie geil, ich auch.«

»Tatsächlich?«

»Auf dem Campingplatz. Im Surferlager. Mit ein paar Kumpels. Und du?«

Sie zögerte. »Nein, ich wohne in einer Ferienwohnung. Mit Freunden.«

»Aber jetzt bist du allein hier?«

»Wieso fragst du?«

Grinsend hielt er ihrem Blick stand. »Na ja, ich möchte nur wissen, wie viele Männer ich ausstechen muss, wenn ich dich frage, ob du Lust auf einen Drink im Strunluuker hast.«

Sie lächelte. »Strunluuker?«

»Sag bloß, du kennst das nicht?«

Sie schüttelte den Kopf.

»Bist noch nicht lange auf der Insel, was?«

Sie überlegte einen Moment, bevor sie antwortete. »Erst eine Woche.«

»Das sollte eigentlich reichen, um die Gastroszene zu kennen. So groß ist die Insel ja nicht.«

»Hatte bisher noch nicht die Gelegenheit.«

»Interesse an einem Guide?«

»Einem Guide?«

»Jemandem, der dich an die Hand nimmt und dir alles zeigt.«

»Kommst du immer so schnell zur Sache?«

Er grinste und strich sich lässig durch die schwarzen Locken. »Ist das Adrenalin. Vom Surfen.«

»Und was, wenn ich schon verabredet bin?«

»Bist du?«

»Ich hatte nicht vor, heute Abend allein zu essen«, sagte sie ausweichend.

»Dann heißt das also ja?«

Sie schaute ihn an, überlegte. War das eine gute Idee? Oder konnte das gefährlich werden? Sollte sie nicht so unsichtbar wie möglich bleiben?

Blödsinn!, rief eine Stimme in ihrem Kopf. Was soll schon passieren? Das ist Amrum, eine friedliche Familieninsel! Und überhaupt: Du hast jedes Recht der Welt, dich auch ein bisschen zu amüsieren! Und dieser Bursche sieht aus wie jemand, mit dem du sehr viel Spaß haben kannst.

»Ins Strunluuker also?«, sagte sie endlich.

Ihr neuer Bekannter strahlte über das ganze Gesicht. »Du wirst es nicht bereuen.«

»Aber viel Zeit habe ich nicht.«

»Dann lass uns so schnell wie möglich losgehen.«

Damit sprang er auf die Beine. Völlig überraschend griff er nach ihrer Hand und küsste sie. Dabei schenkte er ihr einen tiefen Blick in die Augen und lächelte. »Ich pack nur schnell meine Sachen zusammen. Dann muss ich kurz was erledigen und bin sofort wieder bei dir. In Ordnung?«

»Einverstanden.« Camilla nickte und beobachtete hinter ihrer großen Sonnenbrille, wie ihr neuer Freund mit seinen braun gebrannten Beinen zu seinem Segel ging und begann, es zusammenzulegen.

»Bin gleich wieder da«, sagte er, als er damit fertig war und mit federnden Schritten davonlief.

Camilla lächelte, sah ihm nach, wie er Richtung Toilette verschwand.

Ihr Blick ging erneut hinaus aufs Meer, jetzt mit ernster Miene.

Schließlich seufzte sie leise, stand auf. Sie stopfte ihr Handtuch, ihr Handy und den Rest ihrer Sachen in die Badetasche und stapfte dann davon. Nicht zum Weg nach Norddorf, sondern nach Süden, am Strand entlang zu den Dünen.

Schon nach wenigen Minuten war sie in der Ferne zwischen den anderen Badegästen nicht mehr zu sehen.

5

Tomme mochte es nicht, auf einem verschlossenen Klo zu sitzen. Er war zwar erst sieben, aber er konnte sich noch gut an die Nacht vor einem Jahr erinnern, als es so gestürmt hatte. Er hatte allein auf der Toilette zu Hause in Wittdün gesessen und den Riegel nicht mehr aufbekommen. Seine Mutter hatte geschäftlich zu tun gehabt, und auch seine beiden Schwestern hatten sich an dem Abend bei Freundinnen herumgetrieben. Tomme hatte die halbe Nacht allein in dem winzigen Raum ausharren müssen, niemand hatte sein Rufen und Weinen gehört.

Seitdem durfte die Klotür bei Tomme nie abgeschlossen werden. Weder zu Hause noch wenn er, wie jetzt, in einem öffentlichen WC am Amrumer Strand saß.

Eigentlich hätte er ja lieber draußen in der Brandung gespielt. Aber diese Bauchschmerzen …

Lag es an der Extraportion Pommes, die ihm seine große Schwester Annalena spendiert hatte? Oder an dem Schokoladenkuchen, den er gestern bei der Geburtstagsfeier seines Freundes Jan gefuttert hatte? Schon in der Nacht hatte Tomme das Gefühl gehabt, als sei sein Bauch voller Steine.

Schließlich war Tomme zu der Strandtoilette geflüchtet, hockte jetzt aber bereits eine Viertelstunde auf dem Klo, ohne dass sich etwas tat.

Eigentlich saß er gerne lange auf der Toilette. Wenn zu Hause seine Schwestern zankten, oder – viel schlimmer – seine Mama und sein Papa miteinander stritten, flüchtete er immer auf das Klo. Da hatte er seine Ruhe und bekam nichts von dem Geschrei und den schlimmen Worten mit. Das war hier am Strand aber zum Glück kein Problem.

Im Gegenteil. Hier war alles schön ruhig. Nur das leise Rauschen der Brandung war zu hören, das entfernte Plappern der Badegäste am Strand und die gedämpften Schritte einiger Besucher, die draußen durch den Sand stapften. Dazu die gelegentlichen Schreie der Möwen, die am Himmel ihre Kreise zogen.

Trotz seiner Bauchschmerzen überlegte Tomme, was es heute wohl zum Abendessen geben würde. Wahrscheinlich Pizza aus der Tiefkühltruhe. Seine Mutter musste wieder arbeiten, kam erst spät nach Hause und konnte dann nicht mehr kochen. Er stöhnte leise. Eigentlich mochte er Pizza, aber gerade fühlte er sich so vollgestopft, dass ihm allein beim Gedanken an Pizza ganz schlecht wurde.

In diesem Moment hörte er, wie sich Schritte näherten. Jemand trat ins Bad. Türklappern, dann Tapsen auf dem feuchten Toilettenboden.

Tomme hielt die Luft an.

Ob er gleich Besuch in seiner Kabine bekam?

Nein, stattdessen hörte er einen Reißverschluss, einen

erleichterten Seufzer und dann, wie der Typ in das Pinkelbecken pullerte.

Tomme seufzte. Wenn es bei ihm doch nur auch so einfach wäre. Langsam hatte er keine Lust mehr, hier herumzusitzen. Er überlegte, abzubrechen und wieder zurück zu Annalena und Sinja zu gehen. Sie hatten zusammen mit ihren Freundinnen aus Norddorf gequatscht. Bestimmt hatten sie noch nicht mal gemerkt, dass er abgehauen war.

Sollte er aufstehen? In dem Moment hörte er wieder das Klappern der Toilettentür. Noch jemand kam herein. Wie der andere schien er zu den Pinkelbecken zu gehen.

Tomme atmete auf, hoffte, weiter seine Ruhe zu haben.

Plötzlich ein überraschter Ruf.

»He, du Arsch! Was soll das?«

»Finger weg von dem Mädchen!«, fauchte der andere.

»Was …? Spinnst du?«

»Lass sie in Ruhe! Letzte Warnung!«

»Hau ab! Das geht dich einen Scheiß an, was ich mache oder nicht!«

»Finger weg von ihr, habe ich gesagt!«

Tomme hörte ein spöttisches Lachen.

»He, du kleiner Psycho! Willst du mir etwa drohen? Du kannst mich mal am …«

Auf einmal ein Stöhnen, ein Stoßen, das Quietschen von Füßen auf den glatten Fliesen.

Was passierte da? Dann begriff Tomme: Die beiden kloppten sich!

Er packte seine halb heruntergelassene kurze Hose, beugte sich vor, drückte vorsichtig die Tür einen Spalt auf, um zu sehen, was draußen passierte.

Zwei Jungs, ein bisschen älter als Annalena, rauften heftig miteinander. Der eine hatte den anderen gepackt, hielt seinem Gegner von hinten mit einer Hand den Mund zu. Der trug nur eine Badehose und war völlig überrascht. Tomme blickte erschrocken in seine entsetzten Augen.

Plötzlich ein Blitzen in der kalten Neonbeleuchtung der Toilette. Tomme erkannte, dass der eine Junge ein Messer in der Hand hielt!

Auch der Junge mit der Badehose sah die funkelnde Klinge. Er stöhnte auf, zuckte, wollte sich befreien, kämpfte um sein Leben.

Doch der hinter ihm stehende Junge hatte kein Mitleid, drückte seine Hand so fest auf den Mund des anderen, dass nur ein leises Ächzen zu hören war.

Dann zog er dem Badehosenjungen das Messer über den Hals. Tomme blickte mit weit aufgerissenen Augen auf die Wunde, aus der sofort Blut spritzte, auf den Boden und auf die Hände des Jungen mit dem Messer. Mit zufriedenem Grinsen beobachtete der, wie sein Opfer sich verzweifelt in seinen Armen krümmte und dann schnell schwächer wurde.

Mit einem letzten Gurgeln ging der Junge in der Badehose in die Knie, rutschte auf den Boden, blieb dort zuckend in seinem eigenen Blut liegen.

Der Kampf hatte nur ein paar Sekunden gedauert, doch nun schien es, als würde die Zeit stillstehen.

Tomme schnappte nach Luft, kein Laut kam über seine Lippen. Stattdessen konnte er den Blick nicht von dem Toten lassen, sah, wie die rote Pfütze immer größer wurde und wie das Blut langsam in den Abfluss floss.

Und hörte auf einmal ein leises Klackern, als die Hose ihm aus den Händen glitt und auf den Fliesenboden rutschte!

Der Mörder drehte sich mit einem Ruck herum.

Tomme reagierte instinktiv. Blitzschnell lehnte er sich nach hinten, zurück in die Kabine und hob die Füße vom Boden. Hielt sich die Hand vor den Mund, wollte nicht schreien und konnte es auch nicht.

Hatte der Mörder ihn bemerkt?

Tomme hockte zitternd auf dem Klo.

Leise, er musste leise sein!

Wahnsinnig vor Angst wartete er darauf, dass die Tür aufging und er in die verrückten Augen des Mörders schauen würde …

Schritte! Ein schiefes Knarren, nebenan wurde eine Tür geöffnet.

Er sucht mich! Gleich wird er mich finden und töten!

Plötzlich Stimmen von draußen. Das Lachen einer Frau. Jemand ging vor der Toilette durch den Sand, kam näher.

Dann hastige Schritte, das Klappern einer Tür – und Stille.

Tomme sackte zusammen. Tränen liefen ihm übers Gesicht, als er zwischen Kloschüssel und Toilettenwand auf den Boden rutschte.

Der Mörder war weg. Er würde nicht sterben.

6

Als Camilla das Haus betrat, wäre sie fast über Denis' Turnschuhe gestolpert. Wie immer hatte er sie achtlos auf den Boden geworfen. Und den Flur hatte er auch nicht gefegt. Unter ihren Füßen knirschte mehr Sand denn je. Dieser faule Sack! Statt sich einmal nützlich zu machen, hatte der Kerl wieder nur den ganzen Tag vor der Playstation gezockt. Sie fluchte, als sie aus der Ferne hörte, wie er mit einer Horde Zombies abrechnete. Wütend hängte sie ihre Badetasche an der Garderobe auf und ging durch den Flur hinüber ins Wohnzimmer.

Tatsächlich hockte Denis allein vor dem Fernseher, mit einem Controller in der Hand. Trotz der Hitze trug er seine ausgebeulte Jogginghose und dazu ein durchgeschwitztes Baumwollshirt, das auf seiner Brust klebte.

Camilla rümpfte die Nase. Es muffelte nach Chips und abgestandenem Bier. Warum zum Teufel waren alle Fenster geschlossen? Sie waren an der Nordsee, da konnte man doch wohl mal lüften.

Noch hatte Denis sie nicht bemerkt. Jubelnd konzentrierte er sich darauf, einem Untoten den Kopf abzuschneiden.

»Kannst du mir mal verraten, was der Mist soll?«, fuhr sie ihn ohne Begrüßung an.

Überrascht drehte er ihr kurz den Kopf zu. »Ah, da bist du ja«, sagte er.

»Wolltest du nicht aufräumen?«

»Hab ich doch.«

»Von wegen. Der Flur ist die reinste Sandkiste.«

Denis zuckte mit den Schultern. »Da war ich noch nicht.«

Camilla verdreht die Augen. »Und mit dem Essenmachen habt ihr auch noch nicht angefangen, oder?«

»Doch, natürlich.«

»Ach ja? Ich sehe nichts.«

Denis zeigt mit seinem Daumen über die Schulter Richtung Esstisch. »Hab schon gedeckt.«

Camilla sah drei tiefe Teller, dazu jeweils einen Löffel. Keine Gläser, aber eine große Colaflasche.

Sie stöhnte, holte Luft, um Denis eine entsprechende Ansage zu machen, als ihr zweiter Mitbewohner in Badelatschen aus dem Schlafzimmer schlappte.

»Ah, schau an, unsere Urlauberin«, begrüßte er sie.

»Was soll denn der blöde Spruch, Sascha?«

»Wieso blöde? Hast du keinen schönen Tag gehabt?«, fragte er und warf sich neben Denis aufs Sofa. Was sein Kumpel zu viel auf den Rippen hatte, hatte er zu wenig. Sascha war hager, hatte aber Muskeln wie Drahtseile.

»Ja, hatte ich«, antwortete sie. »Was dagegen?«

»Nein, dafür sind wir ja hier auf Amrum. Um uns ein bisschen zu entspannen. Wie schön, dass wenigstens du die Gelegenheit nutzt«, sagte Sascha betont liebenswürdig.

Camilla betrachtete ihn skeptisch. Von seinem freundlichen Ton ließ sie sich nicht täuschen. Saschas Augen und die geröteten Nasenlöcher verrieten, dass er wieder gekokst hatte.

Zwanzig Minuten später saßen sie draußen auf der Terrasse und aßen zu Abend. Wie so oft hatte Camilla am Ende für sie gekocht. Denis hatte vorgeschlagen, Pizza beim Lieferservice in Wittdün zu bestellen, aber Camilla hatte protestiert.

»Nicht schon wieder Pizza! Ich kriege Pickel, wenn ich nur daran denke!«, hatte sie geschimpft und dann Spaghetti Carbonara gekocht, eines der wenigen Gerichte, die sie beherrschte.

»Hättest du nicht noch ein bisschen mehr Speck in die Soße tun können?«, meckerte Denis.

»Nur, wenn du welchen gekauft hättest.«

»Wieso muss ich hier alles machen, während du draußen am Strand in der Sonne brätst?«, beklagte sich Denis, während er in seinen Nudeln stocherte.

»Weil ich die letzte Woche alles allein gemacht hab! Wir hatten besprochen, dass du dich diese Woche darum kümmerst. Ich habe keinen Bock, für euch Idioten Putzfrau, Köchin und Mama in einem zu sein.«

»Hey, hey, was hast du denn für eine Laune, Cam?«, erkundigte sich Sascha mit vollem Mund. »Scheint, als hättest du doch keinen so guten Tag gehabt?«

Camilla atmete tief durch und blickte zu den Kiefern,

die in der Abendsonne lange Schatten warfen. Kaum zu glauben, dass sie nur wenige hundert Meter vom Meer entfernt waren.

Sie seufzte traurig. »Der Tag war super.«

Denis sah von seinem Teller auf. »Aber?«

Camilla trank einen Schluck Wasser. »Nichts aber. Ich war am Strand und hab dann endlich mal eine richtige Inselwanderung gemacht. Durch die Dünen über den Kniepsand. Dann war ich noch in Wittdün. Shoppen. Hab mir was zu lesen gekauft.«

»Du warst am Strand? Wo denn?«, fragte Sascha.

»Oben in Norddorf.«

Sascha nippte an seiner Cola. »Wo der Strand besonders voll ist?«, fragte er, während er sie über den Rand des Glases beobachtete.

»Da sind zwar viele Leute, aber das verläuft sich. Da ist genug Platz für jeden.«

Für einen Moment schwiegen sie. Denis wischte sich den Mund ab und stand leise ächzend auf. »Bin gleich wieder da«, brummte er und verdrückte sich in Richtung Klo.

»Und? Jemanden kennengelernt?«, fragte Sascha mit lauernder Miene, als er mit Camilla allein war.

Sie sah ihn überrascht an. »Wie meinst du das?«

Sascha sah sie mit seinen dunkel-funkelnden Augen an. »Tu nicht so unschuldig. Du allein mit deinem sexy roten Bikini. Da stehen die Inselburschen doch bestimmt Schlange, oder?«

»Was für Inselburschen?«

»Was weiß ich? Diese Provinzdeppen eben, die da am

Strand rumhängen und vor lauter Muckis und dicken Eiern kaum gehen können.«

»Du kennst dich ja aus.«

Aber Sascha ließ sich nicht beirren. »Nun erzähl schon. Lass mich an deinem aufregenden Leben teilhaben.«

Camilla dachte an den Kitesurfer. Seine dunklen Locken und sein strahlendes Lächeln.

»Das geht dich gar nichts an.«

Sascha lächelte mit zusammengekniffenen Lippen. »Wir sitzen hier zusammen auf der Insel. Ich finde schon, dass ich das Recht habe, zu wissen, was du so den ganzen Tag treibst. Und mit wem.«

Sie musterte ihn voller Verachtung, wissend, wie er es liebte, sie zu provozieren.

»Was hast *du* denn heute gemacht, Sascha?«

Er zögerte. »Ich war zu Hause. Wie abgemacht.«

»Okay, sehr gut. Aber ich wüsste nicht, dass diese Abmachung auch für mich gilt.«

»Das sehe ich anders.«

»Wenn ich mich amüsieren möchte und ein bisschen über die Insel ziehe, muss ich ganz bestimmt nicht dich um Erlaubnis fragen.«

Sascha sah sie an. Sie wusste, dass nicht viele Menschen so mit ihm reden durften.

Sie hatten mal eine Affäre gehabt. Nur ein bisschen betrunkenes Geknutsche, das ihm mehr bedeutet hatte als ihr. Entsprechend sauer war er gewesen, als sie die Sache schnell wieder beendet hatte. Selbst schuld, dachte Camilla, immerhin war die Initiative damals von ihm ausgegangen. Aber Sascha war es gewohnt, dass er die Spielregeln bestimmte. Und bei den Püppchen, mit denen er sich sonst abgab, war immer er derjenige, der sie am Ende mit einem Tritt in den Hintern wegjagte.

Dass sie aber ihn zurückgewiesen hatte, würde er ihr nie verzeihen.

Denis kam vom Klo zurück. Wie üblich schloss ihr Bruder den Gürtel seiner Hose erst außerhalb der Toilette. Eine Angewohnheit mehr, die sie fürchterlich aufregte.

»Übrigens, Sascha«, fragte er, während er sich zurück an den Tisch setzte, »hast du an das Bier gedacht?«

Sascha starrte ihn verständnislos an.

»Das Bier«, wiederholte Denis. »Du wolltest doch ein Sixpack mitbringen.«

Camilla blickte überrascht von ihrem Essen auf. »Wie bitte? Du hast das Haus also doch verlassen?«

Sascha wurde rot im Gesicht. »Nur eine kurze Runde. Brauchte auch mal ein bisschen frische Luft.«

»Eine Shoppingrunde? Um Bier zu kaufen? Hier? So kurz kann die Runde nicht gewesen sein. Wo genau hast du dich rumgetrieben?«

Sascha warf Denis einen wütenden Blick zu. »Nein, tut mir leid, ich war nicht im Supermarkt.« Dann sah er wieder zu Camilla. »Auch wenn es dich einen Scheiß angeht – ich bin nur ein bisschen den Wald rauf- und runtergegangen.«

»Und bei den Dünen, hast du gesagt«, warf Denis ein und blickte dann zu ihr. »Der Sand bei den Schuhen, der ist nicht von mir.«

Er wechselte einen Blick mit Sascha, der eine Miene machte, als würde er ihm am liebsten an die Gurgel gehen.

Camilla wollte es nicht glauben. »Stimmt das?«

»Ja. Na und? Ich muss mir bei niemandem eine Erlaubnis holen, wenn ich das Haus verlasse.«

Sie verschränkte die Arme. »Ob dein Vater das genauso sieht?«

»Der interessiert mich einen Scheiß«, fauchte Sascha.

»Wirklich? Soll ich ihn mal anrufen und fragen?«

»Das würdest du nicht wagen!«

»Wetten doch?«

»Schluss jetzt!« Denis hob seine Arme. »Hört auf zu streiten.«

»Wir streiten nicht, wir reden nur«, sagte Sascha, ohne Camilla aus den Augen zu lassen.

»Von wegen. Jeden Tag dasselbe. Wisst ihr, wie bescheuert das ist?«

»Dann halte dich da raus.«

»Wie soll das gehen? Wir sitzen hier auf dieser Scheißinsel fest und müssen miteinander klarkommen. Also hört auf, euch wie Idioten zu benehmen.«

Camilla sah, wie sehr es Sascha widerstrebte, sich in seinem Zorn zurückzunehmen. Wie peinlich, dass ausgerechnet Denis den Vermittler spielte. Aber er hatte recht. Sie mussten sich verdammt noch mal zusammenreißen!

Sie hob ihr Glas. »Komm schon«, sagte sie zu Sascha. »Lass uns einfach einen netten Abend haben, okay?«

Sascha brummte etwas Unverständliches. Dann hob er ebenfalls sein Glas.

»Auf uns. Und auf Amrum«, sagte sie.

Sascha schaute ihr tief in die Augen, was ihm in seinem Zustand nicht leichtfiel. Er nickte. »Ja, auf uns.«

Dann stießen sie miteinander an.

7

Krumme schaute nachdenklich in den abendlichen Himmel über Husum. Der Ausblick von der Terrasse im ersten Stock seiner Wohnung in der nördlichen Altstadt war bis auf ein paar imposante Eichen nicht der Rede wert. Nur einige kleine, verwilderte Gärten, in denen Spatzen herumflatterten. Verbaute alte Stadthäuser mit schiefen Fassaden. Während sich unten im malerischen Binnenhafen die Touristen bei den historischen Segelschiffen und Fischkuttern drängelten, war hier kaum jemand zu sehen und zu hören. Nur eine Fußballreportage tönte aus einem offenen Fenster, und in einem Zwinger bellte ein Hund.

Sein Zuhause seit über sieben Jahren. Es war nett, durchaus gemütlich, aber doch völlig anders, provinzieller als der großstädtische Alltag, wie er ihn aus seiner Berliner Heimat kannte. Husum war eben nur eine verträumte Kreis- und keine Hauptstadt.

Er atmete tief durch. Und lächelte. Aber eines hatte Berlin im Vergleich zu Husum nicht. Auch wenn das Haus, in dem er mit Marianne und Sonny wohnte, mitten in der Stadt lag, konnte er doch immer den Duft der nahen Nordsee riechen. Wunderschön – wenngleich es im Moment gerade nicht nach Seeluft roch …

»He, Theo, träumst du? Die Würstchen sind ja ganz verbrannt«, hörte er den tiefen Bass seines besten Kumpels Holger Mannsen, der seinen mächtigen, von einem bunten Hawaiihemd verdeckten Bauch hinaus zu ihm auf die Terrasse schob.

Krumme blickte auf den Grill.

»Das sind Lammwürstchen, die müssen so sein«, erwiderte er verlegen.

»Tüdelkram«, sagte Mannsen. Er schaufelte die Würstchen auf einen Teller und pickte mit der Gabel ein Stück schwarzes Hähnchenfleisch auf und hielt es ihm mit vorwurfsvollem Blick vor die Nase.

»Ja, was?«, brummelte Krumme. »Gut angebraten. Ist eben so bei einem richtigen Barbecue.«

Mannsen schüttelte den Kopf und ging gemeinsam mit ihm zurück ins Wohnzimmer.

»Wie's aussieht, müssen wir uns heute mit Salat und Ofenkartoffeln begnügen«, erklärte Mannsen der dort erwartungsvoll wartenden Runde. Dem hünenhaften Harke, wie immer in Blaumann und dicken Arbeitsschuhen. Als Betriebshelfer kam er genau wie Mannsen aus dem kleinen Dorf Kleebüll nördlich von Husum. Mit am Tisch saß Mike, Rettungssanitäter und Freund von Krummes Kripokollegin Pat, der einzigen Frau in der Männerrunde.

Mannsen stellte den Teller mit dem verbrannten Fleisch auf den Tisch. Sofort schnappte sich Harke ein Würstchen mit der Hand und verschlang es mit einem Happs.

»Was tust du?«, schimpfte Mannsen. »Das ist reine Kohle.«

»Schmeckt trotzdem«, erwiderte Harke mit vollem Mund.

»Seht ihr?« Krumme freute sich. »Der Junge weiß, was gut ist.«

Mike pikste mit der Gabel in das Hühnchenfilet und schüttelte den Kopf. »Mann, Theo! Das musst du zwischendurch auch mal wenden.«

»Habe ich doch – kurz.«

»Wo warst du denn mit deinen Gedanken?« Mike legte Pat den Arm um die Schultern. »Jagt ihr gerade wieder irgendeinen brutalen Mörder?« Er grinste.

Pat schüttelte den Kopf. »Daran kann es nicht liegen. Bei uns ist gerade tote Hose. Außer ein paar Fällen von Taschendiebstahl haben wir aktuell nichts auf dem Tisch.«

»Dann ist es die Sehnsucht nach Marianne?«, vermutete Mike und hob freundlich sein Bierglas, um mit Krumme anzustoßen.

»Genau«, sagte der, bemerkte aber, wie Pat und sein Kumpel Mannsen einen wissenden Blick austauschten. Konnte es sein, dass die beiden von dem Streit wussten?

Harke war der Einzige, der keinen Salat auf dem Teller hatte. Erneut schnappte er mit seiner gewaltigen Pranke nach einem der schwarzen Würstchen. »Marianne ist nett«, sagte er mit vollen Backen.

»O ja, das ist sie«, bestätigte Krumme.

»Aber du warst nicht nett zu Marianne«, sagte Harke und trank einen Schluck Bier.

»Woher willst du das denn wissen?« Krumme sah vorwurfsvoll zu Mannsen.

Der hob beide Hände. »Ich habe ihm nichts gesagt.«

»Deine Frau?«

»Petra? Nee. Okay, sie hat gestern mit Marianne telefoniert, aber ihm hat sie bestimmt nichts erzählt.« Er zeigte zu Harke, der sich zurücklehnte und gar nicht zu verstehen schien, dass es gerade um ihn ging.

Jetzt blickte er zu Krumme. »Du warst sehr gemein zu Marianne. Und jetzt ist sie sehr traurig«, ergänzte er und trank noch einen Schluck.

Auf einmal herrschte peinliche Stille in ihrer kleinen Runde. Alle schauten zu Harke. Krumme betrachtete den großen Knecht, dessen Blick nun hungrig nach draußen zum Grill ging.

Harke war ein komischer Vogel. Er wohnte in Kleebüll in einer vollgemüllten Baracke zusammen mit seinem Dobermann und einem Kobold namens Nis, den außer ihm natürlich noch niemand gesehen hatte.

Aber bei Harke wusste man nie genau, was real war und was nicht. Er hatte Krumme in seinen Jahren in Nordfriesland bereits mehrfach das Leben gerettet. Dabei hatte er auf überraschende, oft verwirrende Weise einen siebten Sinn für viele Dinge bewiesen. Möglicherweise wusste er deshalb auch ohne Informationen von Mannsen oder den anderen, wie es Marianne ging.

»Was ist denn passiert, Theo?«, fragte Mike verwirrt, der als Einziger nur Bahnhof verstand. »Habt ihr euch gestritten, du und Marianne?«

»Nein, nein, alles gut«, brummte Krumme.

Mannsen wiegte langsam seinen Kopf hin und her. »Na ja, nicht alles. Petra hat mir erzählt, dass Marianne schon sehr …«

»Nicht jetzt, Holger«, unterbrach Krumme ungeduldig.

»Schon gut.« Mannsen hob beide Hände. »Ich wollte die Stimmung nicht verderben, aber …«

»Okay«, fiel ihm Krumme wieder ins Wort, »ich geb ja zu, wir hatten einen kleinen Streit. Na und? Ist doch normal, dass man auch mal unterschiedlicher Meinung ist.«

»Ist sie deshalb heute nicht hier?«, fragte Mike.

Krumme verdrehte die Augen. »Nein, das hat gar nichts damit zu tun.«

»Worum ging's dann? Bei eurem kleinen Streit, meine ich?«

»Sie wollte wegfahren. Ich sollte mitkommen, konnte dann aber nicht. Das war's schon.«

»Warum?«

»Warum was?«

»Warum konntest du nicht mit?«

Krumme musterte Mike verärgert. Warum ließ der Bursche nicht locker?

»Weil ich mich nicht gut fühlte. Zufrieden?«, blaffte er.

»Schon gut, schon gut, ich frag ja nur.«

»Können wir nicht über was anderes reden? Marianne ist leider nicht da. Ich dachte, ich nutz die Gelegenheit für einen kleinen Grillabend mit Freunden. Aber offensichtlich war das keine gute Idee!«

Mannsen klopfte ihm freundlich auf die Schulter. »Jetzt beruhige dich, mein Freund. Dann schnacken wir eben über was anderes.«

»Und worüber?«, wollte Pat wissen.

Mannsen überlegte, lächelte dann. »Vielleicht über Fußball? Mike, du bist doch HSV-Fan, oder nicht?«

Der Rettungssanitäter verdrehte die Augen und stöhnte. »Bitte nicht. Zu viel Drama, das würde mich jetzt krank machen.«

»Dann vielleicht über ...«

Pats Telefon klingelte. Sie guckte aufs Display und dann zu Krumme. »Das Präsidium.«

Sie nahm den Anruf an, meldete sich und hörte eine Weile schweigend zu. Niemand im Zimmer sprach. Krumme ruckte unruhig auf seinem Stuhl herum.

Typisch Pat. Es macht ihn verrückt, dass sie bei einem wichtigen Telefonat nie verriet, worum es ging. Und wichtig musste es sein, wenn die Kollegen so spät anriefen.

Schließlich nickte Pat, verabschiedete sich und beendete den Anruf. Nachdenklich nippte sie erst einmal an ihrer Cola.

»Nun sag schon, was ist los?«, rief Krumme ungeduldig. Auch die anderen schauten sie neugierig an.

Pat seufzte.

»Tja, von wegen tote Hose. Wir haben einen neuen Fall, Theo.«

8

Andrea stöhnte. Es war zwei Uhr nachts. Aber sie konnte einfach keinen Schlaf finden. Zu aufwühlend waren die letzten Stunden gewesen. Zu groß der Schock über das, was mit Tomme passiert war.

Ihr Kleiner hatte mitansehen müssen, wie jemand umgebracht worden war. Hatte mit eigenen Augen gesehen, wie ein Unbekannter einen harmlosen Surfer abgeschlachtet hatte.

Andrea hatte den Tatort selbst nicht betreten, aber einen kurzen Blick auf ein Handyfoto werfen können.

Schrecklich! Entsetzlich! Sie war sicher, dieses Bild würde sie ihr Leben lang verfolgen.

Blut. Überall Blut. Wie bei einem Schlachtfest.

Und ausgerechnet ihr kleiner, unschuldiger Tomme war Zeuge dieses ungeheuerlichen Verbrechens geworden. Nicht auszudenken, wenn der Mörder ihn entdeckt hätte! Die Vorstellung, diese Bestie hätte auch Tomme etwas antun können, lag wie eine zentnerschwere Last auf Andreas Brust.

Tränen füllten ihre Augen, ihr Atem zitterte. Aber sie musste sich zusammenreißen, durfte nicht weinen. Denn Tomme lag neben ihr im Bett, hatte seine Arme um sie geschlungen und sich eng an sie gekuschelt. Er schlief tief und fest, sie spürte seinen Atem beim gleichmäßigen Aus- und Einatmen auf ihrem Arm.

Am Anfang hatte er im Schlaf noch gestöhnt und gezuckt, gequält von der schrecklichen Erinnerung. Ob er jemals über dieses Erlebnis hinwegkommen würde?

Andrea hatte sich gerade in einem Zoommeeting befunden, als der Anruf der Polizei gekommen war. Sie hatte sofort alles stehen und liegen gelassen und war mit ihrem alten Volvo nach Norddorf gerast.

Wie verloren ihre Kinder auf der Wache gewirkt hatten. Annalena, ihre Große, war immerhin recht gefasst gewesen. Aber in ihren Augen konnte Andrea deutlich das Entsetzen erkennen. Die zwölfjährige Sinja zitterte noch immer vor Angst. Trotzdem hatte sie liebevoll ihren Arm um seine schmalen Schultern gelegt und versucht, ihren kleinen Bruder zu beruhigen und zu trösten.

Und dann hatte Tomme sich zu Andrea umgedreht, und sein Gesichtsausdruck hatte ihr das Herz zerrissen. Es war ein müdes Lächeln. Fast sah es so aus, als nehme er sie nicht wahr, als nehme er *nichts* um ihn herum wahr. Als sie ihn schluchzend an sich drückte, reagierte er kaum, sondern stand nur mit durchgedrücktem Rücken da und ließ seine Arme reglos nach unten hängen.

Natürlich wollte sie sofort von ihm wissen, was geschehen war. Aber sie merkte schnell, dass er einfach nur Ruhe brauchte.

Schweigsam waren sie dann zurück in ihr Haus nach

Wittdün gefahren. Während Sinja im Wohnzimmer bei Tomme blieb, folgte Annalena ihrer Mutter in die Küche. Dort brach sie schließlich in Tränen aus.

»Ich hätte besser auf ihn aufpassen sollen«, schluchzte sie.

Ihre Mutter nahm sie in den Arm. »Er war auf der Toilette, was hättest du tun können?«

»Aber ich wusste nicht, dass er auf der Toilette war«, gab Annalena zu, während ihr dicke Tränen über die Wange liefen. »Piet und Leo waren mit uns am Strand. Wir haben geredet und Quatsch gemacht. Wir haben nicht gemerkt, dass Tomme weggegangen ist. Wenn ich gewusst hätte, dass er da allein auf der Toilette sitzt und ...« Ihre Stimme brach ab, verzweifelt schlug sie sich die Hände vor das Gesicht und konnte nicht mehr aufhören zu weinen.

Andrea streichelte ihrer großen Tochter sanft über die langen blonden Haare.

»Ich hätte besser auf ihn aufpassen müssen«, fuhr Annalena mit brüchiger Stimme fort. »Er ist doch mein kleiner Bruder.«

Andrea nickte traurig und drückte ihr einen sanften Kuss auf die Stirn. Was sollte sie sagen? Auch sie machte sich Vorwürfe, dass sie nicht bei ihren Kindern gewesen war. Und sie wusste genau, dass Tomme ein Träumer war. Dass er oft allein seine Kreise zog, plötzlich verschwand, dann aber zuverlässig wieder auftauchte.

Mein Gott, sie lebten auf einer kleinen Insel, die Kinder kannten jede Düne, jeden Weg auf Amrum und verbrachten die Sommer fast ausschließlich am Strand.

Annalena, Sinja und Tomme waren in einem Paradies aufgewachsen.

Doch nun hatte ihr Leben seine friedliche Unschuld verloren. Ein brutaler Mord – es war unfassbar. In all den Jahren, die Andrea hier lebte, war nie etwas so Schreckliches passiert.

Auf dem Festland, in den großen Städten, in Berlin oder Hamburg, da mochte es solche Verbrechen geben, aber nicht hier, am äußersten Rand des nordfriesischen Wattenmeeres. Andrea hatte immer gedacht, dass auf ihrer schönen Insel selbst die bösesten Menschen zumindest für die Dauer ihres Aufenthaltes lammfromm wurden. Doch nun hatte das Böse auch Amrum erreicht.

Sie hörte ein leises Wimmern. Vorsichtig drehte Andrea den Kopf zu Tomme, sie wollte ihn auf keinen Fall wecken.

Verliebt blickte sie in sein schlafendes Gesicht. Mein Baby, dachte sie. So unschuldig und süß. Andrea hätte, wenn es darauf ankäme, ihr Leben gegeben, um das von Tomme zu retten. Und doch war er heute in Lebensgefahr gewesen, ganz allein mit diesem Mörder in einem Raum.

Arme Annalena. Andrea konnte gut verstehen, dass sie sich Vorwürfe machte, dass sie Tomme so häufig sich selbst überließ. Aber das war natürlich Quatsch. Es war einzig und allein ihre, Andreas, Schuld. Wenn sie ehrlich war, kümmerte sie sich viel zu wenig um ihre Kinder. Als alleinerziehende Mutter musste sie nicht nur das Familienleben organisieren, sondern auch für den

Lebensunterhalt sorgen. Zum Glück nahm ihr Annalena im Haushalt viel ab. Und Sinja und Tomme waren schon so selbstständig, dass es sie nicht störte, wenn sie manchmal nicht zum Abendessen nach Hause kam.

Nicht schön, aber was blieb ihr anderes übrig? Andrea arbeitete als Maklerin, und gerade war sie damit beschäftigt, eine neue Wohnanlage auf der Nachbarinsel Föhr zu vermieten. Kein leichter Job, aktuell gab es Ärger mit den Handwerkern, weil beim Bau gepfuscht worden war. Auch mit dem Architekten hatte Andrea fast täglich Streit. Der Mistkerl hatte sich kräftig verkalkuliert, die Baukosten waren enorm gestiegen. Andreas Schuld, behauptete er nun. Sie sei immer im Planungsteam gewesen und hätte mit ihren ständigen Forderungen dafür gesorgt, dass alles teurer und teurer wurde. Was für eine unverschämte Lüge, Andrea konnte nicht glauben, dass dieser Mistkerl …

Tomme zuckte wieder im Schlaf, als wollte er ihr mitteilen, dass er auch noch da war. Andrea schaute zur Seite. Erleichtert stellte sie fest, dass er tief und fest schlief.

Was für eine schreckliche Mutter sie doch war! Andrea wurde schmerzlich bewusst, dass sie schon wieder mit ihren Gedanken so sehr bei der Arbeit gewesen war, dass sie für einen Moment sogar das Leid ihres kleinen Sohnes neben sich vergessen hatte.

Wie sollte sie ihn beschützen? Der Mörder war auf freiem Fuß, lief irgendwo auf der Insel herum. Tomme hatte ihn gesehen. Was, wenn der Mörder zurückkam, um auch ihn zu töten, den einzigen Zeugen?

Andrea schloss die Augen, versuchte, sich zu beruhigen und endlich Schlaf zu finden. Unausgeschlafen war sie für ihren Sohn keine Hilfe.

Vorsichtig griff sie nach seiner Hand. Wie klein und zerbrechlich sie war. Zärtlich küsste sie die Finger und drückte sie an ihre Brust.

Hab keine Angst, mein Schatz, von jetzt an werde ich immer bei dir sein.

Mit diesem Vorsatz und der Gewissheit, dass Tomme bei ihr in Sicherheit war, schien auch sie endlich in den heilenden Schlaf gleiten zu können …

… als sie plötzlich ein Geräusch hörte.

Ein leises Knarren.

Oder war das nur Einbildung gewesen?

Doch da war es wieder! Jeder Muskel ihres Körpers spannte sich an. Ein Knarren auf der Treppe. Und es kam näher.

Jemand war im Haus!

Annalena und Sinja lagen in ihren Betten, sie selbst hatte sie zugedeckt. Wer schlich da draußen die Treppe hinauf?

Plötzlich spürte Andrea, wie ihr der Schweiß auf der Stirn stand, obwohl die Fenster geöffnet waren und eine leichte Sommerbrise die Gardinen sanft bewegte.

Jetzt hörte sie deutliche leise Schritte – direkt vor ihrer Schlafzimmertür.

Andrea hielt den Atem an, konnte sich nicht bewegen. Wie hypnotisiert blickte sie zur Tür, an der ein runder Spiegel hing, der den schwachen Mondschein von draußen reflektierte.

Der Mörder. Er ist gekommen. Er ist hinter Tomme her, schoss es ihr durch den Kopf. Sie sah sich um, suchte nach etwas, das sie als Waffe benutzen konnte.

Die Türklinke bewegte sich. Mit einem kaum hörbaren Quietschen wurde sie nach unten gedrückt. Andrea zuckte zusammen, legte schützend die Arme um den schlafenden Tomme …

… als die Tür aufgestoßen wurde und ein kleiner Engel in einem im Mondlicht schimmernden Nachthemd den Raum betrat.

Andrea atmete erleichtert aus.

Sinja!

»Mama?«, hörte sie ihre leise Stimme.

»Was machst du hier, mein Schatz?«, flüsterte Andrea. »Du musst doch schlafen?«

»Darf ich bei dir und Tomme bleiben?«

Andrea lächelte. Sie nickte und schlug die Decke zurück.

»Aber sei leise. Weck ihn nicht auf.«

Schon kroch Sinja zu ihr ins Bett. Genau wie Tomme kuschelte sich ihre Tochter ganz eng an sie, legte den Arm um sie – und griff nach der Hand ihres kleinen Bruders. Einen Augenblick später war sie eingeschlafen.

Andrea lächelte. Am liebsten hätte sie auch noch Analena zu sich geholt.

Endlich konnte sie sich entspannen. Sie schloss die Augen. Kurz darauf schlief sie ebenfalls ein.

9

Mannsen brachte Krumme und Pat am nächsten Morgen nach Nordstrand zur ersten Fähre nach Amrum. Krumme saß hinten und fühlte sich während der Fahrt wie ein Zwerg unter Riesen. Auf dem Beifahrersitz hatte Harke Platz genommen, der wie die hinten sitzende Pat den Kopf einziehen musste, um in den Wagen zu passen. Krumme hockte hinter Mannsen, der zwar nicht so groß war, aber den Fahrersitz ganz nach hinten schob, damit er mit seinem dicken Bauch hinter das Lenkrad passte.

Es war keine weite Fahrt, aber leider war die Klimaanlage in Mannsens Passat kaputt. Um in der Sommerhitze nicht zu ersticken, fuhren sie mit offenen Fenstern – bis Pat sich beschwerte. Sie hatte sich am Abend zuvor auf Krummes Terrasse erkältet und litt unter Halsschmerzen.

Sie nutzten die Zeit, um über den Fall zu sprechen: Ein junger Mann war gestern Nachmittag in einer öffentlichen Toilette am Strand im Norden Amrums mit einem Messer ermordet worden. Über die Hintergründe war nichts bekannt. Raubmord konnte offensichtlich ausgeschlossen werden. Angeblich gab es einen Augenzeugen.

»Ich war nur einmal auf Amrum, für einen Tag«, gab Krumme zu.

»Und? Wie hat es dir gefallen?«, fragte Mannsen.

»Gut. Leider hatten wir an dem Tag Pech mit dem Wetter. Wir hatten uns auf eine schöne Inselwanderung durch die Dünen eingestellt, aber es hat nur geschüttet. Marianne und ich haben die meiste Zeit nur in einem Café in Norddorf und einem Imbiss in Wittdün gesessen, Cappuccino getrunken und Fischbrötchen gefuttert.«

»Auf Amrum gibt es leckere Fischbrötchen.«

»Das weiß ich jetzt auch. Aber nach drei Stunden war auch irgendwann genug.«

Im Rückspiegel konnte Krumme Mannsens Grinsen sehen.

»Na, ich hoffe, du siehst diesmal ein bisschen mehr von der Insel«, sagte sein Kollege.

»Wenn wir neben der Arbeit noch Zeit haben«, warf die verschnupfte Pat ein und klang dabei wie ein heiserer Kettenraucher.

»Kannst du mir etwas über die einheimischen Kollegen erzählen?«, fragte Krumme. Er wusste, dass Mannsen als Polizeihauptkommissar in Bredstedt gute Kontakte zu den uniformierten Beamten auf den Inseln hatte.

»Nicht viel. Es sind drei, zwei Männer und eine junge Frau, glaube ich.«

»Mehr nicht?«

»Jetzt im Sommer kommen wahrscheinlich noch zwei Kollegen zur Verstärkung. Der bisherige Leiter der Amrumer Wache, Polizeihauptkommissar Kühn, ist vor einem Jahr in den Ruhestand gegangen. Sein Nachfolger heißt Timmermann, glaube ich.«

»Aber richtig kennen tust du ihn nicht?«

»Nein, habe nur mal kurz mit ihm am Telefon geschnackt. Ein echter Nordfriese. Aber wahrscheinlich nicht besonders glücklich, dass er ausgerechnet auf Amrum gelandet ist.«

»Warum? Ist doch eine schöne Insel.«

»Ja, aber vor ein paar Jahren wurde Personal abgebaut. Jetzt ist die Wache auf Amrum nur noch eine Außenstelle der Wache auf Föhr. Ich hatte den Eindruck, dass sich dieser Timmermann ein bisschen abgeschoben fühlt.«

»Abgeschoben?«

»Timmermann behauptet, der Leiter der Föhrer Wache hätte ihn weggeschickt. Weil er ihn als Konkurrenz empfunden habe.«

Na toll, dachte Krumme. Er hasste solche persönlichen Querelen. Er kannte Gerkens, den Leiter der Föhrer Polizeiwache. Er musste an einen anderen Mordfall denken, den er zusammen mit Pat auf Föhr untersucht hatte. Dort hatte es anfangs ebenfalls Kompetenzgerangel mit dem Polizeihauptkommissar gegeben, aber das hatte sich am Ende gelegt. Alles in allem hatte er Gerkens schließlich als fähigen Beamten kennengelernt.

Hoffentlich gab es mit Timmermann keine ähnlichen Anlaufprobleme. Eine Mörderjagd auf einer Insel mitten in der Hochsaison war eine heikle Angelegenheit. Umso wichtiger war es, dass alle an einem Strang zogen!

Inzwischen hatten sie den Hafen Strucklahnungshörn an der Westküste von Nordstrand erreicht. Nacheinander zwängten sie sich aus dem Passat und wurden sofort von heftigen Windböen begrüßt.

Für die große Autofähre, die gerade nach Pellworm ablegte, war das stürmische Wetter kein Problem. Sie würden mit der zwar modernen, doch viel kleineren Personenfähre *Adler-Express* durch das gesamte nordfriesische Wattenmeer bis zur westlich gelegenen Insel Amrum fahren. Was für eine Landratte wie Krumme nicht ganz ohne war.

Mannsen schien seine Gedanken zu lesen. »Viel Glück, mein Junge. Ich hoffe, du hast nicht zu reichhaltig gefrühstückt.« Er lachte und klopfte ihm freundlich auf die Schulter.

Krumme war nicht nach Lachen zumute. Schon beim Anblick der Wellen bekam er weiche Knie. Er erinnerte sich an seine erste Fährfahrt vor etwa zehn Jahren. Damals hatte er noch nicht in Nordfriesland gewohnt, sondern hier nur Urlaub gemacht. Auf dem Weg zur Hallig Hooge hatte er die meiste Zeit der Fahrt seekrank auf der Toilette verbracht.

»Soll ich auf dem Revier anrufen und fragen, ob wir einen Hubschrauber bekommen?«, schlug Pat mit heiserer Stimme vor. Sie grinste.

»Ach was. Wird schon gehen«, brummte Krumme.

»Das meine ich aber auch«, dröhnte Mannsen gegen den Sturm an. »Wie lange bist du schon in Nordfriesland?«

»Warum?«

»Weil du inzwischen doch ein echter Nordfriese bist. Da machen dir die paar lächerlichen Wellen doch nichts mehr aus.«

»Theo, wir müssen. Das Schiff legt gleich ab«, sagte Pat. Krumme verabschiedete sich von Mannsen. Dann ging er zu Harke, der in respektvollem Abstand am Kai stand und nervös auf die Wellen blickte.

Na bitte, dachte Krumme. Auch gebürtige Nordfriesen durften Angst vor der Nordsee haben, selbst wenn sie so groß und stark waren wie Harke. Mannsen hatte ihm einmal erzählt, dass der hünenhafte Knecht auf einer Hallig aufgewachsen war. Wie es ihm dort wohl ergangen war, dass er immer noch Angst vor dem Wasser hatte? Krumme hatte ihn schon mehrmals gefragt, aber – wie so oft bei Harke – nur eine rätselhafte Antwort bekommen.

»Mein Freund«, sagte Krumme und klopfte ihm auf die Schulter. »Danke fürs Bringen.«

Harke drehte sich zu ihm um und sah ihn mit seinen kristallblauen Augen erstaunt an.

»Was?«

Krumme räusperte sich. »Tschüss. Ich hoffe, Pat und ich kommen bei dem Wetter wieder gesund zurück.«

Harke hielt den Blick auf ihn gerichtet, sah aber irgendwie durch ihn hindurch.

»Mach dir keine Sorgen, Pat wird nichts passieren.«

Krumme horchte auf. »Pat wird nichts passieren? Und was ist mit mir?«

»Pass auf die Lichter auf, dann wird alles gut«, sagte Harke und ging zurück zum Auto.

10

Die *Adler-Express* hatte den Hafen kaum verlassen und Kurs Richtung Norden vorbei an Pellworm genommen, als Krumme sich auf die Toilette verabschiedete. Mannsen hatte recht, es war gut, dass er kaum etwas gefrühstückt hatte. Aber das Wenige wollte trotzdem nicht im Magen bleiben.

Fast eine halbe Stunde später, auf Steuerbord war gerade die Hallig Gröde zu sehen, verließ Krumme die Schiffstoilette und wankte zurück zu Pat, die am Fenster Platz genommen hatte und die Aussicht auf das Wattenmeer genoss.

»Geht's wieder?«, fragte sie.

»Muss ja.«

Sie schob ihm eine Tablette über den Tisch. »Hier, nimm das. Hat mir der Steward für dich gegeben. Und für den Notfall auch das noch.« Grinsend hielt sie einen kleinen Spuckbeutel hoch. Sie goss ihm ein Glas Wasser ein, das Krumme zusammen mit der Tablette in einem Schluck herunterstürzte.

Pat zeigte auf das Foto einer Babyrobbe, das an der Wand des an ein Flugzeug erinnernden Innenraums der Fähre hing. »Guck am besten nur dahin, nicht nach draußen auf die Wellen.«

Krumme probierte es, als auf einmal der Kopf eines Jungen über der Rücklehne des Sessels vor ihm auftauchte. Der Kleine sah seinen starren Blick und streckte ihm die Zunge raus. Krumme bemühte sich, ihn nicht zu beachten. Ihm war gerade nicht nach Späßen zumute. Erneut musste er aufstoßen, schluckte den aufsteigenden, üblen Geschmack aber mit einem weiteren Schluck Wasser herunter.

»Marianne hat recht«, sagte er und klammerte sich dabei mit beiden Händen an die Lehnen seines Sessels. »Ich werde nie ein richtiger Nordfriese werden.«

»Na und? Marianne ist cool. Die hatte nie ein Problem damit, dass du Berliner bist. Und im Herzen immer bleiben wirst.« Sie zwinkerte ihm frech zu, denn sie wusste, dass er das nach den vielen Jahren im Norden gar nicht gerne hörte.

Sie nippte an ihrem Kräutertee. »Was genau ist denn nun euer Problem?«

Krumme schaute aus dem Fenster statt auf das Robbenbaby, um Pats fragendem Blick auszuweichen. Er räusperte sich. »Erzähle ich dir später.«

»Wieso nicht jetzt?« Sie hustete, hielt sich den Hals. »Wir haben genug Zeit. Also, raus damit. Warum ist Marianne sauer auf dich?«

»Hallo? Vielleicht bin ich ja auch sauer auf sie?«

Pat schüttelte den Kopf, lächelte mitleidig. »Bist du. Aber insgeheim weißt du, dass du kein Recht dazu hast.«

Er verzog den Mund. Nicht zu fassen, wie gut das Mädchen ihn mittlerweile kannte. Nach all den Jahren, die sie jetzt bei der Kripo zusammenarbeiteten, konnte er ihr nichts mehr vormachen.

»Ist es, weil sie allein nach Rendsburg zur Silberhochzeit ihrer Schwester fahren muss?«

Er sah sie überrascht an. »Sag bloß, Marianne hat mit dir …?«

»Nein, natürlich nicht. Denkst du etwa, sie würde sich ausgerechnet bei mir über dich beschweren?«

Krumme überlegte, schüttelte dann den Kopf.

»Unser Büro ist nicht viel größer als das Klo, auf dem du gerade gesessen hast«, erklärte Pat und zeigte zum Bug der *Adler-Express*. »Wenn du nicht willst, dass ich lausche, musst du am Telefon leiser sprechen.«

Er verdrehte die Augen. »Ja, ich geb's ja zu. Sie ist ein bisschen sauer, weil ich in Husum geblieben bin.«

»Und warum? Bis gestern Abend haben wir praktisch nur Däumchen gedreht.«

»Seit wann führst du so knallhart Verhöre?«

Sie lächelte. »Hab wohl vom Meister gelernt. Also sag schon!«

Krumme rutschte auf seinem Polstersessel herum, ärgerte sich darüber, dass ihm der kleine Rotzlöffel ständig die Aussicht auf die Robbe versperrte. Er trank erst einen weiteren Schluck Wasser, bevor er sich zu Pat drehte und ihr antwortete.

»Ich hasse ihren Schwager. Und ihre Schwester mag ich auch nicht.«

Pat sah ihn überrascht an. »Regina und Klaus? Du hasst sie?«

Krumme stutzte. Jetzt kannte Pat sogar ihre Namen.

In Zukunft würde er seine Privatgespräche nicht mehr im Büro führen. Er seufzte. »Vor allem Klaus. Er ist Lehrer in Rendsburg. Ein entsetzlicher Klugscheißer. Behandelt mich wie einen Idioten, meint, nur weil ich aus der Großstadt komme, hätte ich keine Ahnung von der Nordsee. Hält mir ständig Vorträge über irgendwelche Möwen, Ringelgänse oder Austernläufer.«

»*Fischer*«, unterbrach Pat ihn lächelnd.

»Was?«

»Der Vogel heißt Austern*fischer*.«

Er verdrehte die Augen. »Außerdem will er mir immer wieder erklären, wie Ebbe und Flut funktionieren.«

Sie grinste. »Das würde ich auch gerne mal kapieren. Kein Grund, ihn zu hassen. Sei doch froh, dass du einen Experten in der Familie hast.«

Krumme blickte nach draußen, wo in der Ferne jetzt die flache Küstenlinie der Hallig Hooge zu erkennen war. Vor acht Jahren hatte er dort bei einem dramatischen Fall fast sein Leben verloren. Mittlerweile wohnten auf der Hallig ein paar seiner besten Freunde.

Krumme seufzte erneut. »Klaus ist so ein verdammter Spießer. Stell dir vor, er macht mit Regina jedes Jahr Urlaub auf einer Hallig. Seit zwanzig Jahren, immer auf derselben, das musst du dir mal vorstellen! Die haben sogar eine Urkunde dafür bekommen. Von ihrer Wirtin.«

»Na schön«, hustete Pat und warf eine Tablette Ibuprofen in ihr Wasserglas. »Dieser Klaus ist ein Nerd. Was ist mit seiner Frau?«

»Die spielt das brave Hausfrauchen. Aber dabei hat sie es faustdick hinter den Ohren.«

»Hört sich erst mal ganz sympathisch an.«

Krumme brummte verächtlich. »Regina kann mich nicht ausstehen. Sie hat Marianne gesagt, sie hätte was Besseres verdient als einen alternden Bullen. Ich glaub, Regina war früher in der APO oder so was Ähnliches.«

Pat musste wieder husten, konnte sich aber ein Grinsen nicht verkneifen. »Okay, klingt nach ganz normalen Verwandten. Ich sehe keinen Grund, warum du nicht mal ein paar Tage die Zähne zusammenbeißen kannst, um mit Marianne nach Rendsburg zu fahren. Wenn es ihr doch so viel bedeutet. Und eine Silberhochzeit gibt es ja auch nur einmal im Leben.«

»Hast du mir nicht zugehört?«

Pat musste wieder husten. »Sei nicht so ein sturer Esel. Marianne hat dich immer zu deiner Familie begleitet. Sogar nach Australien.«

»Das ist was ganz anderes.«

»Ach ja? Wieso?«

»Weil ...« Er überlegte einen Moment. »Weil Hannah und ihr Mann sehr nett sind. Und Marianne total vernarrt in das Baby ist.«

»Und was ist mit deiner Ex-Frau? Die ist ja nun auch nicht immer einfach. Aber Marianne ist sogar mit ihr befreundet.«

Krumme schnaufte. »Das habe ich ganz bestimmt nicht von ihr verlangt.«

»Deshalb hätte sie das auch nie getan. Marianne interessiert sich eben für alles, was dich angeht. Weil sie dich mag.«

Krumme schwieg. Worüber redeten sie hier?

Pat hatte ja recht. Ja, er hatte keine Lust auf diese Feier gehabt. Aber wäre es wirklich so schlimm geworden? Mit Marianne hätte er sich in Rendsburg bestimmt trotzdem gut amüsieren können.

Stattdessen hatte er sich wie ein Idiot benommen. Oder wie ein bockiges Kind.

Genau wie der kleine Junge vor ihm auf dem Sitz. Gerade hatte er von seiner Mutter ein Eis am Stiel bekommen. Aufgestützt auf der Rücklehne seines Sessels ließ er Krumme mit misstrauischem Blick nicht aus den Augen. Während das Schiff von einer Welle getroffen heftig von links nach rechts schaukelte, tropfte ihm das Sahneeis übers Kinn runter auf das Polster.

Krumme schwindelte. Verzweifelt versuchte er, sich wieder auf das Robbenbaby zu konzentrieren, aber der wackelnde Kopf des kleinen Jungen verdeckte ihn ständig.

Schon spürte Krumme, wie sich der Magensaft langsam seinen Weg durch den Hals nach oben bahnte.

»Wie sieht's bei Ihnen aus? Hat die Tablette gewirkt?«

Der Steward der Fähre stand vor ihm. Obwohl das Schiff wild hin- und hergeworfen wurde, hielt er sich mit aufreizender Lässigkeit an einer Sessellehne fest.

Der Junge stand weniger sicher da. Als das Schiff sich wieder einmal ruckartig hob, entglitt dem Kleinen das Eis in seiner Hand, fiel zunächst auf das Polster und dann mit einem unappetitlichen Klatschen auf Krummes Hose.

Zu viel für Krumme, der es nur im allerletzten Moment schaffte, sich vor den Augen alle Fahrgäste in den Spuckbeutel zu erbrechen.

11

Camilla wurde von den Amseln geweckt, die durch das offene Fenster ihres Zimmers zu hören waren. Normalerweise schlief sie gleich wieder ein, aber dieses Mal wollte sie einfach nicht in ihre Träume gleiten.

Lag es daran, dass sie gestern bis spät in die Nacht mit Denis und Sascha eine Serie auf Netflix geguckt und dabei zwei Flaschen Wein getrunken hatte? Tatsächlich schmerzte ihr der Kopf ein wenig. Camilla ärgerte sich. Wieso nur hatte sie sich von den beiden Idioten überreden lassen, immer noch ein Glas zu trinken?

Aber es gab noch einen anderen Grund, warum sie keinen Schlaf mehr fand: Marco, der Kitesurfer!

Gestern am Strand hatte sie schweren Herzens entschieden, ihren kurzen Flirt lieber zu beenden, bevor er zu einer komplizierten Affäre wurde. Schließlich war die Ansage eindeutig: Keinen Kontakt zu anderen Touristen und unter keinen Umständen auffallen!

Bisher hatte sie sich daran gehalten, hatte nur ein paar längere Spaziergänge gemacht und gestern dann den Nachmittag am Strand verbracht.

Aber nachdem Sascha sich gestern wie ein Arschloch benommen hatte, überlegte sie, ob sie es nicht ein bisschen übertrieb mit ihrem Pflichtbewusstsein.

Warum hatte sie sich so schnell verdrückt? Ein Bierchen oder einen Aperol Spritz, ein kleiner Sommerflirt unter der warmen nordfriesischen Sonne, was war schon dabei?

Marcos schwarze Locken, der braun gebrannte Körper. Sein Lächeln. Camilla lächelte. Ein richtiger Surferboy. Solche heißen Typen gab's zu Hause in Frankfurt nicht.

Sie starrte an die Decke, während eine sanfte Brise den Geruch von Kiefern und Meer ins Zimmer trug. Schließlich fasste sie einen Entschluss, schwang ihre Beine aus dem Bett, stand auf und zog sich an.

Sie wollte gerade aus dem Haus schleichen, als die Klospülung rauschte und Denis aus der Toilette in den Flur trat.

»Schon wach?«, fragte er verwirrt mit verschlafener Stimme. Camilla bemerkte, wie er die Stirn runzelte, als er sah, dass sie das hübsche Sommerkleid trug.

»Was heißt schon? Es ist nach zehn!«

»Ach ja?« Denis blickte mit zusammengekniffenen Augen auf die kleine Uhr auf der Kommode. »Hm, ist gestern Abend doch später geworden, was?« Er grinste.

»Ich fahr kurz nach Wittdün, Brötchen holen.«

»Kannst du auch ein bisschen Bier mitbringen?«

Camilla verzog das Gesicht. *Idiot*, dachte sie. Laut sagte sie: »Ich guck mal.«

Dann war sie durch die Tür. Sie schnappte sich ihr Fahrrad, schob es durch den Garten hinaus auf den Waldweg, der von Norden nach Süden durch Amrum führte. Gut gelaunt trat Camilla in die Pedale. Sie sog die frische Luft ein, schaute lächelnd hoch, sah, wie die Sonne ihr warmes Licht in langen Strahlen durch die Äste warf. Ein neuer Tag am Meer! Sie war gespannt, was er ihr bringen würde. Dass die anderen Radfahrer ihr in ihrem hübschen Kleid mit großen Augen hinterherschauten, war schon mal ein guter Anfang.

Die Strecke nach Wittdün dauerte nicht lange. Aber vor dem Bäcker hatte Camilla gleich am Ortseingang noch ein anderes Ziel: den Wittdüner Campingplatz. Schon bei der Ankunft vor einer Woche war er ihr aufgefallen. Die einzelnen Stellplätze wurden hier von Dünen begrenzt, sodass der Wind den Wohnwagen und Zelten selbst bei Sturm nichts anhaben konnte. Ein wirklich schöner Campingplatz!

Aber Camilla interessierte sich nicht für Camping. Sie war wegen einer anderen Attraktion gekommen. Nachdem sie ihr Fahrrad abgestellt und sich ein wenig umgeschaut hatte, stellte sie fest, dass es auch hier auf dem Platz einen Kiosk gab, bei dem man Brötchen kaufen konnte. Sehr gut, falls Marco sie darauf ansprach, was sie hier trieb, hatte sie eine gute Ausrede und konnte behaupten, es wäre nur Zufall, dass sie sich wiedertrafen. Nach ihrer Erfahrung gab es immer Probleme, wenn eine Frau ihr Interesse an einem Mann zu direkt zeigte.

Sie strich sich die Haare zurück, setzte ihre Sonnenbrille auf und bummelte über den Campingplatz. Erstaunlich, was hier los war. Bei den Waschräumen herrschte ein ständiges Kommen und Gehen. Überall saßen Leute vor ihren Zelten und Wohnwagen und frühstückten.

Nach einer Weile entdeckte sie in einer Art Sandkuhle ein separates Zeltlager. An einer Stange trockneten Neoprenanzüge, zwischen den Zelten stapelten sich Surfboards und einige Drachen, und eine Fahne mit dem Logo einer Kitesurf-Firma flatterte im Wind.

Das Einzige, was fehlte, waren die Surfer. Ob sie noch schliefen? Camilla schaute in einige der offenen Zelte hinein. Die Schlafplätze waren verlassen.

Was jetzt? Auch in den benachbarten Zelten und Wohnwagen war niemand zu sehen, den sie nach den Surfern fragen konnte.

Also doch erst einmal Brötchen holen.

Auf dem Weg zu dem Kiosk kam sie an dem Haus mit den Waschräumen vorbei. Davor standen neben anderen Campern auch ein paar braun gebrannte junge Männer beisammen, die alle ähnliche Armbänder wie Marco trugen.

Doch die Stimmung wirkte angespannt, niemand lächelte. Im Gegenteil, als Camilla sich diskret zu der Gruppe stellte, um zu erfahren, was los war, sah sie, wie sich eine junge Frau mit einem Taschentuch Tränen aus den Augen wischte.

»Es ist nicht zu fassen«, klagte ein älterer Mann mit offenem weißem Hemd über einem stattlichen Bauch. »Ich komme jetzt seit zehn Jahren hierher. So was hat es auf Amrum noch nicht gegeben.«

»Schlimm«, sagte eine Mutter, die ein kleines verwirrtes Kind an der Hand hielt. »So ein junger Mensch. Er hatte das ganze Leben noch vor sich.«

»Und direkt am Strand, wie schrecklich! Hat denn wirklich keiner etwas mitgekriegt?«

Die junge Frau, wohl auch eine Surferin, brach in lautes Schluchzen aus. Ein junger Mann mit buntem Surfer-T-Shirt nahm sie in den Arm und drückte sie mitfühlend an seine Brust.

Camilla bekam ein flaues Gefühl im Magen, und das hatte nichts damit zu tun, dass sie noch nicht gefrühstückt hatte.

»Entschuldigung«, wandte sie sich leise an einen der Surfer, »was ist denn passiert?«

Der junge Mann mit kurzrasierten Haaren drehte sich zu ihr um, sah sie verwundert an: »Hast du es noch nicht gehört?«

»Was denn?«

»Ein Freund von uns ist gestern umgebracht worden. Oben in Norddorf.«

12

Pünktlich um Viertel vor elf legte die Fähre in Wittdün auf Amrum an. Krumme hatte die letzte Zeit sicherheitshalber auf der Toilette verbracht, sich aber nicht wieder übergeben müssen. Trotzdem hatte er noch wackelige Beine, als er mit Pat über den Steg vom Bug der *Adler-Express* zum Anleger wankte und endlich festen Boden unter den Füßen hatte.

Böiger Wind erwartete sie, aber auch strahlender Sonnenschein. Krumme blinzelte erleichtert in den blauen Himmel, genoss die frische, nach Meer duftende Luft und freute sich über das bunte Treiben am Hafen. Was konnte es Schöneres geben, als auf einer Insel anzukommen?

Aber natürlich waren sie nicht hier, um Urlaub zu machen, sondern um einen Mordfall zu lösen.

Überrascht stellte er fest, dass ihr Empfangskomitee aus drei Streifenwagen bestand.

»Kommissar Krumme?«, sprach sie ein hochgewachsener Beamter in Uniform an, ein gut aussehender, von der nordfriesischen Sonne gebräunter Mann mit blauen Augen, der freundlich, aber zurückhaltend lächelte. Krumme wunderte sich nicht, dass er direkt auf sie zuging, als die vielen Passagiere aus der Fähre stiegen. Ein älterer Mann, ein »Berliner« mit schütterem Haar und Rückenproblemen, und seine Partnerin, einen guten Kopf größer, viel jünger und immer ganz in Schwarz gekleidet – so waren er und Pat in Nordfriesland bei den Kollegen mittlerweile bekannt. Anfangs hatten sich die Kollegen über sie beide lustig gemacht. Aber da sie seither eine ganze Reihe spektakulärer Fälle gelöst hatten, begegnete man ihnen inzwischen durchaus mit Respekt. Und nach etwa acht Jahren war es Krumme ohnehin egal, was die Leute über ihn und Pat dachten.

Krumme begrüßte den Inselpolizisten. Pat streckte ihm ebenfalls die Hand hin, bekam aber ausgerechnet jetzt einen Hustenanfall. Der uniformierte Kollege lächelte verständnisvoll und stellte sich als Polizeihauptkommissar Johannes Eggen vor. »Aber für Sie Hannes, Herr Kommissar. Wenn es Ihnen recht ist, begleite ich Sie auf die Insel.«

»Sehr gern«, sagte Krumme und deutete auf die anderen Polizeiwagen. »Aber so ein Begrüßungskommando wäre doch nicht nötig gewesen.«

Hannes strich sich die vom Wind zerzausten blonden Haare zurück. »Nichts für ungut, Herr Kommissar, aber die sind nicht wegen Ihnen hier.«

»Ach nein?«

Der Polizeikommissar, Krumme schätzte sein Alter auf Anfang vierzig, schüttelte lächelnd den Kopf.

»Das sind Kollegen von Föhr, die uns unterstützen. Befehl vom Chef. Alle jungen Männer unter fünfundzwanzig Jahren, die die Insel verlassen wollen, werden vor ihrer Abreise kontrolliert.«

»Alle jungen Männer?«, fragte Pat mit heiserer Stimme.

»Wir haben gehört, dass sie einen Zeugen haben?«, sagte Krumme.

»Konnte er Ihnen eine genaue Beschreibung geben?«, fragte Pat, bevor sie wieder husten musste.

Ein Schatten legte sich auf das Gesicht des Inselkommissars. »So einfach ist das nicht.«

Krumme sah ihn irritiert an. »Was soll das heißen?«

Hannes zögerte. »Unser einziger Zeuge ist ein kleiner Junge.«

»Wie klein?«

»Gerade sieben geworden.«

Krumme wechselte einen Blick mit Pat. »Konnte er den Täter beschreiben?«

»Nicht wirklich. Der Kleine ist traumatisiert. ›Ein großer Junge‹ – das ist bis jetzt alles, was er uns sagen konnte.«

»Verstehe«, sagte Krumme und blickte nachdenklich zu den uniformierten Polizisten auf dem Hafengelände. »Mit der Beschreibung wird es für die Kollegen schwer, zu verhindern, dass der Täter die Insel verlässt.«

»Wir geben unser Bestes. Aber wir können nicht alle Gäste auf der Insel festhalten, bis wir den Kerl geschnappt haben.«

Krumme nickte. »Aber Respekt, wie schnell sie reagiert haben.«

Hannes lächelte müde. »Wir sind nur eine kleine Inselwache. Aber wir dürfen doch nicht zulassen, dass jemand auf unser schönes Amrum kommt, einen

Mord begeht und sich dann einfach aus dem Staub macht.«

Dann zeigte er auf einen der drei Streifenwagen. »Wollen wir als Erstes nach Norddorf fahren, zum Tatort?«

Krumme packte seinen Koffer und Pat ihren Rucksack in das Auto, dann fuhren sie in den Norden der Insel. Krumme saß wieder hinten. Hannes erzählte ihnen, dass die Sylter Kripo bereits eine Gerichtsmedizinerin und mehrere Kollegen von der Spurensicherung geschickt hatte.

»Sehr gut«, sagte Krumme, der wusste, dass die Sylter Beamten eigentlich nicht für Amrum zuständig waren.

Hannes nickte. »Sind heute am frühen Morgen mit dem Schiff gekommen. Bei den Kollegen aus Husum hätte es viel länger gedauert. Unser Chef hier auf der Insel …«

»Polizeihauptkommissar Timmermann?«, unterbrach Krumme.

»Genau«, fuhr Hannes fort. »Er hat drüben auf Westerland angerufen und gefragt, ob sie uns helfen können.«

Krumme war beeindruckt. »Guter Mann. Freue mich schon darauf, ihn kennenzulernen.«

Während Hannes und Pat sich über das stürmische, aber sonnige Wetter unterhielten, beobachtete Krumme das Treiben auf der Insel. Entweder es hatte sich noch nicht herumgesprochen, was hier gestern Nachmittag passiert war, oder die Gäste waren einfach wieder zur

Tagesordnung übergegangen. Er sah viele Familien in Badesachen, die mit Handtüchern und Luftmatratzen im Arm unterwegs zum Strand waren. Väter und Mütter mit Babys im Arm, lachende Kinder und Jugendliche mit coolen Sonnenbrillen, die auf dem Fahrrad durch den großen Amrumer Wald fuhren und sich auf den Strand und das Meer freuten.

Darunter auch viele Kinder im Alter ihres Zeugen. Der arme Junge. Hoffentlich war der Kleine nicht zu stark traumatisiert durch das, was er gestern miterleben musste.

Wie schon bei anderen Fällen auf Föhr und vor zwei Jahren in St. Peter-Ording war es schlimm, zu wissen, dass sich ein brutaler Mörder unter die fröhlichen Urlauber gemischt hatte. In Großstädten wie Berlin oder Hamburg gehörten solche Verbrechen leider zum Alltag. Aber hier, auf dieser paradiesischen Insel? Umso wichtiger war es, den Mörder so schnell wie möglich zu finden.

Er beobachtete, wie das Licht zwischen den Blättern der Bäume funkelte, als ihm etwas einfiel.

»Wie sieht es mit dem Weg übers Watt nach Föhr aus?«, fragte er Hannes. »Soweit ich weiß, kann man die Insel bei Ebbe auch zu Fuß verlassen, oder?«

Der Hauptkommissar nickte. »Aber nur mit einem Wattführer. Wir haben sowohl hier auf Amrum wie auch auf Föhr alle angewiesen, Wattwanderungen vorläufig abzusagen.«

Krumme nickte zufrieden. »Sehr gut. Ich bin sicher, wir kriegen den Kerl.«

»Ich hoffe, Sie haben recht«, erwiderte Hannes. Seine nachdenkliche Miene verriet, dass er Krummes Optimismus nicht unbedingt teilte.

Es dauerte nicht lange, bis sie den Wald verließen und Norddorf erreichten, ein hübsches friesisches Dörfchen, das sich, wie der Name verriet, im Norden Amrums befand.

Hannes bog nach links ab, fuhr eine schmale Straße hinunter zum Strand und parkte den Passat hinter einem Imbisswagen.

Krumme sah lange Reihen mit abgestellten Fahrrädern. Auch die Autoparkplätze waren gut gefüllt. Wussten die Menschen nicht, was hier passiert war, oder war es ihnen egal?

Hannes schüttelte den Kopf, als Krumme ihn darauf ansprach. »Normalerweise ist hier um die Zeit viel mehr los. Die meisten Leute wissen Bescheid. Auf einer kleinen Insel wie Amrum kann man so eine Geschichte nicht lange geheim halten.«

Als sie vom Wagen die Strecke bis zum Tatort gingen, einem Toilettenhaus, das sich am Ende des Strandwegs befand, fuhr er fort: »Trotzdem hat Timmermann angeordnet, dass wir möglichst diskret auftreten. Es muss unbedingt verhindert werden, dass unter den Feriengästen eine Panik ausbricht.«

Krumme nickte. »Wir werden uns bemühen«, erwiderte er, »aber es dürfte schwierig werden, unbemerkt zu ermitteln.«

Und tatsächlich: Ein uniformierter Polizist, der einen älteren Mann und eine komplett schwarz gekleidete, großgewachsene junge Frau durch die Absperrung begleitete, lenkte unwillkürlich die Blicke der Strandbesucher auf sich. Ihre Ankunft war schon mal nicht unbemerkt geblieben.

Endlich hatten sie den Tatort erreicht. Krumme hatte eine Holzbude erwartet, aber es handelte sich um ein solide gemauertes Haus, das sich dezent hinter einer Düne verbarg. Doch nun war das Häuschen genau wie der sandige Bereich davor mit einem neutralen Flatterband abgesperrt, und wer sein Geschäft verrichten wollte, musste mit kurzfristig aufgestellten Dixiklos vorliebnehmen.

Krumme blickte auf ein »Vorübergehend geschlossen«-Schild und bemerkte den Mann einer Sicherheitsfirma, der den abgesperrten Bereich bewachte. Unglücklicherweise war er dadurch so abgelenkt, dass er mit dem Fuß im Flatterband hängenblieb und stolperte.

»Vorsicht, Herr Kommissar«, rief Hannes. Im letzten Moment gelang es ihm, gemeinsam mit Pat, zu verhindern, dass Krumme der Länge nach fiel.

»Alles gut«, brummte er mit knallrotem Kopf. Hastig klopfte er sich den Sand von den Händen. Er sah, wie eine Gruppe von Halbstarken kicherte.

Das fing ja gut an. Verlegen schaute er zu Pat, die ihn aber nur mitleidig ansah.

»Was?«, brummte er schlecht gelaunt.

Sie schüttelte vorwurfsvoll den Kopf. »Komm, lass uns reingehen.«

In dem Raum mit den Herrentoiletten waren drei Beamte mit der Spurensicherung beschäftigt. Hannes stellte ihnen Krumme und Pat vor, doch die zwei Männer und eine Frau waren so auf ihre Arbeit konzentriert, dass sie nur kurz aufschauten.

Krumme reckte den Kopf, um mehr sehen zu können.

»Achtung«, ermahnte ihn eine strenge, männliche Stimme. »Zutritt nur mit Schutzanzug.«

Krumme drehte sich überrascht um. Vor ihm stand ein weiterer Hauptkommissar, den grauen, sehr kurz geschnittenen Haaren nach zu urteilen etwas älter als Johannes Eggen. Zusammen mit zwei anderen Kollegen der Schutzpolizei stand er beim Eingang der – ebenfalls gesperrten – Damentoilette.

»Hauptkommissar Timmermann?«, fragte Krumme.

Der Beamte nickte. Krumme stellte sich und Pat vor und reichte ihm die Hand. Er spürte den kräftigen Druck eines zu allem entschlossenen Mannes.

»Wie schön. Ist mir eine Freude, Sie kennenzulernen«, fuhr Krumme fort. »Beeindruckend, wie gut Sie alles so schnell organisiert haben.«

»Was meinen Sie?«

»Na, die Kontrollen am Hafen. Und dass Sie sich sofort Hilfe aus Sylt geholt haben, war eine sehr gute Entscheidung.«

Timmermann verzog keine Miene, aber es war ihm anzusehen, dass er sich geschmeichelt fühlte. »Wir haben nur unsere Arbeit gemacht«, sagte er mit durchgestrecktem Rücken und strich sich mit der flachen Hand über die kurzen Haare. »Hier draußen im Wattenmeer müssen wir eben improvisieren, wenn es nötig ist.«

Krumme nickte.

Pat zeigte zu der Herrentoilette. »Mein Gott, das sieht ja schrecklich aus. So viel Blut.«

Timmermann musterte sie mit einem ernsten, leicht abschätzigen Blick. Offensichtlich entsprach Krummes Partnerin so überhaupt nicht seiner Vorstellung von einer Kriminalbeamtin. Dass sie selbst – wie immer – mit ihrem Handy Aufnahmen vom Tatort machte, schien dem Kollegen auch nicht zu gefallen. Egal, dachte Krumme, Timmermann würde schon noch lernen, was für eine hervorragende Ermittlerin Pat war.

»Ja, schlimm«, erwiderte der Leiter der Amrumer Wache. »Ich habe so etwas auch noch nicht gesehen. Zum Glück.«

»Gibt es schon konkrete Spuren?«, fragte Krumme.

Eine Kollegin von der Spurensicherung – sie war offensichtlich die Leiterin der Gruppe – trat zu ihnen. Krumme meinte, sie bei einem Fall, der ihn im letzten Jahr nach Sylt geführt hatte, schon einmal gesehen zu haben, konnte sich aber nicht mehr an ihren Namen erinnern. »Das Problem ist nicht, dass wir zu wenig Spuren haben«, erklärte sie, »sondern zu viele. Hier kommen jeden Tag Hunderte vorbei. Alles ist voll mit Fingerabdrücken und Fußspuren. Unmöglich zu sagen, welche von dem Täter sind.«

»Wirklich?«, fragte Pat. »Aber bei dem vielen Blut müsste er doch Schuhabdrücke hinterlassen haben. Wenn er überhaupt Schuhe anhatte.«

Die Beamtin zuckte mit den Schultern. »Wir haben weder hier in den Räumen noch draußen im Sand entsprechende Abdrücke gefunden. Offenbar hat der Täter seinem Opfer die Kehle durchgeschnitten und ist geflohen, noch bevor sich das Blut am Boden ausgebreitet hat.«

»Was wissen Sie über das Opfer?«, fragte Pat.

Dieses Mal antwortete Hannes. »Marco Ernst. Vierundzwanzig Jahre alt. Ein erfolgreicher Kitesurfer. Hat hier trainiert. Wohnte in einem Surferlager auf einem Campingplatz in Wittdün. Scheint ein netter Kerl gewesen zu sein. Wir haben unter den Surfern bereits herumgefragt. Niemand weiß etwas von irgendwelchen Feinden oder dass es irgendeinen Streit gegeben hätte.« Hannes versprach, ihnen eine Liste der Befragten zu geben.

»Einen Kaffee? Ich habe auch Cappuccino im Angebot.« Eine junge Kollegin der Inselwache präsentierte ihnen mehrere Becher von einem nahen Kiosk. Krumme griff sofort zu, irgendwie hatte er nach der stürmischen Überfahrt noch immer einen schlechten Geschmack im Mund.

Während er an seinem Kaffee nippte, schaute er sich in der Damentoilette um.

Timmermann ahnte, was er dachte. »Ich muss mich für unser provisorisches Büro entschuldigen.«

»Schon gut.«

»Ist es nicht. In Berlin würden Sie über solche Zustände sicherlich nur mit dem Kopf schütteln. Aber immerhin, hier drinnen haben wir unsere Ruhe.«

Krumme lächelte müde. Wann würde es aufhören, dass er für alle auch nach zehn Jahren in Nordfriesland immer noch der »Berliner« war?

»Immerhin kann draußen der Betrieb normal weiterlaufen, ohne dass die Ermittlungen mitten in der Hochsaison für unnötiges Aufsehen sorgen«, erwiderte Krumme.

Timmermann nickte. »Ich sehe, Sie haben aus dem Fall auf Föhr gelernt. Sehr gute Arbeit übrigens. Und das auch unter noch schwierigeren Bedingungen.«

»Weil der Mord kurz vor dem Hafenfest geschah?«

Timmermann räusperte sich. »Wie ich gehört habe, hat Polizeihauptkommissar Gerkens Sie bei den Ermittlungen eher mäßig unterstützt.«

Krumme horchte auf. »Was meinen Sie?«

»Nun, wenn ich mich richtig erinnere, hat sich der sonst so geschätzte Kollege leider einige handwerkliche Fehler geleistet.«

»Zum Beispiel?«

Timmermann wirkte verwirrt. Wahrscheinlich spürte er Krummes Skepsis und hatte mehr Zustimmung für seine Haltung gegenüber seinem ehemaligen Chef erwartet. »Na ja, war es nicht so, dass die Hauptzeugin beinahe gestorben wäre, weil sie nicht richtig bewacht wurde?«

»Ja, es war ein turbulenter Fall mit vielen Überraschungen.«

»Trotzdem, so etwas darf nicht passieren.«

Krumme musterte den offensichtlich sehr ehrgeizigen Kollegen. »Sind wir uns damals auch über den Weg gelaufen? Ich kann mich gar nicht erinnern …«

»Ich war damals auf einem Lehrgang. Hätte gerne geholfen. Aber gut – dafür arbeiten wir jetzt zusammen«, sagte Timmermann. »Eine große Ehre, ich bin gespannt, wie ein erfahrener Kollege, der so lange bei der Hauptstadtkripo gearbeitet hat, einen Fall wie diesen angeht.«

Krumme betrachtete ihn einen Moment, zwang sich zu einem neutralen Lächeln. Dann nickte er.

»Die Leiche ist jetzt wo?«

»In einer Rehaklinik in Nebel. Ist nicht unbedingt für solche Fälle eingerichtet, aber …«

»… wir müssen improvisieren«, beendete Krumme den Satz und schaute zu Hannes. »Können Sie uns hinfahren?«

13

Die Rehaklinik »Satteldüne« lag – ihrem Namen zum Trotz – mitten im Inselwald, in der Nähe des kleinen Dorfes Nebel. Eine Pathologie gab es nicht. Dr. Reiners, die Gerichtsmedizinerin aus Sylt, hatte sich für ihre Untersuchung im Keller eingerichtet. Als Krumme und Pat zusammen mit den Kollegen Timmermann und Hannes zu ihr gingen, stellten sie fest, dass sie in einem ehemaligen Duschraum gelandet waren. In der Mitte war für die Pathologin eine Klappliege aufgestellt worden, auf der die mit einem Handtuch von der Hüfte abwärts bedeckte Leiche von Marco Ernst lag. Schon auf den ersten Blick war die klaffende Wunde an seinem Hals zu erkennen.

Krumme nahm den typisch süßlichen Leichengeruch wahr. Er blickte besorgt zu seiner jungen Kollegin. Er wusste, Pat hatte viele Talente, kannte sich perfekt mit Computerdingen und den Sozialen Medien aus und war – wie er vor ein paar Jahren überrascht gesehen hatte – trotz ihrer Größe eine talentierte Turniertänzerin.

Aber leider hatte Pat einen schwachen Magen. Allein der Geruch, der in der Pathologie üblicherweise vorherrschte, ließ sie schwindeln. Den Anblick von Leichen konnte sie kaum ertragen, was im friedlichen Nordfriesland in der Regel kein Problem darstellte. Zum Glück mussten sie nur selten Dr. Fleischer, den Husumer Gerichtsmediziner, in seinem Keller in der städtischen Pathologie aufsuchen. Der Mediziner war Kettenraucher, was man schon von Weitem roch. Dazu war er ein unerfreulicher Mensch, der sich bei seinen Obduktionen einen Spaß daraus machte, Pat mit unappetitlichen Details zum Zustand der Leichen zu provozieren.

Dr. Reiners hingegen war eine sympathisch wirkende Frau um die vierzig. Während Fleischer stets eine Zigarette für die nächste Pause hinter seinem Ohr klemmen hatte, trug seine Sylter Kollegin schicke Ohrringe und eine Perlenkette um den Hals.

Details, die Pat allerdings nicht wahrnahm. Sie hatte nur Augen für den Toten mit dem aufgeschnittenen Hals. Krumme sah sie fragend an. Aber seine junge Kollegin schüttelte nur stumm den Kopf, wollte vor den anderen Kollegen keine Schwäche zeigen und bei der Obduktion dabei sein.

Dr. Reiners hatte ihre erste Untersuchung bereits abgeschlossen. »Die Todesursache ist eindeutig. Ein Schnitt durch die Kehle, das Opfer ist innerhalb kürzester Zeit verblutet.«

Krumme betrachtete den Toten. Ein gut aussehender, durchtrainierter junger Mann mit dichten schwarzen Locken. Er bemerkte, wie Pat sich den muskulösen Oberkörper und die breiten Schultern des Opfers mit trauriger Wehmut anschaute.

»Irgendwelche Drogen?«, fragte Krumme.

Die Doktorin schüttelte den Kopf. »Nein. Ich muss noch ein paar Bluttest vornehmen. Aber nach meinem Eindruck war er weder alkoholisiert noch unter dem Einfluss von Drogen, als er gestorben ist.«

»Er war Leistungssportler«, sagte Pat und schaute in ihre Unterlagen. »Kitesurfer. Hat bei den Masters in St. Peter-Ording mitgemacht.«

Timmermann zeigte auf die Hände. »Keine Spuren unter den Fingernägeln? Vom Täter, meine ich.«

»Nein. Nur Salz. Und Sand. Aber das ist natürlich nur eine erste Untersuchung. Wegen eventueller DNA-Spuren muss ich Sie bitten, meinen Abschlussbericht abzuwarten.«

Krumme zeigte auf die Shorts. »War das alles, was er anhatte?«

Die Pathologin nickte. »Offensichtlich hatte er nach dem Surfen noch nicht geduscht und wollte erst einmal auf die Toilette gehen.«

»Vielleicht ging es um ein Mädchen. Eine Schlägerei, bei der schließlich Messer im Spiel waren«, überlegte Timmermann, der mit durchgedrücktem Rücken und verschränkten Armen neben der Klappliege stand.

Krumme betrachtete seinen Kollegen. Dann setzte er seine Brille auf und ging näher an den Toten heran. »Irgendwelche Hämatome?«, fragte er.

»Nein«, erwiderte Doktor Reiners. »Zumindest keine, die nach meiner ersten Prüfung von einem Kampf stammen könnten. Genaueres kann ich Ihnen erst in meinem Abschlussbericht sagen.«

Krumme beugte sich hinab, sah sich die Halswunde an. Er dachte an Messerstechereien, die er damals in seinen Jahren bei der Berliner Kripo bearbeitet hatte. »Keine weiteren Stich- oder Schnittverletzungen?«

Dr. Reiners schüttelte den Kopf.

Krumme überlegte einen Moment. Dann seufzte er. »Für mich sieht das nicht nach einem Streit aus, der aus dem Ruder gelaufen ist.« Er zeigte auf die Halswunde. »Das ist ein sauberer, fast chirurgischer Schnitt. Der Täter wusste genau, was er tat, und hat es vermutlich nicht zum ersten Mal getan.«

Timmermann sah ihn verwundert an. »Was soll das heißen?«

Krumme sah seinen Kollegen an. »Dass wir es vermutlich mit einem Auftragsmörder zu tun haben, der wohl genau wie das Opfer kein Insulaner ist.«

Hannes sah ihn überrascht an. »Das war doch sowieso klar, oder nicht?«

»Ach ja, wieso?«

»Na ja, weil … jemand von Amrum würde doch nie so ein Verbrechen begehen.«

Krumme nickte langsam. »So kann man es auch sehen. Trotzdem – noch sind wir nicht so weit, dass wir komplett ausschließen können, dass der Täter nicht doch auf der Insel lebt.«

Wieder betrachtete er den Toten. »Wie groß ist der junge Mann?«, fragte er die Pathologin, ohne aufzuschauen.

»Eins dreiundachtzig.«

»Also ungefähr so groß wie Sie?«, fragte er Timmermann.

Der nickte. »Gut getippt, ich bin eins fünfundachtzig. Wieso?«

Krumme stellte sich hinter seinen Kollegen. »Angenommen ich wollte Ihnen von hinten die Kehle durchschneiden, ungefähr so …« Er deutete mit der flachen Hand beim verdutzten Timmermann einen möglichen Schnitt an. »Dann müsste ich mich ganz schön strecken«, sagte er zu Dr. Reiners.

Die Pathologin verstand, was er meinte. Sie war etwas größer als Krumme. Sie schob ihn mit sanftem Druck zur Seite und machte dann die gleiche Geste bei Timmermann. »Tatsächlich zeigt die Schnittkurve und -kante …«, sie fuhr mit dem Zeigefinger über Timmermanns sauber rasierten Hals, »dass der Täter mindestens so groß wie ich gewesen sein muss. Nur so konnte er das Opfer mit einem solchen Schnitt töten.«

»Das heißt, der Mörder müsste zwischen eins fünfundsiebzig und …«

»Eins fünfundachtzig groß gewesen sein«, beendete Dr. Reiners mit einem zufriedenen Lächeln Krummes Satz.

Kurz darauf stand er zusammen mit Hannes, Timmermann und Pat vor der Klinik. Die Sonne über Amrum schien, aber im Westen zogen dunkle Wolken auf. Es war nur eine Frage der Zeit, bis es regnen würde.

»Beeindruckend«, erklärte Timmermann. »Es ist wirklich eine Freude mit einem erfahrenen Ermittler wie Ihnen zusammenzuarbeiten.«

»Immer wieder gern«, erwiderte Krumme und tauschte unbemerkt von seinem Kollegen ein kurzes Grinsen mit Pat, deren Gesicht jetzt an der frischen Luft deutlich mehr Farbe hatte.

»Und nun?«, fragte Timmermann, nachdem er die neueste Information an die Kollegen am Hafen weitergegeben hatte.

Krumme überlegte. »Dieser Marco Ernst ist nicht allein nach Amrum gekommen, wenn ich das richtig sehe, oder?«

»Nein«, meldete sich Hannes. »Er war mit ein paar Surferfreunden hier.«

»Wie gesagt, wir haben sie schon verhört«, ergänzte Timmermann. »Aber keiner hat etwas gesehen. Und Streit hatte das Opfer auch mit niemandem.«

Krumme kratzte sich nachdenklich am Kopf. »Ich würde gern auch noch mal mit ihnen reden.«

»Kein Problem«, erklärte Timmermann. »Wir haben sie gebeten, die Insel vorerst nicht zu verlassen.«

»Sehr gut.« Krumme tauschte einen Blick mit Pat. »Aber vorher müssen wir unbedingt mit unserem einzigen Zeugen sprechen.«

Timmermann sah zu Hannes, der nachdenklich mit den Schultern zuckte.

Pat musste wieder husten. »Wie geht es dem Kleinen denn?«, sagte sie anschließend mit heiserer Stimme.

»Na ja, das Kind steht unter Schock«, antwortete Hannes mit auffallend bedrückter Miene. »Er redet praktisch nicht mehr.«

»Immerhin hat er Ihnen erzählt, dass es sich bei dem

Täter um einen ›großen Jungen‹ gehandelt hat, oder?«, sagte Krumme.

»Einen großen Jungen ohne Bart«, ergänzte Timmermann mit erhobenem Zeigefinger.

Hannes nickte. »Aber mehr war aus ihm beim besten Willen nicht herauszukriegen.«

»Trotzdem, wir müssen es noch mal probieren. Er ist der Einzige, der den Mörder gesehen hat. Nur er kann ihn identifizieren.«

Timmermann sah fragend zu Hannes. »Was meinst du, Johannes?«

Hannes zuckte mit den Schultern, blickte dann zu Krumme. »Es lässt sich wohl nicht vermeiden, oder?«

Krumme schüttelte den Kopf.

»Na gut, ich fahre Sie zu ihm.«

»Wir können auch ein Taxi nehmen. Sie haben bestimmt noch andere Dinge zu tun.«

»Nein, Johannes sollte bei dem Gespräch dabei sein«, sagte Timmermann.

»Warum?«, fragte Pat.

Hannes seufzte. »Weil der Junge – mein Sohn ist.«

14

Als Camilla zurück ins Haus kam, saßen Denis und Sascha auf dem Sofa und jagten an der Playstation wieder Zombies.

»Moin«, begrüßte Sascha sie.

»Da bist du ja endlich!«, rief Denis, ohne den Blick vom Bildschirm zu nehmen.

»Wo hast du dich denn so lange rumgetrieben?«, wollte Sascha wissen, während er einem Untoten ein Schwert in den Kopf rammte.

»Mein … Fahrradschloss hat geklemmt«, behauptete sie. Dass sie nach der Nachricht von Marcos Tod erst mal eine Weile allein auf einer Bank sitzen musste, um zu sich zu kommen, ging die beiden Idioten nichts an.

»Hast du an das Bier gedacht?«, fragte Denis.

Camilla warf die Brötchentüte zu ihnen aufs Sofa. »Hättet ihr nicht wenigstens den Tisch decken können?«

Keiner reagierte.

Leise fluchend ging Camilla zur Küchenzeile. Sie füllte Wasser in die Kaffeemaschine und Kaffeepulver in den Filter. Während sie darauf wartete, dass der Kaffee durchlief, schaute sie aus dem Fenster hinaus in den Garten. Sie hatten sogar einen kleinen Swimmingpool, obwohl das Meer nur ein paar hundert Meter entfernt war. Von Westen zogen dunkle Wolken auf. Aber noch funkelte die Sonne so hell im Wasser des Beckens, dass Camilla die Augen zusammenkneifen musste.

»Scheiße!«, rief Denis und schleuderte den Controller auf den Tisch. »Diese Mistviecher! Ich könnte kotzen!«

Sascha jubelte. »Schon wieder gewonnen! Alter, du wirst es nie schaffen.«

Dann stand er auf und ging zu Camilla.

»He, Prinzessin, für wen hast du dich so hübsch gemacht?«

Sie wich seinem spöttischen Blick aus. »Es ist ein schöner Sommertag. Bloß weil ihr wieder wie die Penner rumlauft, muss ich das nicht tun.«

»Hoho, hat da jemand schlechte Laune?« Er legte seine Hand auf ihre Schulter, aber Camilla drehte sich trotzig zu Seite.

»Wie wär's, wenn du die Teller fürs Frühstück hinstellst?«

»Ich esse später.«

»Noch später? Es ist fast ein Uhr. Wieso schaffen wir es nicht einmal, zu einer normalen Zeit zu frühstücken?«

»Weil wir Urlaub haben!«, sagte Denis, während er schaute, was für Brötchen seine Schwester mitgebracht hatte.

»Exakt«, Sascha klatschte lässig mit seinem Kumpel ab und schaute dann wieder zu Camilla. »Erst gehe ich joggen.«

Nun sah sie ihn doch an. »Du willst raus?«

»Klar. Nur ein bisschen den Weg lang. Bis Nebel und dann wieder zurück.«

»Sieht aus, als wenn es gleich regnet.«

»Dann sollte ich mich beeilen. Ich werde verrückt, wenn ich hier nur im Haus rumhocke.«

Sie nickte, musterte ihn dabei aber sehr aufmerksam.

»Wo warst du eigentlich gestern?«, fragte sie.

Sein freches Lächeln verschwand. »Auch nur hier um die Ecke. Habe ich doch schon gesagt. Warum fragst du?«

Sie zuckte mit den Schultern. »Nur so.«

Er ließ seinen misstrauischen Blick für eine Weile auf ihr ruhen. Dann gab er sich einen Ruck. »Ich bin weg. Lasst mir ein Brötchen übrig«, sagte er, schnappte sich seine Sportschuhe und verließ das Haus.

Denis trat zu ihr an den Tisch. »Wieso hast du keine Schokoladenbrötchen gekauft, Cam?«

Sie stöhnte. »Gab's da nicht.«

»Echt? Bist du sicher?«

»Geh das nächste Mal selber, wenn du mir nicht glaubst!«, schimpfte sie und rümpfte die Nase. »Aber vorher wäschst du mal deine Sachen.«

»He, was ist denn heute los mit dir?«

»Hast du schon mal gemerkt, wie du stinkst?«

Denis verdrehte die Augen. »Ja, ja, komm runter. Ich mach nachher mal eine Maschine an. Hab die Sachen schon auf einen Haufen gelegt.«

»Nachher, nachher.« Camilla stöhnte. »Ich übernehm das. Deck du lieber den Tisch.«

Damit marschierte sie wütend in ihr Zimmer, knallte

hinter sich die Tür zu. Den Rücken an die Tür gelehnt, atmete sie tief durch und versuchte, sich zu beruhigen.

Ja, sie hatte schlechte Laune. Und es ärgerte sie, dass sie mit niemandem darüber reden konnte. Marco war brutal ermordet worden, die Kehle durchgeschnitten! Der alte Mann auf dem Campingplatz hatte recht: Wie konnte ein solches Verbrechen hier auf einer so kleinen und friedlichen Insel wie Amrum passieren?

In ihrem Kopf drehte sich alles. Wieso ausgerechnet Marco? Ihre einzige Bekanntschaft auf der Insel! Hatte es womöglich sogar mit ihr zu tun?

Sie schloss die Augen, erinnerte sich an sein freches Lächeln, an seinen nassen, vom Salzwasser glänzenden Körper. So voller Leben. Und jetzt …

Sie begann ihre Sachen für die Waschmaschine zusammenzusuchen, doch ihre Gedanken kehrten immer wieder zu dem Mord zurück.

Nachdenklich griff sie nach ihrem roten Bikini, den sie gestern Nachmittag zum ersten Mal am Strand getragen hatte. Sie hatte ihn hier auf Amrum gekauft und war total stolz gewesen, fand ihn supersexy und bequem.

Nun würde sie ihn immer nur mit dem Mord an Marco in Verbindung bringen.

Sie hielt inne, den Blick starr auf das Fenster gerichtet und dachte nach.

Dann sprang sie auf, schnappte sich ihre Klamotten und verließ ihr Zimmer.

Denis hatte nicht einmal angefangen, den Tisch zu decken. Stattdessen lümmelte er wieder auf dem Sofa und blätterte gelangweilt in einem der Amrum-Prospekte, die in dem Ferienhaus ausgelegt waren.

Aber ihr Bruder war ihr in diesem Moment egal. Ohne ihn zu beachten, huschte sie in das Schlafzimmer der Jungs. Anders als Camilla mussten sich die beiden ein Zimmer teilen. Zuerst hatte Sascha darauf bestanden, sein eigenes Reich zu bekommen. Es hatte einige Mühe gekostet, bis sie sich mit ihrer Meinung durchgesetzt hatte, dass ihr als Frau etwas Intimsphäre zustand – auch wenn Denis ihr Bruder war und sie als Kinder zusammen in einem Zimmer geschlafen hatten.

Natürlich hatte Denis entgegen seiner Ansage seine Sachen nicht auf einen Haufen gelegt. Egal, alles, was sie interessierte, waren Saschas Klamotten.

Sie schloss die Augen und versuchte, sich zu erinnern. Als sie gestern zum Strand gegangen war, hatte er ein dunkelblaues T-Shirt angehabt. Doch als sie dann am Abend vom Strand und ihrem langen Spaziergang über die Insel wieder nach Hause gekommen war, hatte er ein weißes T-Shirt getragen.

Sie suchte den Boden ab, fand aber nur die schmutzige Wäsche ihres Bruders und ein paar von Saschas muffelnden Sportsocken. Angewidert verzog sie das Gesicht.

Dann warf sie einen Blick unter Saschas Bett.

Und wurde fündig.

Das blaue T-Shirt, ganz hinten, hinter seinen Badelatschen.

Ächzend streckte sie den Arm unter das Bett,

brauchte einen Moment, bis sie an das T-Shirt heranreichte und es herausziehen konnte.

Das Herz schlug ihr bis in den Hals, als sie das Hemd mit beiden Händen hoch und gegen das Licht hielt.

Sie hatte richtig vermutet.

Auf der vorderen Seite entdeckte sie einen großen Fleck.

Und Camilla ahnte, nein wusste: Das war ganz sicher kein Rotwein oder Ketchup.

15

Für die Fahrt nach Wittdün hatte Pat darauf bestanden, hinten zu sitzen. Da war es zwar etwas enger, aber sie konnte sich vor allem auf die Aussicht konzentrieren. Doch obwohl die hier auf der kleinen Insel am Rand des nordfriesischen Wattenmeers besonders schön war, ging ihr das Bild der blutbeschmierten Strandtoilette nicht aus dem Kopf. Genauso wie das des toten Surfers mit dem aufgeschnittenen Hals.

Was für ein brutaler Mord. Und die Lösung des Falls hing ausgerechnet von einem kleinen Jungen ab.

»Warum haben Sie uns nicht schon früher gesagt, dass Ihr Sohn unser einziger Zeuge ist?«, fragte der vorn sitzende Theo, als sie Norddorf verließen und die Straße nach Süden nahmen.

Hannes, ihr Kollege von der Inselwache, atmete tief durch. »Weil es kompliziert ist.«

Theo strich sich über die Haare, die vom Fahrtwind durch das halb offene Fenster heftig zerzaust wurden. »Das ist es immer, wenn Kinder in so eine Geschichte hineingezogen werden.« Er blätterte in den Unterlagen, die Timmermann ihnen mitgegeben hatte, und überflog sie. Dann reichte er sie nach hinten zu Pat.

»Ihr Sohn heißt Tomme«, sagte er an Hannes gerichtet.

»Ja.« Der Polizist nickte, ohne die Augen von der Straße zu nehmen.

»Der Mann, der Tomme nach der Tat gefunden hat«, las Pat vor, »meinte, er hätte nur stumm in der Kabine gehockt und am ganzen Körper gezittert.«

»Und der Mann hat dann die Polizei gerufen?«, wollte Theo wissen.

»Zum Glück war ein Kollege gerade in der Nähe«, antwortete Hannes. »Hat nur Minuten gedauert, bis er da war.«

»Ich nehme mal an, Ihr Kollege kannte Tomme?«, fragte Pat.

»Anton? Ja, klar. Aber auch auf ihn hat der Kleine kaum reagiert. Ich war kurz darauf ebenfalls am Strand. Ich habe versucht, mit ihm zu reden, aber es war, als wenn er mich überhaupt nicht wahrnehmen würde.«

Pat blickte zu Theo, der bedächtig nickte, wie immer, wenn er konzentriert nachdachte.

»Wo war Ihr Sohn, als Sie eintrafen? In der Toilette?«

»Nein, nein. Anton hat dafür gesorgt, dass sie sofort gesperrt wurde. Ist doch ein Tatort. Nein, Anton hat mit ihm und dem Mann, der ihn gefunden hat, bei dem Imbiss gewartet.«

»Da gab es nach so einem Verbrechen bestimmt ein ziemliches Durcheinander, oder?«

Hannes überlegte. »Könnte man sagen. Hat sich schnell herumgesprochen, was da passiert war. Aber Anton und Heide … Heide gehört der Imbiss, eine ziemlich resolute Frau … Also die beiden haben dafür gesorgt, dass keiner an Tomme herankam. Dann sind wir zur Wache nach Nebel gefahren. Um ganz in Ruhe zu sprechen. Aber wie gesagt ...« Er schüttelte traurig den Kopf.

Pat sah von hinten, wie Theo sich an der kahlen Stelle an seinem Hinterkopf kratzte. Was er wohl dachte? Meistens etwas Schlaues. Das Problem war, dass sie immer fragen musste. Von sich aus redete er eher weniger, zumindest in dieser Hinsicht passte er gut in den Norden.

Hannes räusperte sich. »Was, wenn Tomme auch mit Ihnen nicht reden will?«

»Haben Sie Angst, dass wir ihn zu sehr bedrängen?«, fragte Theo.

Hannes zuckte mit den Schultern.

»Keine Angst, wir passen schon auf«, sagte Pat mit heiserer Stimme. Verdammte Halsschmerzen, dachte sie und nahm noch einen der Hustenbonbons, die sie auf der Fähre gekauft hatte.

»Aber jede Information, die Ihr Junge uns geben kann, ist wichtig«, ergänzte Theo. »Immerhin, er hat gesagt, der Täter wäre ein großer Junge, das schließt für mich schon mal alle älteren Männer als Täter aus.«

Hannes nickte, schien aber nicht recht überzeugt. Pat sah in diesem Moment eine Gruppe von Fahrradfahrern – etwa zehn junge Burschen zwischen fünfzehn und zwanzig Jahren. Jeder von ihnen konnte der Täter sein.

Als sie kurz darauf Wittdün erreichten, fing es zu regnen an. Dicke Tropfen klatschten auf die Windschutzscheibe ihres Autos. Sie hielten in einer ruhigen

Seitenstraße, die parallel zur belebten Inselstraße am westlichen Ortsrand durch Wittdün führte, und stiegen aus. Eine Windböe peitschte ihnen den Regen ins Gesicht. Pat fluchte. Vorhin, in Norddorf, nur wenige Kilometer entfernt, war es noch sonnig und warm gewesen. Nun fühlte es sich an, als wäre mitten im Juli der Herbst ausgebrochen.

Sie und Theo schauten sich um. Sie standen vor einem alten, geschmackvoll renovierten Friesenhaus, das sich auf einem Hügel hinter einigen Fichten versteckte.

Als Pat zusammen mit Theo und Hannes das Haus auf der kleinen Anhöhe erreichte, sahen sie auf der anderen Seite neben dem Garten eine breite Promenade. Dahinter breitete sich eine scheinbar endlose Strandfläche aus – am Anfang noch eben, ging sie nach ein paar hundert Metern in eine Landschaft aus flachen Dünen über: der Kniepsand – eine wandernde Sandbank, für die die Insel in der ganzen Welt bekannt war. Pat kniff die Augen zusammen, um besser sehen zu können, beobachtete, wie eine Windhose unter dem tief hängenden, dunklen Himmel Sand emporwirbelte. In der Ferne sah sie am Horizont als dunkelgrauen Strich die Nordsee, auf der sich gerade die Fähre nach Sylt durch die hohen Wellen kämpfte.

»Pat?«, rief Theo, der schon mit Hannes an der Haustür wartete.

»Was für ein Ausblick«, hustete sie mit heiserer Stimme. Als sie bei den Männern war, drückte Hannes die Klingel. Pat wunderte sich. Hatte er den Hausschlüssel vergessen?

Niemand öffnete, auch nachdem Hannes es ein zweites Mal probiert hatte.

»Vielleicht sollten wir durch den Garten gehen«, schlug er vor, um sie dann am Haus vorbei nach hinten zu einer Terrasse zu führen, über die eine große Markise gespannt war. Davor, auf dem Rasen, lagen ein paar Bälle herum, eine Friesenfahne knatterte im Wind, ansonsten war niemand zu sehen. Weiter hinten, halb verborgen von einer Hecke, sah Pat eine verwaiste Schaukel.

»Seltsam«, brummte Hannes. »Ich habe doch angerufen …« Hilflos schaute er sich um, blickte auch in eines der Fenster.

»Einen schönen Garten haben Sie hier«, erklärte Theo, um die peinliche Stille zu beenden, die durch den auf die Markise prasselnden Regen noch unangenehmer wurde.

»Nur dass es nicht *sein* Garten ist«, meldete sich in diesem Moment eine weibliche Stimme.

Überrascht drehten sie sich um. Eine Frau war ihnen von der Vorderseite des Hauses in den Garten gefolgt. Sie trug T-Shirt und Jeans und hatte die langen blonden Haare hochgesteckt, doch in dem strammen Seewind hatten sich ein paar Strähnen gelockert und flatterten ihr ins Gesicht. Eine durchaus attraktive Frau, fand Pat. Sie hatte eine gewisse Ähnlichkeit mit Theos Freundin Marianne, wirkte aber ein wenig verlebt. Pat sah dunkle Augenringe und tiefe Falten auf der von der Sonne gebräunten Stirn.

»Hallo, Andrea«, begrüßte Hannes sie. »Darf ich dir meine beiden Kollegen aus Husum vorstellen? Kriminalhauptkommissar Theo Krumme und Kriminalkommissarin Patrizia Reichelt.«

Sie nickte Theo und dann ihr zu.

»Guten Tag, Frau Eggen«, begrüßte Theo sie, »schön, dass wir …«

»Traustein! Hannes und ich sind seit einem halben Jahr geschieden. Ich heiße jetzt wieder Traustein. Aber Sie können gern Andrea zu mir sagen.«

Theo blickte überrascht zu Pat, bevor er sich wieder an ihre Gastgeberin wandte. »Entschuldigung, ich hatte keine Ahnung …«, murmelte er und schaute zu Hannes, der etwas bedröppelt dabeistand.

Andrea Traustein bedachte ihren Ex-Mann mit einem vorwurfsvollen Blick. »Hast du deinen Kollegen nichts von unserem aktuellen Beziehungsstatus verraten?« Sie wandte sich wieder zu Theo und Pat. »Sie müssen entschuldigen, es fällt Hannes noch immer schwer, gewissen Tatsachen ins Auge zu sehen.«

Hannes verdrehte die Augen. »Bitte, Andrea, nicht. Wir haben jetzt ganz andere Probleme.«

Andrea atmete aus. »Das stimmt allerdings.«

Sie lud sie ein, ins Haus zu gehen und im Wohnzimmer Platz zu nehmen, und bot ihnen Kaffee und Tee an. Dann verschwand sie in der Küche.

»Sie hat recht«, flüsterte Theo. »Sie hätten uns ruhig verraten können, dass Sie geschieden sind.«

Ihr Kollege nickte nur müde. »Ich hab Ihnen doch gesagt – es ist kompliziert.«

Andrea kam mit Kaffee, Tee und ein paar Keksen zurück. Während sie ihren Gästen einschenkte, herrschte

Stille. Alle nippten stumm an ihren Tassen, bis Theo sich räusperte. »Wie geht es Ihrem Sohn?«, fragte er und sah Andrea freundlich an.

»So weit ganz gut. Er ist oben bei seinen Schwestern.«

»Die auch mit am Strand waren?«, fragte Pat.

»Ja. Aber von dieser schlimmen Geschichte haben sie nichts mitbekommen.«

»Zum Glück«, ergänzte Hannes.

Andrea beachtete ihn überhaupt nicht.

»Haben Sie…«, Theo zögerte, »haben Sie mit Tomme schon über diese ›schlimme Geschichte‹ sprechen können?«

»Nein. Zu mir hat Tomme nichts gesagt. Und ich werde ihn auch nicht drängen. Es reicht mir, ihm zu zeigen, dass ich für ihn da bin, falls er darüber reden will. Egal wann.«

Theo nickte. »Das Wohl des Kleinen ist das Allerwichtigste. Trotzdem, ich hoffe, Sie nehmen uns nicht übel, dass wir unbedingt erfahren müssen, was oder besser wen genau er in dieser Toilette gesehen hat.«

Andrea musterte ihn misstrauisch. »Haben Sie Kinder?«

Theo nickte. »Eine erwachsene Tochter. Und inzwischen ein Enkelkind. In Australien«, fügte er mit etwas Wehmut hinzu.

Andrea blickte argwöhnisch zu Pat. »Und Sie?«

Sie schüttelte den Kopf.

Tommes Mutter schien nichts anderes erwartet zu haben. »Trotzdem meinen Sie, Sie könnten nach so einer schrecklichen Erfahrung mit meinem schwer traumatisierten Kind reden? Ist das nicht eher ein Fall für einen Psychologen oder eine Psychologin?«

»Andrea, bitte«, warf Hannes ein.

»Was?« Sie sah ihn mit funkelnden Augen an. »Seit gestern Abend habe ich da oben einen völlig verstörten kleinen Jungen, der nicht mehr mit mir reden will. Der im Schlaf stöhnt und weint. Und da willst du zwei einfache Kripobeamte auf ihn loslassen?«

Pat sah, wie Theo sich um ein Lächeln bemühte, unter dem Tisch aber die Hände zu Fäusten ballte. »Ich kann Ihre Zweifel gut verstehen, Frau …«

»Andrea«, unterbrach ihre strenge Gastgeberin.

Theo nickte. »Das Problem ist, dass der Faktor Zeit eine große Rolle spielt. Der Täter muss noch auf der Insel sein. Wenn wir irgendwie eine brauchbare Beschreibung bekommen, dann stehen die Chancen gut, dass wir ihn schnappen.«

»Und wenn Tomme immer noch Angst hat und nicht darüber reden will?«

»Aber stellen Sie sich vor, wir warten zu lange und der Täter schlägt ein zweites Mal zu.«

»Wissen Sie schon etwas zu den Hintergründen der Tat? Ich meine, warum der junge Mann getötet wurde?«

»Wir wissen leider noch nichts. Im Moment ist Ihr Sohn der Einzige, der uns einen ersten Anhaltspunkt geben kann, wo wir mit den Ermittlungen ansetzen müssen. Seine Aussage entscheidet eventuell für einen anderen Menschen über Leben und Tod.«

Andrea schaute Theo nachdenklich an, blickte zu Hannes, der zustimmend nickte. Dann seufzte sie.

»Sie brechen sofort ab, wenn Sie den Eindruck haben, es wird zu viel für ihn?«

»Sofort. Selbstverständlich.«

»Und Sie versprechen, dass wir dann auf einen richtigen Kinderpsychologen warten?«

Theo zögerte einen Moment, holte tief Luft. »Versprochen.«

»Sie müssen wissen, Tomme ist ein sehr sensibler Junge, aber er weint fast nie. Aber das heißt nicht, dass er keine Angst hat.«

»Sie können uns vertrauen. Wir haben es schon oft mit Kindern zu tun gehabt.«

Tommes Mutter musterte sie zweifelnd.

»Bitte, Andrea«, versuchte jetzt auch Hannes zu helfen. »Ich hätte die beiden nicht mitgebracht, wenn ich ihnen nicht vertrauen würde.«

Sie sah ihren Ex-Mann mit starrer Miene an. »Wie geht's eigentlich Melina?«

Hannes sah sie überrascht an. »Melina? Was …?«

Andrea ließ ihn nicht ausreden, wandte sich wieder an Pat und Theo. »Melina ist seine junge Kollegin bei der Polizei. Die, mit der er mich jahrelang betrogen hat. So viel zum Thema Vertrauen.«

Hannes seufzte. »Andrea, das gehört gerade wirklich nicht hierher. Auf unserer Insel läuft ein Mörder herum. Und Tomme kann uns helfen, ihn zu finden.«

Endlich gab Andrea ihren Widerstand auf. Sie erhob sich. »Warten Sie hier. Ich hole ihn.«

Sie verschwand wieder, ging über eine knirschende Treppe hinauf in den ersten Stock.

»Sie macht sich eben Sorgen um den Kleinen«, glaubte ihr Kollege sich für die Haltung seiner Ex-Frau entschuldigen zu müssen.

Theo nickte nur, sagte aber nichts.

Kurz darauf kehrte Andrea zurück. An der Hand hielt sie den kleinen Tomme. Pat war überrascht, wie schmächtig der Junge war. Er hatte dunkle Haare und eine blasse Haut. Er sah im Gegensatz zu seiner braun gebrannten, blonden Schwester, die mit ihm ins Wohnzimmer gekommen war, überhaupt nicht wie ein nordfriesisches Inselkind aus. Besonders auffällig waren seine großen braunen Augen, in denen Pat Furcht und Kummer zu erkennen glaubte. Schüchtern drückte er sich an die Seite seiner Mutter und versteckte sich hinter ihr vor den unbekannten Besuchern.

Andrea ging in die Knie, strich ihrem Sohn zärtlich über den Kopf. »Schau mal, Tomme. Das sind die beiden Polizisten, von denen ich dir erzählt habe. Sie sind heute extra mit der Fähre aus Husum gekommen, um dir ein paar Fragen zu stellen. Ist das okay für dich?«

Alle Blicke waren auf ihn gerichtet, doch Tomme reagierte nicht, gab keinen Laut von sich. Stattdessen starrte er Pat mit offenem Mund an, schien mit seinen großen Augen nur sie wahrzunehmen.

Sie sah hilfesuchend zu Theo. Was nun? Der nickte ihr kaum merklich zu, das Zeichen, dass sie das Gespräch übernehmen sollte.

Pat rutschte nervös auf ihrem Stuhl hin und her. So viel Aufmerksamkeit von einem Kind war ihr unangenehm, auch wenn sie jetzt nicht nur Furcht, sondern auch einen Anflug von Neugier in seinem Blick bemerkte.

Vielleicht hätte ich heute ausnahmsweise nicht nur schwarze Sachen anziehen sollen, dachte sie.

Schnell zog sie wenigstens die dunkle Mütze vom Kopf, die sie trotz der warmen Temperaturen immer trug, und entblößte ihr kurzes, verschwitztes Haar.

Unbeholfen beugte sie sich zu dem Kind hinunter, um wie die Mutter auf gleicher Höhe mit seinem Gesicht zu sein, aber sie schaffte es nicht ganz und sah immer noch von oben auf den Kleinen herab.

Sie kam sich vor wie die böse Königin, die das unschuldige Schneewittchen verführen will.

Pat wollte den Jungen begrüßen, wollte sagen, dass es toll sei, dass er zu ihnen nach unten gekommen war. Doch statt einer freundlichen Begrüßung kam nur ein heiseres Bellen aus ihrem Mund. Ein Hustenkrampf hatte sie gepackt.

Tomme schrie auf, zuckte zusammen, riss sich von der Hand seiner Mutter los und rannte hinaus in den Garten.

Pat blickte bestürzt zu Theo, dann zu Hannes, der ebenso verblüfft war, und schließlich zu Andrea.

Deren trauriges Lächeln verriet, dass sie nichts anderes erwartet hatte. »Respekt, Sie wissen, wie man mit kleinen Kindern umgeht.«

16

Camilla saß zusammen mit ihrem Bruder am Esstisch im Wohnzimmer und blickte stumm hinaus in den Garten. Nach ihrer Entdeckung in Saschas Zimmer hatte sie Denis so wütend angefaucht, dass er erschrocken vom Sofa aufgesprungen war und sofort den Tisch gedeckt hatte. Sogar frischen Kaffee hatte er gekocht, wenn er leider auch viel zu wenig Pulver genommen hatte und der Cappuccino nur wie heiße Milch schmeckte.

Jetzt hockte Camilla vor ihrem Teller und nagte an einem trockenen Brötchen. Sie bekam keinen Bissen herunter, musste immer an Sascha denken und an das, was er getan hatte.

»Isst du gar nichts?«, erkundigte sich Denis, während er mit vollem Mund sein Lachsbrötchen mampfte.

»Hm?« Camilla sah ihn gedankenverloren an.

»Na ja, erst machst du so einen Stress und dann isst du nichts.«

»Habe keinen Hunger.«

»Da hätten wir auch noch auf Sascha warten können.«

»Das tun wir ja! Keine Ahnung, wo er so lange bleibt«, fauchte sie, so aufgebracht und aggressiv, dass Denis verwirrt schwieg und sich auf sein Brötchen konzentrierte.

Ein Quietschen an der Haustür. Kurz darauf stapfte ein verschwitzter Sascha herein.

»Hallo«, rief er grinsend, öffnete den Kühlschrank, griff sich einen Orangensaft und trank einen großen Schluck direkt aus der Packung. »Ahh«, seufzte er zufrieden und setzte sich neben sie an den Tisch, um sich mit einer Gabel von ihrem Lachs zu bedienen. Doch bevor er ein Stück aufpicken konnte, zog Camilla wütend ihren Teller aus seiner Reichweite.

»Finger weg!«

Er schüttelte den Kopf, lächelte, während er die Arme wohlig seufzend ausstreckte. »Jetzt hör schon auf, Cam. Hast du immer noch schlechte Laune?«

»Wo bist du so lange gewesen?«, fragte sie.

Er schaute sie an, als wäre sie völlig durchgeknallt. »Na, joggen. Aber du hattest recht. Auf einmal hat es wie verrückt geschüttet. Da habe ich mich eine Weile bei einer Bushaltestelle untergestellt.«

»Wo? Hier im Wald? Oder warst du wieder am Strand? Wie gestern Nachmittag?«

Nun lächelte Sascha nicht mehr, als er ihr antwortete: »Ich war gestern nicht joggen.«

Camilla hielt seinem herausfordernden Blick stand. »Aber am Strand warst du, hab ich recht?«

Er schwieg, sah sie mit finsterer Miene an.

Camilla warf ihm plötzlich das schmutzige T-Shirt ins Gesicht, das sie unter seinem Bett gefunden und jetzt auf dem Schoß versteckt gehalten hatte. »Kannst du mir sagen, was das zu bedeuten hat?«

Denis hörte auf zu essen, verstand nur Bahnhof.

Sascha streckte den Rücken, presste die Lippen aufeinander. »Hast du meine Sachen durchsucht?«

»Was ist das für ein Fleck?«, fragte sie.

Er hielt das T-Shirt hoch, tat, als würde er nichts sehen.

»Da vorn, auf der Brust!«, rief Camilla ungeduldig.

»Marmelade, irgendein Dreck, was weiß ich. Was interessiert dich das? Tu es in die Waschmaschine, wenn es dich stört.«

»Das ist Blut«, bellte sie.

»Blödsinn. Du spinnst ja, wieso …«

»Halt die Klappe«, unterbrach sie wütend. »Ich habe schon viele blutige Klamotten gesehen. Also hör auf, mich zu verarschen.«

Sascha lehnte sich zurück und verschränkte die Arme. »Was willst du von mir?«

Camilla zitterte vor Wut. »Du hast ihn umgebracht.«

Denis verschluckte sich erschrocken an seinem Kaffee. »Was?«, krächzte er und stellte seinen Becher ab.

Sascha hingegen verzog keine Miene. Camilla sah in seine dunkel funkelnden Augen und wusste, dass sie recht hatte. Sie kannte ihn besser als jeder andere Mensch. Er konnte ihr nichts vormachen.

»Was ist hier los, verdammt noch mal?«, stammelte Denis, der sich das T-Shirt geschnappt hatte und es verwirrt betrachtete.

»Sascha war gestern am Strand, er ist mir gefolgt«, antwortete sie ihrem Bruder, schaute dabei aber nur den schweigenden Sascha an. »Er hat mich beobachtet, wie ich mit einem Surfer geplaudert habe. Ein netter Typ, hat mich in ein Restaurant eingeladen und wollte vorher noch mal kurz auf Klo.«

»Im Ernst?« Denis konnte es nicht fassen. »Du warst essen mit einem Typen? Du weißt genau, dass wir nicht …«

»Natürlich weiß ich das«, unterbrach sie ihren Bruder. »Deshalb habe ich auch meine Sachen gepackt und bin gegangen, bevor er zurückkam. Aber er ist nie zurückkommen – oder Sascha?«

Denis' Kopf ging verständnislos zwischen ihnen beiden hin und her. Camilla durchbohrte Sascha mit ihrem Blick, aber der saß nur regungslos wie eine Statue auf seinem Stuhl und schwieg.

»Nein, er ist nicht zurückgekommen«, wiederholte Camilla, und eine Träne lief ihr über die Wange, »weil Sascha ihm auf die Toilette gefolgt ist und ihm da die Kehle durchgeschnitten hat!«

»Was?« Denis sah entsetzt zu seinem Kumpel. »Alter, sag, dass das nicht stimmt.«

Aber Sascha beachtete ihn gar nicht, schaute nur zu ihr. »Und auf all das bist du gekommen, weil du ein schmutziges T-Shirt von mir gefunden hast?«

»Gestern hast du gewitzelt, ich hätte irgendwelche Burschen mit meinem roten Bikini angemacht.«

»Na und? Stimmt doch.«

Sie schüttelte verächtlich den Kopf. »Ja, ich habe einen neuen roten Bikini. Und ja, er ist ziemlich sexy.«

»Also gibst du's zu?«

»Aber den habe ich mir erst hier auf Amrum gekauft. Den kannst du noch nie gesehen haben.« Camilla beugte sich über den Tisch, sah ihm direkt in die bösen Augen. »Außer du warst gestern am Strand.«

Sascha presste die Lippen aufeinander und schwieg.

Treffer!

Aber Camilla fühlte keine Genugtuung. Nur eine schreckliche Leere.

»Mann, ich fass es nicht«, stammelte Denis, der endlich kapierte. »Du hast es schon wieder getan!«

»Ja, ich geb's zu, ich war gestern am Strand, aber ich habe den Typen nicht …«

Wieder unterbrach ihn Camilla. »Wo ist dein Messer?«

»Wieso?«

»Gib es mir. Ich will es sehen. Sofort!« Sie streckte die Hand aus.

Es war deutlich zu sehen, dass Sascha die Art, wie sie mit ihm sprach, überhaupt nicht gefiel. Und es war keine gute Idee, Sascha in die Ecke zu drängen. Das konnte üble Folgen haben. Zum Glück war er noch erschöpft vom Joggen. Wenn er dagegen gerade gekokst hatte, war er eine tickende Bombe, der man besser aus dem Weg ging.

Ob er gestern am Strand auch auf Droge gewesen war?

Sascha atmete stoßweise vor Wut. Schließlich stöhnte er auf. »Ja, scheiße, okay, ich geb's zu. Ich habe das Arschloch kaltgemacht.« Trotzig wich er ihren Blicken aus und sah aus dem Fenster hinaus in den Garten.

Camilla sah ebenfalls hinaus. Ein Schwarm Spatzen balgte sich in einer nach dem kurzen, aber heftigen

Schauer randvollen Wasserschale, während der nasse Rasen und die nach dem Regen tropfenden Bäume in der Sonne glitzerten.

Ein grünes Paradies. Aber gerade hatte sie das Gefühl, dass sie in einer Hölle gelandet war. Nicht zum ersten Mal, seit sie Sascha kannte.

»Aber – warum?«, stieß sie hervor. »Was hat er dir getan?«

Saschas Kiefer mahlte. Er blickte zu Denis, hatte wohl keine Lust, ausgerechnet vor ihrem Bruder die Karten auf den Tisch zu legen.

»Sascha«, Camilla suchte nach den richtigen Worten, »was um Himmels willen stimmt nicht mit dir?« Sie klang jetzt eher verzweifelt als wütend.

»He«, fuhr er auf, »tu nicht so, als wäre ich ein Psycho!«

»Aber das ist doch nicht normal! Wieso hast du das getan? Der Typ war völlig harmlos, ein Surfer, der Spaß am Strand haben wollte.«

Saschas Augen zuckten ruhelos hin und her. Er schien keinen Punkt zu finden, an dem er sich festhalten konnte.

Camilla beobachtete ihn besorgt. Sascha war verrückt, völlig durchgeknallt, auch ohne Drogen, das wurde ihr in diesem Moment einmal mehr bewusst.

»Das wäre alles nicht passiert, wenn du dich an die Regeln gehalten hättest«, sagte Sascha leise. Seine Stimme zitterte.

»Wie bitte?« Sie sah ihn fassungslos an. »Jetzt soll ich schuld sein?«

Sascha sprang von seinem Stuhl auf und lehnte sich drohend über den Tisch. »Wenn du ihn nicht angemacht hättest, wäre es nie so weit gekommen!«

Denis stand ebenfalls auf, machte Anstalten, Sascha wieder zurück auf den Stuhl zu drücken. »He, beruhig dich, Alter.«

Sascha schob ihn zur Seite, hatte nur Augen für Camilla. »Ist doch wahr. Wenn du mit uns hier im Haus geblieben wärst, so wie besprochen, dann würde der Arsch noch leben. Dann wäre alles gut. Aber nein, du musstest ja unbedingt da raus und dir irgendeinen Idioten zum Ficken suchen.«

Camilla sah ihn an, bekam auf einmal keine Luft mehr. Ohne zu überlegen, schlug sie Sascha mit der flachen Hand ins Gesicht, so laut, dass die Spatzen vor dem offenen Fenster erschrocken davonflogen.

Denis erstarrte, schaute zu Sascha, fürchtete, dass er seiner Schwester jeden Moment an die Gurgel gehen würde.

Doch Sascha rührte sich nicht, sah Camilla nur an. Nichts ließ erkennen, was er gerade dachte und fühlte.

Wieder lief Camilla eine Träne übers Gesicht. Ohne ein weiteres Wort erhob sie sich, verschwand in ihr Zimmer und knallte die Tür hinter sich zu.

17

Krumme ging mit Hannes in den hinteren Teil des Gartens. Der Regen hatte aufhört, überall strahlte die Sonne durch die Wolkenlücken auf die Insel. Tomme saß auf der Schaukel und schaukelte ohne viel Schwung hin und her. Krumme betrachtete Hannes, bemerkte, wie sehr ihn der Anblick seines Sohnes aufwühlte. Genau wie vorher auch Tommes Mutter Andrea. Zunächst hatten sie Pats ungeschickte Aktion als Beleg dafür gesehen, dass der Kleine noch nicht reif für ein Gespräch über den Mord in der Toilette war. Es hatte Krumme viel Zeit und Mühe gekostet, die Eltern zu überreden, einen zweiten Versuch zu wagen. Obwohl Andrea und Hannes sich offenbar auseinandergelebt hatten – in ihrer Sorge um ihren kleinen Sohn waren beide nach wie vor vereint.

Krumme konnte die Eltern nur zu gut verstehen. Vor vielen Jahren war seine Tochter Hannah in einer Kleingartensiedlung in Berlin-Pankow Opfer eines Gewaltverbrechens geworden. Zum Glück hatte sie überlebt, doch ihr Charakter hatte sich komplett verändert. War sie vorher noch ein fröhliches, unbekümmertes Mädchen gewesen, hatte sie sich als Folge dieser schrecklichen Tat zu einem schüchternen, in sich gekehrten, ängstlichen Menschen entwickelt. Krumme hatte es damals das Herz gebrochen. Es hatte viele Jahre gebraucht, bis Hannah das Erlebte verarbeiten und hinter sich lassen konnte. Was für ein Glück, dass sie jetzt in Australien einen netten Mann geheiratet hatte und Mutter einer süßen Tochter geworden war.

Auch wenn Tomme nur Zeuge einer Straftat war, so war er durch den Anblick des blutigen Verbrechens doch auch ein Opfer. Krumme hoffte, dass diese Erfahrung nicht zu tiefe Wunden in seiner kleinen Seele hinterlassen würde.

Der neben ihm stehende Hannes holte Luft. »Ich rede mit ihm.« Er ging zur Schaukel und sprach leise mit seinem Sohn. Es war nicht zu erkennen, ob Tomme ihm zuhörte.

Krumme stellte den Kragen seiner Jacke auf und sah sich um, betrachtete die nach dem Regen noch verlassene Promenade und den dahinter liegenden Kniepsand. Er hatte gelesen, dass Amrum die einzige Insel Nordfrieslands war, die jedes Jahr etwas größer wurde, weil immer neuer Sand angespült wurde. Tatsächlich schien sich der weiße Strand bis zum Horizont zu erstrecken. Die einzigen Menschen, die man sah, waren zwei einsame Wanderer, die sich in der Ferne als kleine Punkte über eine Düne bewegten. Krumme seufzte und beschloss, später ebenfalls einen Spaziergang zu machen – wenn es die Zeit zuließ.

Hannes kam zurück zu ihm. »Sie können jetzt mit ihm reden.«

»Hat er sich beruhigt?«

»Das ist nicht das Problem.« Hannes zuckte mit den Schultern. »Er ist ganz ruhig. Keine Ahnung, ob er Ihnen antworten wird. Aber versuchen Sie es. Ich bleibe hier.«

Krumme nickte und ging langsam zur Schaukel. Er überlegte, wie er anfangen sollte. Es war lange her, seit seine Tochter Hannah in dem Alter gewesen war. Und wenn er ehrlich war, hatte sich damals vor allem seine Frau um die Kleine gekümmert. Er hatte im Neuköllner Polizeipräsidium viel zu oft bis in die Nacht gearbeitet.

Er stellte sich neben die Schaukel. »Hallo, Tomme.«

»Hallo«, flüsterte der Junge, ohne aufzusehen.

Immerhin, sie sprachen miteinander. Ein guter Anfang!

»Schaukelst du schön?«, fragte Krumme und ärgerte sich im gleichen Moment. Ging es noch bescheuerter? Was für eine blöde Frage! Wollte er so das Vertrauen des Kleinen gewinnen? Tomme zeigte dann auch keine Reaktion. Krumme räusperte sich. »Einen schönen Garten habt ihr hier.«

Auch nicht viel besser. Eigentlich wirkte er sogar eher ungepflegt. Tommes Mutter schien neben ihrer Arbeit keine Zeit für Unkrautzupfen und Rasenmähen zu haben. Wieder schwieg der Junge.

»Dein Papa hat mir gesagt, ich darf dir ein paar Fragen stellen.«

Keine Reaktion. Nur das leise Quietschen der Schaukel.

»Ich brauche deine Hilfe, Tomme. Wir alle brauchen deine Hilfe.«

Schweigen.

»Ich weiß, dass du lieber nicht darüber reden möchtest, aber gestern Abend ist etwas Schlimmes passiert…« Er beobachtete den Jungen. Hatte sich seine Miene verfinstert? »Ich bin jetzt hier mit meiner Kollegin Pat, um dafür zu sorgen, dass so etwas nie wieder geschieht.«

Er hielt inne. Tomme warf einen kurzen Blick in seine Richtung, schien ihm jetzt zuzuhören.

Sehr gut.

»Du hast gestern einen Mann gesehen, der etwas sehr Böses gemacht hat. Wir müssen diesen Mann unbedingt finden. So schnell es geht. Damit der Mann ins Gefängnis kommt und nicht noch mal so etwas Schlimmes tun kann. Verstehst du?«

Zum ersten Mal sah er ihn direkt an. Krumme atmete tief durch. Er hatte es geschafft, er hatte den Kleinen erreicht. Jetzt konnte er wohl …

»Willst du auch mal?«, unterbrach Tomme seine Gedanken.

Krumme sah ihn erstaunt an.

»Was?«

»Schaukeln.«

»Ich soll schaukeln?«

»Ist ganz einfach.«

Krumme sah den Jungen überrascht an, blickte kurz zu Hannes, der sie aus einiger Entfernung beobachtete. Tommes Vater lächelte aufmunternd.

»Okay«, erwiderte Krumme, worauf Tomme seinen Platz räumte und die Schaukel festhielt, damit Krumme sich hineinsetzen konnte.

Krumme überlegte, wann er das letzte Mal auf einer Schaukel gesessen hatte. Er konnte sich nicht erinnern. Mit einem leisen Ächzen setzte er sich auf das Brett, griff nach den Halteseilen und stieß sich nach hinten ab.

»Und jetzt musst du Schwung holen – mit den Beinen – nach vorne …«, gab Tomme das Kommando, und zum ersten Mal sah Krumme den Anflug eines Lächelns auf seinem ernsten Gesicht.

Also schön. Krumme holte Schwung mit den Beinen.

»Macht Spaß«, gab er zu.

»Höher!«, rief Tomme.

Krumme legte sich ins Zeug, holte mit den Beinen aus, schwang höher und höher. Die Kinderschaukel quietschte und knarrte immer lauter.

Tomme klatschte in die Hände. »Noch höher!«

»Ja, ja, ich versuch's ja«, rief Krumme, dem langsam schwindelig wurde.

Plötzlich ein Knall. Ein Seil war gerissen, sein Gewicht war zu viel für die Kinderschaukel. Mit dem Hintern voran landete Krumme auf dem nassen Rasen.

Sofort war Hannes bei ihm, griff ihm unter die Arme und half ihm auf. Der Kollege konnte sich ein Lächeln nicht verkneifen. »Haben Sie sich wehgetan?«

»Nein, nein«, murmelte Krumme mit hochrotem Kopf. »Tut mir leid, dass ich die Schaukel demoliert habe …« Er rieb sich den schmerzenden Hintern und hoffte nur, dass die anderen nichts von seinem Unfall mitbekommen hatten.

Krumme blickte zu Tomme, erwartete, dass der Kleine ihn auslachte.

Das tat er aber nicht. Stattdessen hob er mit ernster Miene Krummes Brieftasche auf, die ihm bei dem Sturz aus der Hosentasche gefallen war.

Er wollte sie ihm gerade zurückgeben, als sein Blick auf das Foto im Innern fiel. Es zeigte Krumme und Marianne, lächelnd auf einem Deichspaziergang zusammen mit Sonny.

»Ist das dein Hund?«, fragte Tomme.

»Äh, ja«, sagte Krumme, während er den Schmutz von seiner Hose abklopfte.

»Der ist aber groß.«

Krumme nickte. »Aber ganz lieb.«

Der Junge betrachtete das Bild.

»Wie heißt er denn?«

»Sonny.«

Tomme sah ihn mit seinen großen braunen Augen an. »Hört sich nett an.«

Krumme lächelte. »Hast du auch einen Hund?«

Der Kleine schüttelte den Kopf. »Nein. Ich würde gerne. Aber Mama sagt, sie hat schon genug Arbeit. Sie kann sich nicht auch noch um einen Hund kümmern.«

»Verstehe.«

»Unsere Nachbarin hat einen Hund, Frau Sörensen. Elvis heißt der. Der ist auch groß. Aber mit dem darf ich nicht spielen. Mama sagt, der ist gefährlich. Aber das ist er gar nicht.«

»Deine Mama hat dich eben lieb und macht sich Sorgen um dich.«

Tomme nickte und betrachtete weiter das Foto in Krummes Brieftasche.

»Vielleicht stelle ich dir Sonny mal vor«, bot Krumme an. »Ich glaube, ihr würdet euch mögen.«

Tomme strahlte. »O ja!«

Krumme nickte freundlich, holte dann tief Luft. »Aber vorher muss ich noch was erledigen. Und dafür brauche ich deine Hilfe.«

18

Camilla lag auf ihrem Bett und starrte an die Decke. Sie hörte durch das offene Fenster das sanfte Rascheln im Blätterdach über ihrem Haus. Eigentlich ein beruhigendes Geräusch. Doch Camilla wollte sich gerade nicht beruhigen. In ihr tobte ein Sturm.

Sie hasste ihr Leben. Vielleicht würde sie nie Frieden finden. Egal, was sie auch tat, am Ende ging es schief und endete in Gewalt und Katastrophen. Wieso nur schaffte sie es nicht, aus diesem Albtraum auszubrechen? Sie hatte die anderen jungen Leute am Strand gesehen. Wieso konnte sie nicht so unbeschwert wie sie den Sommer genießen, mit Jungs flirten und ihr Leben so leben, wie sie es wollte?

Während sie ihren düsteren Gedanken nachhing, hörte sie von nebenan aus dem Wohnzimmer aufgeregtes Gemurmel. Denis und Sascha stritten offenbar, aber so leise, dass sie ihre Worte nicht verstand.

Dann ein Klopfen an der Tür.

»Nein!«, rief Camilla, aber Sascha kam trotzdem herein.

»Na«, sagte er nur, griff sich einen Stuhl, stellte ihn neben ihr Bett und setzte sich rittlings darauf. Camilla stöhnte und drehte sich zur Seite.

»He, immer noch sauer?«, hörte sie ihn. Wieder stöhnte sie, verzog das Gesicht. Wie konnte er so blöd fragen?

»Ich weiß, ich habe einen Fehler gemacht«, fuhr er nach einer Weile fort – nicht zerknirscht oder verlegen, es klang eher wie ein Vorwurf, als würde er sich bei ihr beklagen, weil sie ihn für ein Monster hielt.

»Hat mich eben total fertiggemacht zu sehen, wie sich dieser Kerl bei dir einschleimen wollte. Verdammt, er hat dir die ganze Zeit auf die Titten geglotzt, hast du das denn nicht gemerkt? Und was sollte am Ende diese Scheiße mit dem Handkuss?«

Camilla kniff die Augen zusammen, wieder lief ihr eine Träne übers Gesicht. Für einen Moment hörte sie nichts von Sascha, nur das Knarren seines Stuhls.

»Verdammt, Cam, ich habe es doch nur für dich getan«, stieß er schließlich mit belegter Stimme hervor.

Endlich drehte sie sich zu ihm herum. »Kapierst du eigentlich nicht, was du da für eine Scheiße erzählst?«

Sascha schwieg, sah sie verwundert an.

»Der Typ hatte dir nichts getan, gar nichts. Und du Psycho hast ihm die Kehle durchgeschnitten, einfach so! Er war völlig wehrlos.«

Saschas Augen wurden zu Schlitzen. »Ich bin kein Psycho.«

»Und ob du das bist. Und die Scheißdrogen machen es noch schlimmer. Du bist krank. Normale Menschen bringen keine Menschen um.«

»Ach ja? Was ist dann mit dir?«

Mit einem Ruck setzte sie sich auf. Nicht dieses Thema. Nicht jetzt.

Sascha grinste, wusste, dass er einen wunden Punkt getroffen hatte. Er hob beschwichtigend die Hand. »Ich geb ja zu, ich habe einen Fehler gemacht«, sagte er. »Aber jetzt tu nicht so, als wärst du etwas Besseres. Auch du hast schon jemanden umgebracht.«

Camilla begann am ganzen Leib zu zittern. »Das war … ein Unfall«, sagte sie mit bebender Stimme.

»Ach ja? Der Kerl wollte dich vergewaltigen. Da hast du ihn kaltgemacht. Du hättest auch die Bullen rufen können. Oder versuchen, das Arschloch davon zu überzeugen, seine Finger von dir zu lassen. Aber das hast du nicht getan. Stattdessen hast du ihm mit deiner Knarre einfach in den Kopf geschossen.«

»Es war deine Knarre.«

»Die ich dir geschenkt habe. Und egal – es war deine Entscheidung. Die richtige Entscheidung.«

Sie hasste ihn. »Das war etwas ganz anderes.«

»War es nicht. Wir beide, du und ich sind vom selben Schlag. Für uns gibt es keine Grenzen. Deshalb gehören wir auch zusammen.«

»Wir haben nie zusammengehört!«

»Doch«, beharrte er. »Damals wenigstens«, fügte er leise hinzu.

Sie verdrehte die Augen, setzte sich jetzt auf die Bettkante. »Sascha, alles, was du sagst, ist falsch. Rache ist falsch. Töten ist falsch.«

»Und doch hast du es getan.«

»Und ich bereue es jeden verdammten Tag.«

Er verzog den Mund zu einem bitteren Lächeln, verschränkte die Arme vor der Brust.

»Aber du, du bereust nichts«, rief sie. »Du denkst gar nicht daran. Du tötest andere Menschen. Und es ist dir völlig egal. Und deshalb sitzen wir jetzt auch hier fest. Nur wegen dir!«

»Das war nicht nur meine Schuld. Du und Denis, ihr hängt da genauso drin.«

»Aber nur, weil wir an diesem Abend mit dir unterwegs waren. Wenn ich gewusst hätte, was du vorhast, hätte ich dich mit Ketten gefesselt und in dein Zimmer gesperrt.«

Sascha betrachtete sie schweigend mit seinen dunklen, bedrohlich glänzenden Augen. Als wäre er der Teufel persönlich.

Es gab wenige Menschen, die Camilla so gut kannte wie Sascha. Sie hatten bereits im Kindergarten zusammen in der Sandkiste gespielt und waren auch auf dieselbe Schule gegangen. All die Jahre waren sie gemeinsam auf den Straßen ihres Viertels in Mannheim unterwegs gewesen, hatten die Nächte in Bars und Diskotheken durchgemacht. Dabei hatte es immer wieder diese Momente gegeben, in denen Sascha völlig austickte, auch ohne Drogen, die erst später dazukamen. Anfangs hatten sie noch darüber gelacht. Dann nicht mehr. Aber es gehörte nun mal zu ihrem Leben.

Trotz allem war Sascha immer so etwas wie ein Bruder für sie gewesen. Doch er hatte leider irgendwann begonnen, mehr in ihr zu sehen.

»Was denkst du, was dein Vater sagen wird, wenn er von dieser Geschichte erfährt?«, fragte sie.

»Nichts. Weil ich ihm nichts davon erzählen werde. Und ich hoffe, du auch nicht.«

Camilla schüttelte ungläubig den Kopf. »Früher oder später wird er es erfahren.«

»Wie gesagt, nicht von mir.«

»Du willst deinen Vater anlügen?«

»Er hat genug andere Probleme. Er muss nicht alles wissen.«

»Das ist völlig absurd. Dein Vater wollte, dass wir abtauchen, dass wir uns ruhig verhalten. Dass *du* dich ruhig verhältst, bis Gras über die Sache gewachsen ist.«

»Ja und?« Er winkte verärgert ab. »Mach dir keinen Kopf. Wenn ihr eure Klappe haltet, passiert gar nichts.«

Camilla schüttelte erneut den Kopf. Sie fühlte sich wie benommen, konnte keinen klaren Gedanken fassen. »Mit dieser Sache wirst du niemals durchkommen …«

»Schluss jetzt!«, rief er und schlug dabei mit der flachen Hand auf die Rückenlehne des Stuhles. »Was passiert ist, ist passiert. Jammern hilft uns auch nicht weiter.«

Camilla sah ihn ungläubig an. »Aber … verstehst du denn nicht?«

Wieder sah er sie sehr böse an. »Was?«, bellte er.

»Wir müssen hier weg. Wir können jetzt nicht mehr auf der Insel bleiben.«

»Wieso nicht?«

»Weil die Polizei die ganze Insel umkrempeln wird, bis sie den Mörder hat. Bis sie dich hat.«

Sascha grinste. »Die schnappen mich nicht.«

»Wir kannst du dir da so sicher sein?«

Er stand auf, grinste noch immer. »Denkst du, ich weiß nicht, was ich tue? Ich habe alles im Griff. Niemand hat mich gesehen. Niemand weiß, wie ich aussehe. Es gibt keinen Zeugen.«

Camilla sah ihn mit ihren verweinten Augen an. Sie lachte freudlos, weil Sascha so dämlich war. »Aber es *gibt* einen Zeugen«, sagte sie.

»Blödsinn.«

»Ich rede keinen Stuss. Die Polizei hat eine Täterbeschreibung.«

Sascha starrte sie entgeistert an. Camilla konnte praktisch sehen, wie es in seinem Innern arbeitete.

Dann schüttelte er den Kopf. »Es gibt keinen Zeugen, hundert Pro. Mich hat niemand gesehen.«

»Ach ja? Und warum suchen sie dann nach einem jungen Mann? Bei den Fähren stehen die Bullen und passen auf, dass keiner unter dreißig die Insel verlässt.«

Sascha schwieg, blickte starr vor sich hin.

»Nein«, sagte er leise. »Das kann nicht sein. Da war niemand. Die lügen …«

Dann wandte er sich ab, ging langsam zur Tür.

Camilla sah ihm hinterher. Auf einmal wirkte er so verloren, dass er ihr fast leidtat.

19

Krumme stand mit Pat im Flur von Andreas Haus, während sie telefonierte. Pat hatte es zuerst mit dem Handy versucht, aber der Empfang auf der Insel war miserabel. Also hatten sie gefragt, ob sie das Festnetztelefon benutzen durften.

»Ja … Verstehe …«, sagte Pat mit ihrer heiseren Stimme ins Telefon. »Schade … ja … Wir müssen mal sehen … Die Zeit drängt natürlich … Aber danke für die Info … Wir melden uns …«

Damit legte sie auf, musste erst einmal husten, was sie während des Gesprächs zurückgehalten hatte.

»Und?«, fragte Krumme ungeduldig. »Was hat er gesagt?«

»Heute nicht mehr. Der zuständige Kollege für Phantombilder liegt mit Grippe im Bett. Es gibt noch eine Frau in Flensburg. Aber die kann erst morgen Nachmittag auf der Insel sein. Frühstens.«

»Wieso so spät?«

»Sie hat Urlaub und ist noch mit einem Segelschiff auf der Ostsee unterwegs. Die Kollegen versuchen gerade, sie zu erreichen.«

Krumme seufzte, schüttelte den Kopf. »Alles viel zu spät. Komm, wir reden mit den beiden.«

Sie gingen rüber ins Wohnzimmer, wo Hannes und Andrea auf sie warteten. Tomme war wieder im oberen Stock bei seinen Schwestern. Nachdem Krumme es überraschend geschafft hatte, einen Zugang zu Tomme zu finden, hatte der sich bereit erklärt, bei der Erstellung eines Phantombildes zu helfen.

»Na schön, wo ist das Problem?«, fragte seine Mutter, als Krumme ihr von dem Anruf erzählte. »Dann bekommen Sie Ihr Phantombild eben morgen, und Tomme hat noch einen Tag Ruhe.«

Krumme blickte auf die Uhr und dann nach draußen in den Garten. Er seufzte. »Aber wir brauchen die genaue Beschreibung des Mörders jetzt, sofort. Wir verlieren viel zu viel Zeit.«

Andrea zuckte mit den Schultern. »Wer weiß, ob er sich nicht schon längst abgesetzt hat.«

»Die Kollegen geben ihr Bestes, damit das nicht passiert«, erklärte Hannes ihr. »Kein Schiff darf ohne unsere Erlaubnis die Insel verlassen. Und auch am Hafen stehen Polizisten.«

Andrea musterte ihn mit abschätziger Miene. Sie hatte ihren Mann an eine Kollegin verloren. Wahrscheinlich hielt sich ihr Respekt vor der Inselpolizei in Grenzen.

»Die Gefahr besteht trotzdem«, gab Krumme zu. »Umso wichtiger wäre es, wenn wir ein Bild des Täters hätten.«

Für einen Moment herrschte Schweigen.

Hannes räusperte sich. »Ich glaube, ich hätte eine Lösung für unser Problem.«

»Und zwar?«, fragte Krumme.

»Ich muss kurz einen Anruf machen«, sagte sein Kollege, stand auf und ging zu dem Telefon im Flur. Wen er anrief, wollte Hannes nicht verraten. »Warten Sie es ab«, bat er.

Eine halbe Stunde später klingelte es an der Tür. Hannes führte einen Gast ins Wohnzimmer, einen jungen Mann um die zwanzig mit einer Ledertasche über der Schulter, den er als Henry Johannsen vorstellte.

Krumme staunte. Henry war nicht viel größer als er selbst, hatte aber fast absurd muskulöse tätowierte Oberarme. Stämmige Beine steckten in einer zerrissenen kurzen Jeans. Über dem breiten Brustkorb spannte sich ein Metallica-T-Shirt. Roter Vollbart, kahlrasierter Schädel. Eine Mischung aus Pumuckl und Wikinger.

»Moin«, grüßte er mit freundlichen braunen Teddyaugen in die Runde.

Andrea grüßte nur sehr verhalten zurück. Sie sah ihren Ex-Mann an. »Nicht dein Ernst?«

Hannes seufzte und wandte sich zu Henry: »Hättest du dich nicht umziehen können?«

Henry zuckte mit den breiten Schultern. »Du hast gesagt, ich soll sofort kommen.«

»He, ich kenne dich!«, rief Pat. »Du warst heute Vormittag auch am Strand. Bei diesem Imbiss, bei dem wir geparkt haben.«

Henry wurde rot. »Kann sein. Der gehört meiner Mutter, Heide.«

Krumme sah Hannes verwirrt an. »Imbiss? Ich verstehe nicht …«

Henry fiel ihm ins Wort. »Ich helfe da nur aus, wenn viel los ist, wie jetzt in der Hauptsaison. Aber eigentlich studiere ich Kunst und Illustration in Kiel.«

»Sag die Wahrheit, Henry!« Andrea sah ihn tadelnd an.

Henry seufzte. »Okay, ich hab ein Semester studiert. Dann habe ich geschmissen.«

»Zeig ihnen mal deine Bilder«, forderte ihn Hannes ungeduldig auf.

»Natürlich.« Henry holte sein Smartphone heraus, rief den Fotoordner auf und scrollte eine Weile herum. Dann hielt er ihnen das Display hin.

Krumme setzte seine Brille auf und schaute sich zusammen mit Pat an, was es dort zu sehen gab. Es handelte sich um Kohlezeichnungen und Porträts.

»Damit verdiene ich mein Geld«, erklärte Henry stolz. »Ich porträtiere Touristen.«

»Am Strand?«, fragte Pat ungläubig mit ihrer heiseren Stimme.

»Auch. Aber lieber hier an der Promenade, wenn das Wetter besser ist. Manchmal stehe ich auch unten am Hafen.«

»Und wie lange brauchen Sie für so eine …« Krumme suchte nach dem richtigen Wort. »Für so eine Karikatur?«

Henry schüttelte den Kopf. »Das sind keine Karikaturen.«

»Ach nein?«

»Ich will die Leute doch nicht verärgern. Ich zeige sie so, wie sie wirklich sind. Den meisten gefällt's.«

»Okay. Und wie lange …?«

»So eine Viertelstunde.« Henry strich sich über den Bart. »Aber bei Tomme würde ich mir natürlich mehr Zeit nehmen.«

»Sie kennen den Jungen?«

»Na klar.«

Andrea hatte ihr Gespräch mit skeptischer Miene verfolgt. Doch jetzt nickte sie. »Henry hat früher ab und zu als Babysitter für uns gearbeitet.«

»Ein Mann mit vielen Talenten«, stellte Krumme mit sanftem Spott fest und scrollte weiter durch die Zeichnungen. Dann tauschte er einen Blick mit Pat und sah schließlich zu Hannes. »Wenn Sie meinen, können wir es ja mal versuchen.«

Hannes klopfte dem jungen Mann freundlich auf den Rücken.

Henry strahlte. »Ich krieg das hin, vertrauen Sie mir.«

Krumme holte tief Luft. »Na schön. Dass Sie den Kleinen kennen, ist jedenfalls ein Vorteil. Also – probieren wir's.«

20

Pat blieb mit Andrea Traustein im Wohnzimmer, während Theo, Hannes und Henry sich mit Tomme in dessen Kinderzimmer zurückzogen. Andrea wäre gern mitgegangen, aber Pat hatte sie überzeugt, dass Theo und Hannes besser wussten, worauf es bei einem Phantombild ankam. Andrea wirkte nicht überzeugt, vertraute aber Theos Kompetenz, der es immerhin geschafft hatte, Tomme aus seinem Schocktrauma zu wecken.

»Tut mir leid, dass ich Tomme so erschreckt habe«, sagte Pat, als sie allein waren, und musste prompt wieder husten.

»Schon mal Ingwer probiert?«, fragte Andrea.

Pat schüttelte den Kopf. Kurz darauf stellte ihre Gastgeberin ihr einen frisch aufgebrühten Becher mit Ingwertee auf den Tisch, dazu einen Spritzer Honig. »Hilft bei mir immer«, sagte sie.

Pat bedankte sich. Hinter der rauen Schale war Tommes Mutter offenbar ganz nett.

»Sie kommen nicht aus Nordfriesland, oder?«, fragte Pat, während sie vorsichtig an ihrem heißen Tee nippte.

Andrea schüttelte den Kopf. »Ich bin Berlinerin. Ich

dachte, nach über dreißig Jahren im nordfriesischen Wattenmeer würde man das nicht mehr merken.«

»Vielleicht liegt es an Theo, dass ich auf so etwas achte«, sagte Pat und wies mit dem Daumen Richtung Obergeschoss. »Er kommt auch aus Berlin.«

Andrea nickte. »Ja, dass Ihr Kollege aus Berlin kommt, habe ich schon an seinem ›Moin‹ gemerkt«, erwiderte sie.

Pat lächelte. »Das wird er nicht gern hören. Theo will nach zehn Jahren im Norden unbedingt ein echter Nordfriese sein.«

»Blödsinn. Einmal Berliner, immer Berliner, das ist doch nicht schlimm, oder?«

»Nein, sag ich ihm auch immer.« Pat nippte wieder an ihrem Tee. Er tat ihrem geschundenen Hals wirklich gut.

Für einen Augenblick hingen beide ihren Gedanken nach.

»Haben Sie Hannes' neue Freundin auch schon kennengelernt?«, fragte Andrea unvermittelt.

»Ich glaube nicht.«

»Bestimmt haben Sie das. Sie ist die einzige Frau bei der Truppe hier auf Amrum.«

Pat nickte unsicher. Sie erinnerte sich an die Kollegin, die ihnen in der Strandtoilette einen Kaffee gereicht hatte. Sie hatte recht sympathisch gewirkt. Aber das sagte sie jetzt lieber nicht.

»Sie heißt Melina«, fuhr Andrea fort. »Ist fünfzehn Jahre jünger als ich ... Na ja«, ergänzte sie mit düsterer Miene, als würde das ihr ganzes Drama erklären.

Pat wollte über dieses Thema lieber nicht mit ihr reden. »Sie haben außer Tomme noch zwei Kinder, oder?«, fragte sie daher.

Zum ersten Mal schlich sich ein liebevolles Lächeln auf Andreas Gesicht. »Zwei Mädchen, ja. Annalena und Sinja.«

»Schöne Namen.«

Andrea nickte, während ihr Blick aus dem Fenster hinaus in den Garten ging.

»Drei Kinder«, fuhr Pat fort. »Ist bestimmt nicht immer ganz einfach, oder?«

»Nein, vor allem, wenn man alleinerziehende Mutter ist. Und dazu noch eine richtige Arbeit hat.«

»Sie vermieten Ferienwohnungen?«

Andrea schüttelte den Kopf. »Ich verkaufe sie. Ich bin Immobilienkauffrau. Hier auf Amrum und auf Föhr. Auch auf den Halligen habe ich ein paar Objekte.« Sie zeigte Pat eine Broschüre ihrer kleinen Firma, erzählte stolz etwas zu ihren spannendsten Projekten.

Pat war beeindruckt. »Sieht nach viel Arbeit aus. Da sind Sie bestimmt ständig unterwegs?«

Andrea seufzte. »Ja, leider. Ich bedaure es sehr für die Kinder. Wenn sich schon ihr Vater verdrückt hat, sollten sie wenigstens ihre Mutter um sich haben. Aber was soll ich machen?«

Pat nickte, hatte aber keine Ahnung, was ausgerechnet sie zu diesem großen Thema sagen sollte. »Ich bin sicher, Sie machen das großartig.«

»Wenn das so wäre, hätte ich gestern Abend mit meinen Kindern zusammen am Strand gesessen und ein Auge auf Tomme gehabt. Dann wäre ihm dieser Albtraum erspart geblieben.«

Pat verzog skeptisch den Mund. »Machen Sie sich keine Vorwürfe. Selbst wenn Sie dabei gewesen wären – Tomme wäre doch trotzdem allein auf die Toilette gegangen.«

Andrea überlegte einen Moment, nickte dann traurig.

In diesem Augenblick ging oben die Tür auf. Theo und Henry sowie Tomme an der Hand von Hannes kamen die Treppe herunter.

Andrea sprang sofort auf, lief ihnen entgegen und übernahm den Kleinen von seinem Vater.

»Na, mein Süßer, habt ihr es geschafft?«

Tomme nickte ernst.

Hannes streichelte sanft über Tommes Kopf. »Hat er ganz toll gemacht.«

Theo lächelte freundlich. »O ja, du warst uns eine große Hilfe.«

Andrea fragte den Jungen, ob er wieder zu seinen Schwestern wolle. Tomme nickte und sprang sofort die Treppe hinauf und war weg.

»Und?«, fragte Pat Theo. »Wie ist es geworden?«

Ihr Kollege seufzte. Er sah Henry an, der seine Zeichnung auf den Esstisch legte. Alle setzten sich.

»Oh«, machte Andrea, als sie das Bild sah, und auch Pat traute ihren Augen kaum. Das Bild zeigte einen jungen Mann in Jeans, T-Shirt und einer dunklen Basecap. Um den Hals trug er Kopfhörer. Aber die Kohlezeichnung hatte nichts von einem üblichen Phantombild.

Stattdessen sah der Verdächtige aus, als wäre er die Hauptfigur einer Comic-Serie. Die böse Hauptfigur. Denn der Junge auf Henrys Zeichnung hatte funkelnde Manga-Augen und schien die Betrachter mit seinen krallenartig aufgestellten Händen praktisch anspringen zu wollen.

»Also, ich finde es genial«, sagte Henry und betrachtete sein Werk mit stolzem Lächeln.

Theo zuckte mit den Schultern. »Zwischendurch hatte ich das Gefühl, unser Verdächtiger würde am Ende wie der Joker aus den Batman-Comics aussehen.«

Henry schaute gekränkt in die Runde. »Was sollte ich denn machen? Ich habe mich nur an Tommes Angaben gehalten.«

»Er ist eben noch sehr klein«, stellte Theo fest. Pat fand, dass ihr Kollege müde aussah.

»Tomme hat bestimmt sein Bestes gegeben«, warf seine Mutter ein.

»Ja, das hat er«, stimmte Hannes zu. »Ich bin erleichtert, dass er überhaupt über diese Sache reden konnte. Im Vergleich zu gestern Abend geht es ihm jetzt schon viel besser.«

Andrea betrachtete die Zeichnung mit skeptischer Miene. »Und so sieht er also aus? Sein schwarzer Mann?«

Hannes nickte. »Für sein Gefühl hat Henry den Mörder genau getroffen. Selbst vor dem Bild hat er wieder Angst bekommen, mochte es sich kaum anschauen.«

Pat lächelte nachdenklich, tippte mit dem Finger auf die Zeichnung. »Dabei hat er ganz dünne Arme und Beine. Wie Spongebob.«

Henry sah sie gekränkt an. »Aber nur, weil Tomme ihn genauso beschrieben hat.«

»Das stimmt«, gab Hannes ihm recht. »Wir haben gefragt, ob der Täter dick oder dünn war.«

»Ganz dünn hat er gesagt«, erklärte Henry.

Theo bedankte sich bei ihm, versprach, sich um ein angemessenes Honorar zu kümmern.

Henry winkte ab. »Nicht nötig. Mir reicht es, wenn ich meinen Teil dazu beitragen konnte, den Kerl zu finden, der sich hier rumtreibt.«

Damit verabschiedete er sich und ging.

Pat und Theo blieben mit Tommes Eltern zurück. Etwas ratlos saßen sie über Henrys Zeichnung.

»War das nun die ganze Aufregung wert?«, fragte Andrea.

»Zumindest wissen wir jetzt, dass der Täter eine schwarze Mütze getragen hat. Und Kopfhörer. Das hatte Tomme vorher nicht erwähnt«, stellte Hannes fest.

»Stimmt«, sagte Theo. »Wenigstens etwas.«

Pat schüttelte den Kopf. »So eine Kappe trägt fast jeder zweite Jugendliche«, gab sie zu bedenken. Sie nippte an ihrem inzwischen kalten Ingwertee. »Konnte Tomme sich nicht an irgendeine Aufschrift erinnern? Auf der Mütze oder auf dem T-Shirt?«

»Haben wir ihn auch gefragt«, sagte Hannes. »Aber leider nein.«

»Es ging alles viel zu schnell für ihn«, warf Andrea mit besorgter Miene ein.

Theo stemmte die Hände auf den Tisch.

»Na schön, was wissen wir jetzt über den Mörder, außer dass er eine schwarze Basecap trägt?«

»Und Kopfhörer.«

»Seine ungefähre Größe.«

»Er hat keinen Bart.«

»Er trägt dunkle Shorts.«

»Und T-Shirts.«

»Hat er sich an irgendeine Farbe erinnern können?«, fragte Pat.

»Nein«, erwiderte Theo. »Schwarz, sagt er. Aber es könnte auch Dunkelbraun oder Dunkelblau gewesen sein.«

»Hat der Täter was gesagt?«, wollte Pat wissen. »Kann sich Tomme an den Klang der Stimme erinnern?«

Hannes schüttelte den Kopf. »Nein. Er meint, der Junge hätte kaum etwas gesagt. Und was, hat er nicht verstanden.«

Theo hob den Zeigefinger. »Was uns zeigt, dass der unmittelbare Auslöser für die Tat nicht ein Streit war. Jedenfalls nicht auf der Toilette.«

Hannes nickte. »Aber es könnte vorher einen Streit gegeben haben, draußen, irgendein Gerangel. Das wäre doch schon mal ein Ansatz für weitere Befragungen.«

»Sehr richtig.« Theo nickte. »Noch was?«

Alle schwiegen.

»Soll ich das Bild vervielfältigen lassen?«, fragte

Hannes. »Dann könnten wir es überall auf der Insel aufhängen. Und den Kollegen geben.«

Theo nickte. »Für die Kollegen das ganze Bild. Für die Öffentlichkeit nur den Kopf. Wir machen uns ja lächerlich.« Er hielt die Hände wie zwei Krallen, um zu zeigen, was er meinte.

»Ich kümmere mich drum«, versprach Hannes.

»Soll ich die Zeichnung auch für die deutschlandweite Fahndung verschicken?«, fragte Pat.

Theo zuckte mit den Schultern. »Ja, mach. Auch auf die Gefahr, dass uns die Kollegen auslachen. Aber wir haben nun mal nichts anderes.«

Damit erhob er sich. »Ich fürchte, mehr können wir heute nicht erreichen.«

Hannes bot an, Theo und Pat zu der Pension in Wittdün zu fahren, in der zwei Zimmer für sie reserviert waren, damit sie ihr Gepäck abstellen konnten.

»Und dann brauche ich unbedingt etwas zu essen«, sagte Krumme. »Ich sterbe vor Hunger.«

»Ich kann Ihnen zeigen, wo Sie etwas Leckeres finden«, bot Hannes an. »Danach fahre ich auf die Wache und mache die Kopien von dem Bild.«

Krumme nickte.

Andrea verzog den Mund. »Kannst es wohl gar nicht abwarten, zu deiner Melina zu kommen?«, sagte sie flüsternd, mehr zu sich selbst als zu ihrem Ex-Mann.

Hannes stöhnte. »Andrea, bitte.«

Pat tauschte einen Blick mit Theo, der wie sie nicht Zeuge der Probleme zwischen den beiden werden wollte.

»War's das jetzt für den Kleinen?«, wollte Andrea von ihnen beim Abschied wissen. »Ich meine, er hat Ihnen alles gesagt, was er weiß«, fuhr sie fort, als niemand antwortete.

Theo überlegte, sah zuerst zu Pat und dann wieder zu Tommes Mutter. Er räusperte sich. »Sie können uns glauben, das Wohl Ihres Sohnes liegt uns wirklich am Herzen ...«

»Aber?«

Er seufzte. »Aber wahrscheinlich wird dieses Bild allein nicht reichen, um den Täter zu finden. Und Tomme ist nun mal der Einzige, der den Mörder eindeutig identifizieren kann.«

21

Krumme konnte sich vor Hunger kaum auf den Beinen halten, als Hannes ihn und Pat vor der kleinen Pension absetzte, in der für sie Zimmer reserviert waren. Sie hieß »Zum Piraten« und befand sich ebenfalls in Wittdün, nicht weit vom Hafen und nur zwei Querstraßen von Andrea Trausteins Haus entfernt.

Zum Glück gab es direkt neben der Pension ein kleines Restaurant. Pat bestellte einen Fischeintopf und Krumme ein Krabbenomelett, auf das er sich schon den ganzen Tag gefreut hatte.

Anschließend fuhren sie mit dem Taxi zur Wache nach Nebel, um mit den Kollegen den aktuellen Stand der Ermittlungen zu besprechen. Leider hatten erste Nachforschungen am Norddorfer Strand noch keine neuen Ansätze ergeben. Viel hing jetzt von Henrys Phantombild ab. Aber wie so oft steckte der Teufel im Detail. Der Drucker auf der Wache war kaputt, weshalb sie Schwierigkeiten hatten, die nötigen Kopien zu machen.

Hannes machte sich auf den Weg, einen anderen Kopierer zu finden. Derweil entschied Krumme, sich den Tatort und die Umgebung am Strand in Norddorf genauer anzuschauen.

»Ich möchte mir noch mal einen Eindruck verschaffen«, sagte er zu Timmermann. »Dafür war bisher bei der ganzen Hektik noch keine Zeit«.

Der Leiter der Amrumer Wache sah ihn skeptisch an, vermutete wohl, dass er einfach nur ein bisschen Strandfeeling genießen wollte.

Krumme war egal, was der Kollege dachte. Schon in Berlin war es ihm immer wichtig gewesen, sich am besten vor den Ermittlungen erst einmal ganz in Ruhe am Tatort und der näheren Umgebung umzuschauen. Um ein Gefühl für die Örtlichkeiten zu bekommen. Manche mochten darin einen Spleen sehen, eine Marotte. Aber so arbeitete er nun mal.

Während Pat sich also in der Wache eine kleine Büroecke einrichtete und den digitalen Teil der Fahndung organisierte, fuhr Krumme mit dem Taxi nach Norddorf und schaute sich den Bereich um die Toilette noch einmal genau an. Dann spazierte er zum Strand. Im warmen Licht der jetzt wieder scheinenden Sonne beobachtete er die Kitesurfer in den Wellen und junge Leute, die im Sand Fußball spielten oder lachend zusammensaßen. Ob einer von ihnen der Mörder war? Krumme konnte es sich nicht vorstellen.

Schließlich entschied er sich, eine längere Wanderung Richtung Süden zu machen, über den Strand und die endlosen Dünen des Kniepsand.

Es war schon Abend, als er schließlich wieder in ihre Pension in Wittdün zurückkehrte. Beim Abendessen, in dem kleinen Restaurant in der Nähe ihrer Pension, berichtete Pat, dass es Hannes schließlich gelungen war, ihr Phantombild zu kopieren und er es jetzt bereits überall an die Kollegen und auf der Insel verteilt hatte.

Dann verabschiedete Krumme sich aufs Zimmer. Er war todmüde, hatte schon letzte Nacht nicht gut geschlafen.

Während Pats Zimmer sogar einen Balkon hatte, hatte Krumme eine schlichte Kammer erwischt mit einem Tischchen am Fenster, einem Regal mit einigen Büchern und einem schmalen Bett unter der Dachschräge.

Krumme setzte sich auf das quietschende Bett. Auf dem Kniepsand hatte er praktisch keinen Empfang gehabt. Nun sah er auf dem Handy, dass Marianne mehrmals angerufen hatte. Zeit, ihr zu sagen, was inzwischen passiert war.

»Hallo, Theo, du Armer, ich hab schon gehört«, rief sie direkt nach dem Abnehmen. »Was für eine schlimme Geschichte. So ein brutaler Mord. Und dann ausgerechnet auf Amrum. Was ist das nur für eine Welt?«

Krumme runzelte die Stirn. »Du weißt schon Bescheid? Woher denn?«

»Von dir leider nicht«, sagte sie freundlich und nur mit einem leisen Vorwurf. »Aber ich verstehe ja, du hast im Moment ganz andere Sorgen. Petra hat mich angerufen und mir alles erzählt.«

Petra Mannsen, natürlich. Mariannes beste Freundin und die Ehefrau von Holger. Die beiden telefonierten fast täglich miteinander.

Er gab ihr eine Kurzfassung der Ereignisse des Tages.

Und wie immer lauschte sie aufmerksam und stellte die richtigen Fragen. Sie musste lachen, als sie hörte, wie er durch Sonnys Hilfe die Schockstarre des kleinen Tomme gelöst hatte. Bedauerte ihn, weil er Zeuge des schwierigen Verhältnisses zwischen Andrea und Hannes geworden war und erzählte von einer ähnlichen Situation, die sie mal mit einem frisch geschiedenen Paar in Husum erlebt hatte.

Krumme lächelte, spürte einen wohligen Schauer auf der Haut, so sehr freute er sich, Mariannes Stimme zu hören.

Schließlich hatte Krumme nichts mehr von Amrum zu berichten. Für einen Moment schwiegen beide. Er spürte, dass es jetzt an ihm war, sich umgekehrt auch nach ihrem Befinden zu erkundigen.

»Und bei dir?«, murmelte er schließlich.

»Tja, hier herrscht gerade große Aufregung«, erwiderte Marianne. »Für die Feier morgen gibt es noch einiges zu organisieren. Die Sitzordnung zum Beispiel …«

»Ach ja, die Feier«, sagte Krumme, ohne nachzudenken. Er hatte die Silberhochzeit komplett vergessen. Jetzt ärgerte er sich, dass ihm die Bemerkung herausgerutscht war.

Für einen Moment herrschte Stille auf der anderen Seite.

»Theo, das glaube ich jetzt nicht …«

»Verzeih«, sagte er schnell. »Ich habe nur im Moment nicht daran gedacht.«

»Ach ja?«

»Natürlich. Morgen. Am Freitag. Silberhochzeit von Regina und Klaus.«

Er hörte, wie Marianne seufzte und dann fortfuhr, von dem Vorbereitungschaos zu berichten, aber jetzt nur, um das Thema rasch zu beenden. Er hatte ihr schließlich deutlich genug zu verstehen gegeben, dass es ihn nicht interessierte.

Dann war zu hören, wie im Hintergrund eine Tür geöffnet wurde. Er hörte die Oberlehrerstimme von Klaus.

»Redest du mit Theo?«

»Ja, er ist noch auf Amrum.«

»Sag dem alten Stoffel, wir halten morgen noch einen Platz am Tisch für ihn frei. Falls er seine Meinung ändert und doch noch kommt.«

»Hast du gehört, Theo?«, fragte Marianne.

Krumme stöhnte. »Wie nett«, antwortete er. »Aber sag Klaus, ich bin sicher, dass ich das nicht schaffen werde. Tut mir leid.«

Marianne hatte auf Lautsprecher geschaltet, denn jetzt meldete sich Klaus: »Sehr schade. Na ja, du musst wissen, was du tust. Marianne ist jedenfalls sehr traurig. Und wir sind es auch.«

Krumme verdrehte die Augen. »Klaus, ich mache das hier nicht zum Spaß.«

Im Handy war ein Knacken und Rascheln zu hören.

Dann meldete sich wieder Klaus. »Theo, hörst du mich?«

»Ja. Die Verbindung ist ziemlich schlecht, vielleicht sollten wir jetzt besser …«

Mariannes Schwager ließ ihn nicht ausreden. »Sag mal, du bist doch auf Amrum, nicht wahr?«

»Ja.«

»Dann musst du dir unbedingt den Kniepsand anschauen, eine Dünenlandschaft im Westen der Insel. Und einer der größten Strände in Europa. Sehr beeindruckend.«

»Glaub mir, ich weiß schon ...«

Aber Klaus war nicht zu bremsen. »Nimm unbedingt eine richtige Kamera mit, nicht nur das Handy. Es gibt dort unglaublich viele Vögel zu entdecken, zum Beispiel den Alpenstrandläufer ...«

»Klaus, lass mal«, war jetzt wieder Marianne zu hören. »Ich glaube, Theo wird keine Zeit haben, um sich Vögel anzuschauen.«

»Nicht? Die sollte er sich aber unbedingt nehmen.«

Klaus warf Krumme eine launige Verabschiedung zu und verließ dann offenbar den Raum.

Nun war wieder Marianne zu hören. »Wie nett, jetzt hast du sogar ein paar Reisetipps von Klaus bekommen.«

»Ich wüsste nicht, was ich ohne deinen Schwager machen sollte.«

Marianne seufzte. »Man muss ihn nehmen, wie er ist.«

»Das macht es nicht einfacher«, brummte Theo.

Einen Moment herrschte Schweigen. Die harmonische Stimmung vom Anfang des Gesprächs war verflogen. Schließlich sagte Krumme, dass er noch arbeiten müsse, und versprach, sich am nächsten Tag wieder zu melden.

Dann legte er auf.

Und ärgerte sich im gleichen Moment über sich selbst.

Warum war er wieder gemein zu Marianne gewesen? Wieso hatte er ihr nichts Nettes zum Abschied gesagt, während sie ihm viel Erfolg bei den Ermittlungen gewünscht hatte?

Krumme begann, seinen Reisekoffer auszupacken. Er verstaute die paar Kleidungsstücke in der kleinen Kommode und stellte seinen Waschbeutel auf dic Ablage über dem Waschbecken.

Arbeiten, wie er Marianne gegenüber behauptet hatte, wollte er nicht mehr. Er hatte im Laufe der Zeit bei der Polizei gelernt, die Arbeit nicht mit ins Bett zu nehmen. Das klappte nicht immer. Gerade in den Jahren bei der Berliner Sitte hatten ihn die blutigen Taten von Psychopathen bis in die Träume verfolgt. Aber ansonsten hatte er sich antrainiert, bewusst an andere Dinge zu denken. An schöne Dinge, die Stunden mit der Familie, schon damals, als er noch mit seiner ersten Frau zusammen gewesen war.

Später in Nordfriesland halfen ihm die Erinnerungen an Deichspaziergänge mit Sonny, um abends zur Ruhe zu kommen und ohne langes Grübeln in den Schlaf zu finden. Und natürlich Mariannes Nähe, ihr gleichmäßiger Atem, ihr warmer Körper, ihr zarter Duft nach Limonen. Einfach zu wissen, dass sie an seiner Seite lag.

Wieso nur hatte er Marianne nicht sagen können, dass er Sehnsucht nach ihr hatte?

Krumme trat ans Fenster, das nur angelehnt war, und schaute hinaus in die Dämmerung. Das Meer verbarg sich hinter Bäumen, die im sanften Wind leise raschelten.

Als Krumme zur Seite sah, erblickte er sein Spiegelbild im Fenster. Ein älterer Mann mit strubbeligen Haaren, unrasiert und mit müden Falten unter den Augen. Ironischerweise umrahmt von den Blüten der Kletterrose, die jenseits der Scheibe an der Wand der Pension wuchs.

Er lächelte sein Spiegelbild an, doch das Lächeln wirkte gequält. Etwas fehlte in diesem stummen Arrangement. Eine freundliche Marianne an seiner Seite hätte jetzt perfekt in diesen Rahmen gepasst.

Krumme beschloss, mal zu schauen, was es Interessantes im kleinen Bücherregal gab. Er fand nur ein paar Reiseführer über Amrum und abgegriffene Schmöker mit Liebesgeschichten, die alle an der Nordseeküste spielten. Außerdem ein Buch mit Piratengeschichten und nordfriesischen Sagen und Legenden.

Er entschied sich für ein Amrum-Buch, schaute sich eine Weile die Landkarte der Insel und ihrer Attraktionen an, versuchte, sich vorzustellen, dass dort jetzt irgendwo der Mörder Unterschlupf gefunden hatte. Was mochte jetzt im Kopf eines solchen Menschen vorgehen?

Schließlich griff Krumme nach dem Buch mit den Sagen und Legenden und setzte sich in den einzigen Sessel, der in seiner Kammer stand. Schon bald tauchte er in eine Geschichte über Strandräuber ein, die früher hier auf der Insel gelebt hatten. Mit falschen Leuchtfeuern hatten sie Schiffe auf die Sandbänke gelockt, die Seeleute erschlagen und sich die Ladung unter die Nägel gerissen.

Kaum zu glauben, dass diese skrupellosen Piraten Vorfahren der friedlichen Insulaner waren, die heute auf Amrum lebten.

Aber wer sagte eigentlich, dass alle so friedlich waren? Vielleicht war der Kerl, der den jungen Surfer getötet hatte, ja doch von hier. Wer wusste das schon?

Doch dann schüttelte er den Kopf.

Nein, Hannes hatte recht, das konnte nicht sein.

Das *durfte* nicht sein.

Mochten die unendlich vielen Krimis in den Buchhandlungen unterstellen, dass es im Norden von Mördern und Psychopathen nur so wimmelte. Nach seiner Erfahrung waren die Menschen an der Küste die liebenswertesten und freundlichsten, die man sich nur vorstellen konnte.

Das Böse war hier nicht zu Hause. Gehörte hier nicht hin.

Doch früher schien das anders gewesen zu sein.

Er konzentrierte sich wieder auf sein Buch, verfolgte eine Schurkenbande, die vor vielen hundert Jahren in den Amrumer Dünen Fackeln aufgestellt und Feuer angezündet hatte, um tapfere Seeleute in den Tod zu locken. Wurde Zeuge, wie brave Inselbauern versuchten, diese Bande von ihrem schändlichen Tun abzuhalten.

Es dauerte nicht lange und Krumme fielen die Augen zu. Schließlich glitt ihm das Buch aus der Hand.

In seinem Traum jagte er die Strandpiraten über die endlosen Weiten des Kniepsand. Begleitet wurde er dabei von Pat, Marianne und Sonny. Und sonderbarerweise hielt er gleichzeitig mit seinem Fernglas Ausschau nach seltenen Alpenstrandläufern.

22

1825, Nordsee

Es war die große Stille, die Gabriel mitten in der Nacht aus dem Schlaf aufgeschreckt hatte. Und nicht nur die Stille. Landratten wurden auf einem in den Wellen tanzenden Schiff schnell seekrank. Bei Gabriel war es umgekehrt. Er brauchte das Schaukeln auf dem Meer, um schlafen zu können. Das Gefühl, lebendig, Teil dieser Welt und ihrer Elemente zu sein.

Doch als er jetzt, mitten in der Nacht, die Augen öffnete, spürte er gar nichts. Das Schiff bewegte sich nicht. Selbst die Laterne, die für gewöhnlich wild hin und her schwang, war wie erstarrt. Konnte es sein, dass die *Ariadna* mitten in der Nordsee auf Grund gelaufen war?

Vorsichtig stieg er aus seiner Hängematte und schlich auf nackten Füßen an seinen schlafenden und schnarchenden Kameraden vorbei zum steilen Aufgang, der ihn hinauf aufs Deck führte.

Oben angekommen, blieb er wie angewurzelt stehen. Noch nie hatte er das Lichterband der Milchstraße in einer solchen Klarheit gesehen. Über das ganze Firmament spann sich der Bogen aus funkelnden Sternen.

Spiegelte sich bis zum fernen Horizont im friedlich daliegenden Meer. Kein leises Gurgeln oder Plätschern war zu hören, keine kreischende Möwe flog über den Himmel. Die Segel hingen schlaff herab. Und hinter sich auf der Brücke sah er die gebeugte Gestalt von Dimitri, ihrem Steuermann, selig schlummernd neben dem Ruder.

Gabriel schaute sich um. Es schien, als wäre alles um ihn herum durch Gottes Hand in einen tiefen Schlaf versetzt worden.

Träumte er? War all dies nur Einbildung? Er spürte die glatten, kalten Holzbohlen unter seinen nackten Füßen und fühlte die Kühle der Nacht. Nein, noch nie war er so wach gewesen wie in diesem Augenblick.

Staunend wie ein kleines Kind, das zum ersten Mal die Welt entdeckt, ging er zur Reling und blickte in das schwarze, im Licht der Sterne wie Öl glänzende Meer. Noch nie in seiner langen Zeit als Seemann hatte er eine so vollkommene Flaute erlebt. Und das ausgerechnet auf der Nordsee, die doch den Ruf hatte, besonders wild und unberechenbar zu sein.

Auf einmal hörte er ein leises Rauschen. Gabriel fuhr herum. Er konnte es kaum glauben. Nur ein paar Meter vom Rumpf des Schiffes entfernt durchbrach der gewaltige Körper eines Wals die Meeresoberfläche. Das Spiegelbild der Milchstraße zerbarst in tausend Stücke. Für einen Moment verharrte das riesige Tier vor ihm im Wasser und rührte sich nicht. Ein großes dunkles Auge blickte zu ihm her. Ihre Blicke trafen sich – ein Mensch und die größte Kreatur der Erde, die einzig wachen

Wesen in dieser verzauberten Nacht, vereint in Gottes schlafender Schöpfung.

Oder war es gar kein Wal, sondern Gott selbst, der sich ihm hier mitten auf dem Meer offenbarte?

Dann verschwand der Riese mit einem sanften, majestätischen Schwung wieder in den Tiefen der See, kehrte zurück in seine geheimnisvolle Welt und grüßte beim Abtauchen noch einmal mit seiner mächtigen, schwarz-weiß gemusterten Fluke.

Nur einen Augenblick später hatte sich das Wasser wieder beruhigt. Erneut strahlten die Sterne auf der Oberfläche der stillen See, als hätte es dieses Wunder, dieses andere Wunder neben dem endlosen Sternenhimmel nie gegeben.

Ein wohliger Schauer ließ Gabriel am ganzen Körper zittern.

So viel Ehrfurcht gebietende Schönheit.

Aber es gab niemanden, mit dem er diesen Anblick teilen konnte.

Einst hatte es jemanden gegeben, mit dem er alles hatte teilen wollen. Sara, seine geliebte Frau. In Momenten wie diesem wurde ihm stets aufs Neue bewusst, wie sehr er sie vermisste. Und bis zum Ende aller Zeiten vermissen würde.

Verzweifelt vergrub er das Gesicht in seinen Händen, spürte, wie Tränen seine Augen füllten.

Aber Gabriel, mein Geliebter, ich bin doch bei dir, hörte er ihre Stimme, *ich bin immer bei dir. Alles, was du siehst, das sehe auch ich.*

Traurig lächelnd nahm er die Hände vom Gesicht.

Und tatsächlich, da stand sie in ihrem weißen Kleid an der Reling. Die langen schwarzen Haare fielen ihr auf die Brust. Die vollen Lippen und die braunen Augen schimmerten im Sternenlicht.

Sara, die Liebe seines Lebens. Nicht mit dem verunstalteten Gesicht, mit dem er sie nach dem Überfall im Graben gefunden hatte. Sondern so wunderhübsch und süß, wie sie bei ihrem Abschied ausgesehen hatte.

»Meu amor«, flüsterte er, »ich vermisse dich so sehr. Es zerreißt mir jeden Tag das Herz, dass ich ohne dich leben muss.«

Nein, Gabriel, hörte er wieder ihre Stimme. *Behalte mich immer in Erinnerung, aber bitte hör auf, dich so zu quälen.*

Er schaute mit starrer Miene hinauf zu den Sternen und dann wieder auf das glatte Wasser. War es nicht eigentlich das funkelnde Meer, das sich im Himmel spiegelte?

»Ohne die Sehnsucht nach dir sterbe ich«, sagte er leise, aber seine Lippen bewegten sich nicht.

Não, meu amor, sag das nicht. Du musst endlich die Liebe wiederfinden, dein Herz in deine Hände nehmen und einen neuen Weg beginnen.

»Aber genau das tue ich, jeden Tag, hier in der unendlichen Weite der Meere. Zusammen mit dir in meinem Herzen.«

Unendlich ja. Aber Glück bedeutet, anzukommen, zur Ruhe zu kommen. Sonst wird dich irgendwann die See in die Tiefe ziehen, dorthin, wo es kein Leben, keine Liebe und kein Vergessen mehr gibt.

Gabriel wischte sich mit dem Handrücken übers Gesicht und atmete tief durch.

Als er wieder aufsah, war Sara verschwunden.

Einen langen Moment stand er da und sah vor sich hin. Dann schüttelte er den Kopf. Nein, er wollte keinen neuen Weg gehen. Er wollte weiter an Saras Seite bleiben, ihre Stimme hören in einsamen Nächten, ihre Nähe spüren wie ein wärmendes Feuer.

Er nickte, zufrieden über seinen Entschluss.

Plötzlich spürte er eine kühle Brise, die wie eine liebende Hand durch sein Haar strich. Überrascht blickte er sich um, sah, wie sich das Hauptsegel kaum merklich bewegte und ein Kräuseln über die glatte See lief, hörte ein leises Gurgeln unter dem Schiff – und sah, wie sich im Westen, noch weit entfernt am Horizont, eine dunkle Wolke über den Sternenhimmel schob.

Die Flaute war vorbei.

Wind kam auf.

23

Gegenwart, Amrum

Am nächsten Morgen regnete es erneut. Es war nur ein gleichmäßiger, leiser Sprühregen, aber die graue Wolkendecke zeigte, dass die Sonne nicht so bald durchkommen würde.

Der trübe Tag passte zu Camillas Stimmung. Und die wurde nicht besser, als Denis und Sascha entschieden, sie heute beim Brötchenholen zu begleiten.

»Um mal die Lage zu checken«, hatte Sascha mit einem Augenzwinkern gesagt. Es war nicht zu fassen. Während sie vor Sorge und Panik kaum Schlaf gefunden hatte, schien er den Ernst ihrer Lage immer noch nicht erfasst zu haben.

Das änderte sich, als sie mit der Brötchentüte in der Hand an dem kleinen Park oberhalb des Hafengeländes standen und hinunter zum Fähranleger schauten.

Die nächste Fähre würde erst in einer halben Stunde kommen. Trotzdem gab es schon etliche Autos und Fußgänger, die das Schiff erwarteten, das sie auf die Nachbarinsel Föhr oder nach Dagebüll auf dem Festland bringen würde.

Doch da unten warteten nicht nur Feriengäste. Auch

drei Polizeiwagen standen auf dem Parkplatz. Uniformierte Polizisten gingen von Wagen zu Wagen und kontrollierten die Insassen. Andere sprachen vor dem noch gesperrten Aufgang mit den zwischen ihren Koffern und Rucksäcken wartenden Feriengästen, die zu Fuß auf die Fähre wollten.

»So eine Scheiße«, murrte Denis und zog die Kapuze seines Pullovers tiefer in die Stirn.

»Cool bleiben«, sagte Sascha.

»Sieht nicht so aus, als wenn wir mit der Fähre die Insel verlassen könnten«, meinte Camilla. Sie zeigte auf ein junges Pärchen, beide etwa in ihrem Alter, die von den Beamten kontrolliert und dann zu einem Gespräch in ein extra aufgestelltes Zelt geführt wurden.

»Pah«, machte Sascha, »alles nur Show, die Bullen wissen doch gar nichts. Die machen hier nur auf dicke Hose.«

»Bist du sicher?«

»Habe ich doch schon gesagt«, erwiderte Sascha genervt. »Es gab keinen Zeugen. Die fischen im Trüben.«

Tatsächlich sahen sie jetzt, wie das junge Pärchen das Zelt verließ und sich wieder der Schlange am Fährterminal anschloss.

»Seht ihr? Die haben nichts in der Hand, um die Leute festhalten zu können. Wenn wir wollten, könnten wir sofort von dieser Scheißinsel runter.«

»Cam und ich sowieso«, sagte Denis.

Sascha musterte ihn mit finsterer Miene, schien sich zu fragen, ob das ein Witz sein sollte.

War es nicht.

Camilla nickte düster. Sie hatte heute Morgen, als Sascha noch geschlafen hatte, mit ihrem Bruder gesprochen. Sie waren sich einig, dass sie sich im Notfall allein verdrücken würden. Schlimm genug, dass sie sich wegen ihm überhaupt hier auf der Insel verstecken mussten. Aber wenn Sascha sich schon wieder nicht unter Kontrolle hatte, sollte er gefälligst sehen, wie er allein zurechtkam.

»Und wer ist das jetzt?«, fragte Denis und zeigte auf einen weiteren Polizeiwagen, der auf den Parkplatz gefahren war. Camilla kniff die Augen zusammen, um besser sehen zu können. Ein älterer Mann mit Halbglatze und eine große junge Frau stiegen aus. Dann ein uniformierter Polizist, eine blonde Frau und ein kleiner Junge mit Schulranzen.

»Nur eine Familie«, sagte Camilla schließlich. Tatsächlich stand die Gruppe für einen Moment zusammen, der ältere Mann, wahrscheinlich der Opa, streichelte dem Jungen über den Kopf und redete mit der Mutter. Dann stieg die Frau mit ihrem Kind wieder in den Streifenwagen und wurde zurück auf die Insel gefahren.

Camilla beobachtete, wie der ältere Mann mit der jungen Frau die Polizisten im Regen zusammenrief, um eine Ansage zu machen. Auch wenn die beiden keine Uniform trugen, schienen sie Kollegen von den anderen zu sein.

»Das sind Kripobeamte«, stellte Denis fest.

»Was für Freaks!« Sascha grinste. »Seht euch das Mädel an. Voll die Giraffe.«

Camilla warf ihm einen abfälligen Blick zu. »Ist das alles, was dir dazu einfällt?«

»Wieso? Sieh sie dir doch an! Was sind das denn für Cops? Vor denen müssen wir nun wirklich keine Angst haben!«

Camilla schüttelte den Kopf, konzentrierte sich dann wieder auf das Treiben am Hafen.

»Ich gehe mal runter«, verkündete sie.

Sascha sah sie erstaunt an. »Warum?«

»Ich will hören, was die reden.«

»Sollen wir mitkommen?«, fragte er.

Camilla runzelte die Stirn. Meinte er das ernst? Sie schüttelte den Kopf. »Ihr bleibt hier«, sagte sie zu ihrem Bruder. »Und pass auf, dass er keinen Quatsch macht.«

Kurz darauf mischte sie sich unter die Wartenden, die mit ihrem Gepäck am Fähranleger standen – Familien mit kleinen Kindern, aber auch viele ältere Paare. Camilla ließ den Blick schweifen und hörte, was so geredet wurde. Die Stimmung war – wie nicht anders zu erwarten – angespannt. Das große Thema war der Mord in Norddorf. Was für eine schreckliche Sache! Und das ausgerechnet hier auf dem friedlichen Amrum. Viele waren von dem Verbrechen so geschockt, dass sie deshalb die Insel früher verlassen wollten. Die meisten hatten Verständnis für die Kontrollen der Polizei, auch wenn einige jüngere Männer sichtlich nervös waren. Das Zelt, das die Kripo aufgestellt hatte, konnte Camilla nicht betreten, hörte aber, dass die infrage kommenden Männer Auskunft über ihr Alibi zur Tatzeit und ihre Adressen auf dem Festland geben sollten.

An dem Zelt war auch ein Fahndungsbild befestigt worden. Camilla betrachtete es überrascht. Eine Comiczeichnung hatte sie nicht erwartet. Auch andere Feriengäste trauten ihren Augen nicht und machten der Polizei Vorwürfe, dass sie mit einer Karikatur einen gefährlichen Mörder suchte.

Das Bild hatte praktisch keine Ähnlichkeit mit Sascha, trotzdem meinte sie, ihn sofort wiederzuerkennen, was wohl an seiner typischen schwarzen Basecap lag, die er immer trug – auch jetzt, unter seinem Kapuzenpulli.

Sie machte mit dem Handy ein Foto von dem Phantombild und wollte gerade wieder zu Sascha und ihrem Bruder zurückkehren, als die beiden Kripobeamten aus dem Zelt kamen. Schnell trat sie so diskret wie möglich in ihre Nähe, um hören zu können, was sie redeten.

»Gut, dann ist hier so weit alles klar«, sagte der ältere Kripobeamte zu einem uniformierten Kollegen. »Wir fahren erst einmal zu dem Surferlager und reden mit seinen Freunden.«

Seine junge Kollegin musste in diesem Moment husten, so laut und plötzlich, dass sich ein Baby in einem Kinderwagen erschreckte und zu weinen begann. Camilla bemerkte die vorwurfsvollen Blicke einiger Feriengäste. Aber es war ausgerechnet die Mutter des Babys, die Mitleid mit der verlegenen Frau hatte und ihr einen Hustenbonbon schenkte.

Inzwischen hatte die Fähre den Hafen erreicht. Langsam glitt das große Schiff durch das schäumende Wasser und legte am hoch in den grauen Himmel aufragenden Anleger an. Schon verließen erste Wagen die Rampe, neue Inselgäste strömten auf das Hafengelände und stiegen in die bereitstehenden Busse. Camilla beschloss, das Durcheinander zu nutzen und zurück zu den Jungs zu gehen.

Aber die beiden waren nicht mehr da, wo sie sie zurückgelassen hatte. Wo trieben sie sich jetzt wieder rum? Camilla spürte, wie sich ihr Puls sofort beschleunigte. Dann entdeckte sie Sascha und Denis in einem Strandkorb, wo sie vor dem Regen geschützt gemeinsam einen Joint rauchten. Camilla stieß einen Fluch aus. Hektisch sah sie sich um. Aber bei dem Nieselregen war sonst niemand unterwegs, der das Treiben der beiden hätte beobachten können.

»Und?«, fragte Sascha, als sie sich zu ihnen stellte. Er nahm einen tiefen Zug. »Was rausgekriegt?«

»Setz die Basecap ab«, forderte sie ihn auf.

»Was? Warum …?«, fragte Sascha, aber da hatte Camilla ihm schon die Haube des Hoodies heruntergezogen und die Basecap vom Kopf gerissen.

»He, spinnst du?« Er sprang auf, als wollte er handgreiflich werden.

»Halt die Klappe und sieh dir das an!«, zischte sie, stopfte seine Mütze in ihre Jackentasche und hielt ihm ihr Handy mit dem Foto des Phantombilds vor die Nase.

»Was soll das sein?«, fragte Denis, der von der Seite neugierig einen Blick auf das Bild warf.

»Das Fahndungsbild«, sagte Camilla.

Sascha zog sich die Kapuze des Hoodies wieder über den Kopf, um die Narbe auf seiner Stirn zu verbergen – der Grund, warum er immer eine Basecap trug. Er stutzte: »Das soll *ich* sein?«

»Ja, ein bisschen komisch sieht es schon aus«, fand auch Camilla.

Sascha grinste. »Siehst du? Die haben keine Ahnung. Also hör auf, dir Sorgen zu machen.«

Sie schüttelte den Kopf. »Du checkst es nicht, oder?«

Tatsächlich glotzte Sascha sie mit seinen zugekifften Augen verständnislos an.

»Mag sein, dass sie hier für ihre Phantombilder nur Idioten haben. Aber trotzdem beweist das Bild, dass es einen Zeugen gibt.«

Sascha verstand immer noch nicht. Er sollte wirklich mit den Drogen aufhören. Wieder hielt sie ihm das Foto hin.

»Ein junger Typ mit einer schwarzen Kappe war der Mörder. Das kann nur ein Zeuge wissen, jemand, der oder die dich dabei gesehen hat, wie du diesem Surfer den Hals durchgeschnitten hast.«

Endlich fiel bei Sascha der Groschen.

»Okay, jetzt beruhig dich mal. Dann gibt es eben einen scheiß Zeugen. Aber wenn es nur zu so einem lächerlichen Bild reicht, ist doch alles cool. Wo ist das Problem?«

»Spinnst du?«, unterbrach ihn Camilla wütend. »Irgendwo auf dieser verdammten Insel weiß jemand, dass du der Mörder bist. Und wir sitzen hier zusammen mit dir fest und kommen nicht mehr weg. Verdammt, so viel Menschen gibt's hier nicht. Früher oder später werden sie dich finden, und dann bist du am Arsch. Dann sind wir alle am Arsch. Und du fragst, wo das Problem ist?«

»Cam«, flüsterte Denis und zeigte diskret zu einem älteren Ehepaar, das mit einem Regenschirm in der Hand in ihrer Nähe vorbeispazierte und sich misstrauisch zu ihnen umdrehte.

Aber sie waren zu weit entfernt, konnten unmöglich hören, was sie hier redeten.

»Was sollen wir denn jetzt machen?«, fragte Camilla und senkte die Stimme.

Denis kratzte sich nachdenklich am Kopf, und auch Sascha war ausnahmsweise einmal sprachlos.

Schließlich brach Denis das Schweigen. »Wir sollten deinen Vater anrufen«, sagte er an Sascha gewandt.

»Nein, auf keinen Fall!« Sascha wedelte heftig mit der Hand. »Der darf nichts davon erfahren, niemals.«

»Aber er könnte uns hier bestimmt rausholen.«

»Nein, nein, das müssen wir selber hinkriegen. Wenn er erfährt, dass … dass …« Er stockte.

»Dass du schon wieder jemanden gekillt hast?«, brachte Denis den Satz zu Ende.

»Dann jagt er dir höchstpersönlich eine Kugel in den Kopf«, sprach Camilla aus, was alle dachten. Dass Sascha ihr deshalb einen finsteren Blick zuwarf, kümmerte sie nicht. Sie wusste genau, was für eine Angst er vor seinem Dad hatte. Auch wenn Sascha es selbst nie zugeben würde.

Sie dachte daran, wie sein Vater getobt hatte, als er von seinem letzten Mord erfahren hatte. Ausgerechnet den Kronprinzen der Albaner hatte Sascha nach einem Streit abgestochen. Und auf der Flucht dann noch zwei Kinder überfahren.

Leider hatten sie und Denis ebenfalls im Auto gesessen. Nie, niemals würde sie das Geräusch vergessen, als der schwere Wagen die beiden kleinen Körper getroffen hatte.

Nun drohte Krieg zwischen den sowieso schon verfeindeten Familien. In Mannheim und Frankfurt brannte die Luft. Marat, Saschas Vater, hatte alle Hände voll zu tun, um die Gemüter zu beruhigen. Ja, Camilla war sich sicher, dass er ausflippen würde, sollte er erfahren, dass sein jähzorniger Sohn schon wieder durchgedreht war.

Ihr Blick fiel auf zwei Polizeibeamte, die vom Hafen kommend durch den Regen stapften. Sie plauderten arglos und wollten sich wahrscheinlich nur einen Kaffee holen. Aber Camilla wurde trotzdem nervös.

»Kommt, lasst uns verschwinden«, sagte Camilla. »Wir können zu Hause weiterreden.«

Damit schnappten sie sich ihre Leihräder und fuhren auf der Hauptstraße durch Wittdün zu ihrem Ferienhaus im Inselwald. Kurz hinter dem Ortsausgang und noch vor dem Leuchtturm führte ihr Radweg in den Wald.

Von hier ging auch ein Weg zum Amrumer Campingplatz ab. Camilla sah das Hinweisschild. Sie hatte eine Idee und hielt an.

»Was ist jetzt wieder?«, fragte Sascha ungeduldig. Obwohl der Regen mittlerweile schwächer geworden war, war sein Hoodie längst durchgeweicht.

»Fahrt schon mal weiter. Ich hole uns vom Laden ein paar Bier«, sagte sie und bog in die kleine Straße ab.

24

Der Campingplatz lag in einer weiten Dünenlandschaft. Die durch hölzerne Bohlenwege verbundenen Plätze für Zelte und Wohnmobile befanden sich windgeschützt in Sandmulden und hohem Dünengras. Für Campingfans war der Platz mit seiner Nähe zum Kniepsand und dem Inselwald etwas ganz Besonderes. Aber Pat war kein Campingfan. Nicht nur weil die meisten Zelte und Luftmatratzen nicht auf ihre Größe zugeschnitten waren. Vor allem waren es die Launen des Wetters, die sie abschreckten. Wenn es wie an diesem Tag pausenlos regnete, wollte sie am liebsten sofort ins nächste Café. Deswegen hatten sie das Verhör mit den Freunden von Marco Ernst auch in das kleine Restaurant am Eingang des Campingplatzes verlegt.

Die Anwesenheit der Kriminalpolizei war unter den Campern nicht unbemerkt geblieben. Eine dichte Menschentraube stand beim Eingang des Restaurants. Die Leute wollten wissen, ob die Polizei bereits etwas herausgefunden hatte. Dort hing auch das Phantombild, das Hannes bereits am letzten Abend in der Rezeption an die Wand geheftet hatte.

Als die Freunde von Marco Ernst das Bild sahen, regte sich Unmut: Wollte die Polizei sie auf den Arm nehmen? Waren die Polizisten hier auf der Insel denn alle Amateure? So würden sie den Mörder ihres Freundes nie finden!

Zum Glück war Hannes anwesend, der in seiner Uniform vor die Menschen trat. Er beschwichtigte die Gemüter und betonte, dass das ungewöhnliche Phantombild seine Berechtigung habe und den besonderen Umständen des Falles geschuldet sei. Mehr könne er ihnen zu diesem Zeitpunkt aber nicht sagen.

Dann baten Pat und Theo Marco Ernsts Surferfreunde in den Gastraum – insgesamt sechs junge Männer und zwei junge Frauen. Die Amrumer Kollegen hatten bereits am Abend nach dem Mord mit ihnen gesprochen. Es gab ausführliche Gesprächsprotokolle. Aber Theo wollte sich ein eigenes Urteil bilden. Seine erste Frage war, ob Marco Ernst in letzter Zeit mit jemandem Streit gegeben hatte.

»Keine Ahnung. Nicht mit uns, jedenfalls«, sagte eine der jungen Frauen. »Wir waren an dem Tag alle zusammen in Norddorf. Aber Marco ist dann länger geblieben. Wollte unbedingt noch ein paar Sprünge üben.«

»Allein? Ist das normal?«, fragte Theo.

»Klar«, sagte ein junger Mann. »Auf dem Meer und auf den Wellen ist man sowieso allein. Und Marco war total ehrgeizig, der hat immer noch ein bisschen mehr trainiert als wir.«

»Also war ein Streit zwischen Ihnen nicht der Grund, dass er zurückgeblieben ist?«, fragte Pat.

Die Surfer tauschten einen überraschten Blick aus. Für einen Moment herrschte Stille ihm Raum.

»Sind Sie alle zusammen zurück zum Campingplatz gefahren?«, hakte Pat nach.

Wieder Stille. Schließlich hob ein Blonder mit tätowiertem Oberkörper den Kopf. »Verdammt, glauben Sie wirklich, einer von uns hätte was mit Marcos Tod zu tun?«

Pat wurde rot. »Wir glauben gar nichts. Aber solange wir nicht wissen, wer der Mörder ist, ist erst mal jeder auf der Insel verdächtig, und deswegen …«

Der Tätowierte ließ sie nicht ausreden. »Nein, nicht jeder. Marco war unser Bruder. Und nur, damit das klar ist, niemand von uns wird die Insel verlassen, bevor wir nicht wissen, wer ihn umgebracht hat.«

»Und Gnade ihm Gott, wenn wir den Kerl vor euch finden«, ergänzte ein kahlköpfiger Kumpel.

Theo hob eine Hand. »Jetzt beruhigen wir uns mal. Wenn Sie etwas gesehen haben oder wenn Ihnen etwas auffällt, was auf die Spur des Täters führen könnte, melden Sie das umgehend der Polizei. Andernfalls machen Sie sich strafbar. Das sollte Ihnen klar sein. Vielleicht können wir jetzt mit der Befragung fortfahren. Pat!«

Mit einem Kopfnicken forderte er sie auf, wie vereinbart die Gesprächsleitung zu übernehmen. Sie betonte noch einmal, dass sie grundsätzlich in jede Richtung ermitteln mussten, und wollte dann genau wissen, wie Marcos letzte Tage und Stunden ausgesehen hatten und mit wem er sie verbracht hatte.

Die Freunde waren jetzt deutlich kooperativer. Während sie den Tag der Tat minutiös rekapitulierten, machte Pat sich Notizen in ihrem Notebook. Theo beschränkte sich auf wenige Zwischenfragen.

Schließlich waren sie fertig. Eine neue konkrete Spur gab es nicht. Immerhin hatte Pat genug Material, um später ein Diagramm der Gruppe zu erstellen. Wie immer würde sie deren Social-Media-Aktivitäten checken. Oft ergaben sich auf diese Weise überraschende Verbindungen und neue Erkenntnisse und vielleicht ja doch ein Anfangsverdacht.

Hannes sollte sie nach Nebel zur Inselwache fahren, doch vorher wollte Pat noch auf die Toilette.

»Bin gleich wieder da«, flüsterte sie Hannes zu und ging in den hinteren Bereich des Gastraums, wo sich die Toiletten befanden.

Als sie wenig später zurückkam, waren Theo und Hannes schon draußen und das Restaurant leer. Pat folgte ihren Kollegen auf einem Bohlenweg, der durch die Dünen Richtung Parkplatz führte. Durch den Regen war der Weg glatt, mit ihren Turnschuhen musste Pat höllisch aufpassen, nicht auszurutschen. Die Augen nur auf den Weg gerichtet und in Gedanken immer noch bei ihrem Verhör, stieß sie prompt mit einem entgegenkommenden Mädchen zusammen.

»Tschuldigung«, sagte Pat.

»Pass doch auf!«, schimpfte das Mädchen. Sie war um die fünfzehn und trug einen ausgebeulten Jogginganzug, in dem sie vermutlich auch geschlafen hatte.

Pat wusste nicht, was sie sagen sollte – derart dreiste Menschen machten sie immer wieder ratlos –, als sich eine junge Frau an das Mädchen wandte.

»Pass *du* doch auf!«, sagte sie und warf dem Mädchen einen ernsten Blick zu.

»Was kann ich dafür, wenn die nur auf den Boden glotzt?«

»Wie redest du eigentlich? Hast du gar keinen Respekt?«

Das Mädchen verdrehte die Augen und wollte weitergehen, aber die junge Frau hielt sie am Arm fest.

»Nix da. Los, entschuldige dich gefälligst!«, schimpfte sie.

Das Mädchen stöhnte genervt. »Sorry!«, sagte sie an Pat gewandt, wandte sich dann aber an die junge Frau: »So gut?«

Die junge Frau ließ sie los, und gemeinsam sahen Pat und sie ihr hinterher.

»So ein Biest, oder?«, sagte die junge Frau und schaute grinsend zu ihr.

Pat sah ihre neue Bekannte überrascht an. Eine ziemlich Hübsche, fand sie. Lange, glatte schwarze Haare, hohe Wangenknochen, Katzenaugen, etwa so alt wie sie, also um die dreißig. Und eine schicke Regenjacke hatte sie auch.

»Danke, aber das wäre nicht nötig gewesen«, erwiderte Pat.

»O doch. Wir Mädels müssen zusammenhalten.«

»Wäre besser«, brummte Pat, als die Schwarzhaarige plötzlich die Augen aufriss.

»He, du bist von der Polizei, stimmt's?«

Pat nickte.

»Kripo?«

»Ja, genau.«

»Ich hab dich gerade beim Restaurant gesehen. Cool.«

Pat lächelte. »Na ja, cool. Ich mache auch nur meine Arbeit.«

»Es geht um den Mord in Norddorf, richtig?«

Pat nickte wieder.

»Schon eine heiße Spur?«

»Darüber darf ich natürlich nicht sprechen.« Pat sah sich ungeduldig um. Theo wartete bestimmt schon.

Doch die Schwarzhaarige hielt ihr die Hand hin. »Ich heiße Dörte, und du?«

»Pat«, antwortete sie. Den ganzen Morgen hatte sie noch nicht husten müssen, doch jetzt ging es wieder los.

»Hu, das hört sich aber gar nicht gut an«, sagte Dörte, griff in ihre Jackentasche und zauberte einen Hustenbonbon hervor. »Hier, die helfen.«

Pat wickelte den Bonbon aus und steckte ihn in den Mund. »Mmh, schmeckt gut. Vielen Dank.«

Dörte lächelte. »Mädels halten zusammen, habe ich doch gesagt.«

Pat nickte. »Vielleicht kann ich mich mal revanchieren.«

»Es reicht, wenn ihr diesen Mörder findet«, sagte Dörte mit einem Augenzwinkern.

In dem Moment kam Theo auf sie zu. »Pat, wo steckst du denn?«

Sie ließ Dörte stehen und trat zu ihm.

»Komm schnell«, sagte er. »Wir haben eine heiße Spur!«

Pat sah ihn überrascht an. »Tatsächlich?«

Theo nickte. »Da ist eine Frau, sie wohnt hier in einem Wohnmobil. Sie behauptet, unseren Mann gesehen zu haben.«

»Wo?«

»Ganz in der Nähe.«

25

Auf dem kleinen Amrum waren die Wege nie lang. Dieses Mal dauerte es sogar zu Fuß nur ein paar Minuten, bis sie an ihrem Ziel waren: eine Autowerkstatt auf der östlichen Seite der Inselstraße, auf dem halben Weg zu der kleinen Gemeinde Steenodde.

Hannes hatte bereits Verstärkung aus Nebel gerufen. Es kamen Timmermann, ein weiterer Kollege aus der Wache und Melina, Hannes' Freundin. Sie und ihr Kollege hielten Schaulustige, die ihnen vom nahen Campingplatz gefolgt waren, auf Abstand. Pat sah, dass sogar ihre neue Bekannte, Dörte, mit dabei war.

Timmermann ging derweil zu Theo. »Was genau hat die Dame denn gesehen?«, fragte er und zeigte diskret zu einer Frau um die vierzig, die etwas abseits stand und in Friesennerz und Gummistiefeln die Arbeit der Beamten beobachtete.

Theo wies zu der Autowerkstatt, die sich hinter ein paar Bäumen versteckte. »Sie war gestern hier und hatte Ärger mit einem Mann, der eine gewisse Ähnlichkeit mit unserem Phantombild hat.«

»Wirklich?«

»Und vorgestern Abend hat sie ihn oben in Norddorf gesehen. Da soll er sie belästigt haben.«

»Belästigt?« Timmermann warf der Frau einen Blick zu. Er schien seine Zweifel zu haben.

Theo sah zu dem Haus. Neben dem Eingang hing ein Schild an der Wand: *Autowerkstatt Günter Harms.* »Kennen Sie den Mann?«

»Jeder auf der Insel kennt Günter«, antwortete Timmermann. »So viel Autos gibt es hier ja nicht. Aber wenn was kaputt geht, bringt man den Wagen zu ihm.«

»Und zu seinem Sohn Friedemann«, ergänzte Hannes. »Aber der belästigt bestimmt keine Touristinnen.«

Theo holte tief Luft. »Wir werden sehen.«

Zusammen mit Pat, Hannes und Timmermann ging er um das Gebäude herum zum Eingang der Werkstatt. Das Hallentor stand weit offen, von innen hörten sie Schleifgeräusche, es roch nach Metall und Benzin.

Sie betraten die Halle. Pat schaute sich um. Ein aufgebockter Audi ohne Räder. Ein rostiger Lada ohne Türen, dazwischen Reifenstapel, ein abmontierter Auspuff. Schließlich entdeckte sie auch die zwei Männer, die in der Werkstattgrube unter einem alten Benz arbeiteten.

Es dauerte einen Moment, bis die beiden bemerkten, dass sie Besuch hatten und das Schweißgerät ausschalteten. Ein mit Öl beschmierter Mann im blauen Overall kletterte über eine Leiter aus der Grube und sah überrascht in die Runde.

»Moin, Lasse«, sagte er zu Timmermann.

»Moin, Günter, dürfen wir kurz stören?«

»Was ist das denn für ein Auflauf hier?«, fragte der Kfz-Meister zurück.

Timmermann stellte Pat und Theo als Kriminalkommissare vor, die in dem Mordfall in Norddorf ermittelten. Was Günter Harms' Argwohn nicht verringerte.

Harms schied als Täter schon mal aus. Er war Ende sechzig und litt offenbar unter einer Rückenverkrümmung. Er hielt den Kopf so weit nach vorn gebeugt, dass er sie nur mit schiefem Blick von unten anschauen konnte. Pat fehlte die Fantasie, um sich vorzustellen, wie er mit so einem Handicap in der Werkstatt Autos reparieren konnte.

Aber es ging ja vor allem um seinen Sohn Friedemann, der jetzt ebenfalls zu ihnen trat. Genau wie sein Vater trug auch er einen schmutzigen Blaumann. Pat verglich ihn in Gedanken mit Tommes Phantombild. Das Alter mochte ungefähr hinkommen, er war Mitte, Ende zwanzig. Ansonsten war Friedemann mindestens einen Meter fünfundachtzig groß, trug einen roten Vollbart – und er hatte nicht die geringste Ähnlichkeit mit dem Mann auf Henrys Zeichnung.

Theo kramte das Bild aus seiner Jackentasche.

»Herr Harms, Entschuldigung, dass wir Sie so überfallen. Aber wir suchen diesen Mann hier.«

Friedemann nahm das Bild, betrachtete es, stutzte und hielt es dann seinem Vater hin.

»Was soll das sein?«, brummte Günter Harms.

Timmermann räusperte sich. »Das ist ein Phantombild des Mörders.«

»Willst du mich verarschen?«, schimpfte der Kfz-Meister. »Wer soll so aussehen?«

Theo nahm das Bild und steckte es wieder weg. »Scheint, als wenn wir hier am falschen Ort sind.«

Timmermann nickte. »Wir sollten gehen.«

»Besser is' das«, bestätigte Günter Harms.

In dem Moment hörten sie eine Toilettenspülung. Eine Tür zu einem kleinen Büro, vorn am Eingang der Werkstatt, schwang quietschend auf – und ein junger, hagerer Mann trat heraus. Auch er trug einen Blaumann, dazu Sneaker – und eine schwarze Basecap.

Verblüfft stellte er fest, dass die Polizei in der Werkstatt war. Einen Augenblick waren alle wie erstarrt.

»Guten Tag, wer …«, fing Theo an.

Aber da lief der junge Mann schon los. Nur zwei Schritte, und er war aus der Werkstatt.

»Stehen bleiben!«, brüllte Timmermann und nahm mit Hannes die Verfolgung auf.

»Sie warten hier«, rief Pat Günter Harms und seinem Sohn zu. Dann rannte sie zusammen mit Theo ebenfalls hinaus.

Draußen schauten sie sich um. Niemand zu sehen.

»Stehen bleiben, sofort!«, hörten sie wieder Timmermann brüllen. Sie waren offenbar hinter der Werkstatt.

Pat und Theo liefen hinterher. Pat war mit ihren langen Beinen viel schneller, blieb aber bei Theo. Der schnaufte schon nach ein paar Schritten, stolperte über den brüchigen Asphalt und wäre fast hingefallen, wenn sie ihn nicht gestützt hätte. Verfolgungsjagden waren nichts mehr für ihn.

»Los, lauf. Warte nicht auf mich«, ächzte er.

Pat zögerte einen Moment, dann rannte sie weiter.

Hinter der Werkstatt befand sich ein von Hecken gesäumter Fußweg. Der junge Mann war dort offenbar nach links abgebogen. Als Pat den Weg erreichte, sah sie, wie Hannes versuchte, den Flüchtenden mit ausgestreckten Armen zu schnappen. Aber der Bursche sprang geschickt zur Seite, rammte dem viel kräftigeren Polizisten den Ellenbogen in die Hüfte und lief weiter. Am Ende des Weges wandte er sich erneut nach links und hielt auf die Straße zu, wo Melina mit den Schaulustigen stand.

»Junge, bleib stehen«, rief Timmermann. Er zog seine Pistole.

»Nicht«, rief Pat.

Aber Timmermann hörte nicht auf sie. »Stehen bleiben!«, wiederholte er, stellte sich breitbeinig auf den Weg, streckte die Waffe senkrecht nach oben und drückte ab.

Ein ohrenbetäubender Knall ließ die Schaulustigen auf der Straße erschrocken aufschreien. Einige gingen unwillkürlich in die Hocke, andere suchten Schutz hinter parkenden Autos. Ein paar Krähen flatterten aufgeregt krächzend aus den Bäumen auf.

Der junge Mann war vor Schreck gestolpert und zu Boden gegangen. Mit weit aufgerissenen Augen sah er sich nach Timmermann um. Aber im nächsten Moment rappelte er sich bereits wieder auf. Er lief weiter. Direkt auf die Schaulustigen zu, die hier und da noch immer auf der Straße bei Harms' Wohnhaus standen.

Als der Flüchtige jetzt auf sie zuhielt, liefen sie in alle Richtungen davon. Der junge Mann glaubte, freie Bahn zu haben, und sprintete los.

Doch er hatte sich getäuscht. Im nächsten Moment hörte man ihn schreien.

Was war geschehen? Als Pat die Straße erreichte, traute sie ihren Augen nicht.

Der junge Mann lag auf dem Boden, bäuchlings auf dem nassen Asphalt. Er schimpfte in einer fremden Sprache, schrie, wollte sich befreien. Aber seine Flucht war zu Ende.

Denn Dörte saß auf ihm und drückte ihm ihr Knie in den Rücken.

26

»Verdammt, Cam, wo bist du so lange gewesen?« Sascha riss die Haustür auf, gerade als sie den Schlüssel hineinstecken wollte. »Ich habe schon gedacht, du hast dich verpisst.«

Camilla musterte ihn mit einem spöttischen Lächeln. »Verdient hättest du's.« Sie zog ihre Jacke aus und hängte sie an die Garderobe.

»Du warst über drei Stunden weg!«, beklagte sich auch Denis und schaute in ihre Tasche. »Du wolltest doch nur ein paar Bier kaufen.«

»Wir haben die ganze Zeit versucht, dich zu erreichen«, jammerte Sascha. »Hast du dein Handy ausgeschaltet?«

Sie schüttelte den Kopf, schnupperte argwöhnisch. Hatten die beiden wieder gekifft? Wohl nicht nur das. Sie bemerkte, wie sich Sascha nervös über die gerötete Nase strich und entdeckte auf dem Sofatisch Spuren eines weißen Pulvers. Bestimmt nicht vom Backen.

»Ob du es glaubst oder nicht, ich habe versucht, deinen Arsch zu retten«, sagte sie zu Sascha.

»Was hast du getan?« Er musterte sie mit zusammengekniffenen Augen.

Sie lächelte, ließ den Schwachkopf noch ein bisschen

schmoren, holte sich stattdessen Orangensaft aus dem Kühlschrank und goss sich ein großes Glas ein. Dann trank sie es langsam leer, grinste zufrieden, während die beiden sie erwartungsvoll anstarrten.

Sascha stöhnte. »Okay, Cam, sehr witzig. Raus mit der Sprache, was ist passiert?«

Aber Camilla ließ sich nicht aus der Ruhe bringen. Sie spülte das Glas mit kaltem Wasser ab und stellte es neben das Waschbecken. Dann endlich warf sie sich erschöpft auf das Sofa und legte ihre Beine auf dem flachen Glastisch ab.

»Komm schon,«, forderte sie jetzt auch Denis auf. »Was hast du gemacht, wenn du schon kein Bier geholt hast?«

»Wollte ich ja«, begann sie zu erzählen. »Aber die Polizei war beim Campingplatz. Sie haben die Surfer befragt. Wollten wissen, ob ihr Freund irgendwelche Feinde hatte.«

Sascha grinste. »Wie ich gesagt habe. Die Bullen haben keinen Schimmer.«

Camilla verkniff sich einen Kommentar. Sie erzählte, wie sie sich unter die Leute gemischt hatte, die Kripoleute bei der Arbeit beobachtet und am Ende sogar erfahren hatte, dass es eine Zeugin gab, die sicher war, den Täter gesehen zu haben.

Von ihrem erfolgreichen Versuch, das Vertrauen der schwarzgekleideten Kripobeamtin zu gewinnen, verriet sie nichts. Wer wusste, wozu das noch gut war.

Sascha war sofort alarmiert. »Im Ernst? Da war eine Schlampe, die behauptet, sie hätte mich gesehen?«

Camilla schüttelte den Kopf. »Nein, beruhig dich …«

Sie berichtete von dem Ausflug zur Autowerkstatt, dass sie sich wieder unter die Schaulustigen gemischt und schließlich sogar geholfen hatte, den Verdächtigen zu fassen.

»Du hast *was*?« Sascha starrte sie ungläubig an.

»Ja, die Polizei wollte ihn mitnehmen, aber er ist abgehauen. Er hatte genauso eine Kappe wie du.« Sie erzählte von der Verfolgungsjagd, von dem Warnschuss. Und dass der Kerl ihr praktisch in die Arme gelaufen war. Sie hatte ihm nur ein Bein stellen müssen und schon konnte die Polizei ihn festnehmen.

Dass ihr die große Kripobeamtin aus Husum überschwänglich gedankt hatte, verschwieg sie wieder.

»Die haben den Kerl verhaftet, weil sie dachten, er wäre ich? Und du hast ihnen dabei geholfen?«, fasste Sascha noch einmal zusammen.

Camilla nickte.

Ein breites Grinsen erschien auf seinem Gesicht. »Alter, ich bin aus dem Schneider«, rief er und klatschte sich mit dem verblüfften Denis ab. »Du bist die Beste, Cam. Du hast denen einen Täter präsentiert. Das heißt, wir können verduften.«

»Freu dich nicht zu früh. Wenn der Typ ein Alibi hat, ist er in Nullkommanichts wieder auf freiem Fuß.«

»Was ist das für ein Typ?«

»Anscheinend ein Flüchtling ohne Aufenthaltsgenehmigung. Hat illegal in der Werkstatt gearbeitet.«

»Das wird ja immer besser.« Sascha lachte. »Irgend so

'n Kameltreiber. Der perfekte Mörder. Die haben doch immer ein Messer in der Tasche.«

Genau wie du, du Blödmann, dachte Camilla und sah Sascha ernst an. Vielleicht sollte er zuerst einen Kaffee trinken, damit er wieder klar denken konnte.

»Warum guckst du so böse?«, fragte er sie. »Ist doch alles super gelaufen.« Er griff nach ihrer Hand, aber Camilla zog sie weg.

»Gar nichts ist super. Du kapierst es nicht, oder? Die Tusse, die den Typen verpfiffen hat – keine Ahnung, was die gesehen hat, aber auf jeden Fall nicht deinen kranken Mord.«

»Ich versteh nicht.«

Sie verdrehte ungeduldig die Augen. »Das ist nur irgendeine Alte, die glaubt, jemanden auf diesem bescheuerten Phantombild wiedererkannt zu haben.«

Camilla dachte an das Gespräch, das sie mit Pat, der Kripobeamtin aus Husum, geführt hatte. Sie hatte Camilla überschwänglich dafür gedankt, dass sie den Typen aufgehalten hatte, und dann waren sie ins Plaudern gekommen.

»Ich habe die Polizei gefragt, was sie jetzt mit ihm anstellen.«

»Und?«

»Der Typ wird verhört. Und dann wird es eine Gegenüberstellung mit dem Tatzeugen geben. Kapierst du?«

Sascha zuckte verwirrt zusammen.

»Tatzeuge? Aber … in dem Klo? Da war keiner.« Er schloss die Augen, als würde er sich noch einmal den

Tatort vor Augen führen, schüttelte dann den Kopf. »Nein, ich war mit dem Typen allein.«

Camilla seufzte. »Ein kleiner Junge hat dich gesehen.«

Sascha riss die Augen auf. »Was?«

Camilla beugte sich vor. »Ein kleiner Junge hat dich gesehen. Er weiß, dass du der Mörder bist.«

»Aber … wie … ich …«, stammelte Sascha.

»Das heißt, dass du am Arsch bist«, sagte sie. »Denn wenn nicht irgendein Wunder passiert, werden sie dich früher oder später finden.«

27

Pat und Theo hatten in der Amrumer Wache in Nebel ein eigenes Büro bekommen. Gerade hatten sie Pizza bestellt. Margarita für Pat und Hawaii für Theo. Aber großen Hunger hatten beide nicht.

Während sie auf das Essen warteten, rekapitulierten sie die Ereignisse des Vormittags. Inzwischen hatte sich herausgestellt, dass der junge Mann nicht ihr Täter war. Er war Flüchtling, stammte aus Tunesien und lebte ohne Aufenthaltsgenehmigung im Land. Günter Harms und sein Sohn hatten ihn trotzdem beschäftigt, weil es schwer war, auf der Insel fähige Mechaniker zu bekommen, und Daris, wie der junge Tunesier hieß, hatte ein gutes Händchen, wenn es um Autos ging. Harms senior hatte vorgehabt, dem jungen Mann zu helfen, eine Aufenthaltsgenehmigung zu bekommen. Aber daraus wurde nun nichts. Daris musste erst einmal zurück in eine Flüchtlingsunterkunft in der Nähe von Hamburg.

Das Gespräch mit Greta Dühring, der Frau vom Campingplatz, war vor diesem Hintergrund besonders unerfreulich gewesen. Laut ihrer Aussage hatte sie sich von dem jungen Tunesier bedroht gefühlt, als dieser sich vor einigen Tagen am Strand bei Norddorf in ihre

Nähe gesetzt hatte. Als sie ihn dann ein zweites Mal in Günter Harms' Werkstatt getroffen hatte, war für sie klar, dass er ihr nachstellte. Und als schließlich das Phantombild veröffentlich wurde, glaubte sie sofort, in der Zeichnung den Tunesier wiederzuerkennen.

Eine Gegenüberstellung, bei der Tomme in einem Nebenraum auf einem Monitor mehrere junge Männer präsentiert bekam, hatte ergeben, dass Daris eindeutig nicht der Gesuchte war.

Seine Mutter hatte nur mit dem Kopf geschüttelt. »Und dafür musste der Lütte sich noch mal dieser schrecklichen Erinnerung stellen?«

Theo hatte ernst genickt. »Ja, und es tut uns sehr leid. Und leider wird es unter Umständen nicht die letzte Gegenüberstellung gewesen sein.«

Pat hatte sich ihren Teil gedacht und geschwiegen. Eine weitere Gegenüberstellung. Dafür brauchten sie zunächst einmal neue Verdächtige, und im Moment hatten sie keine Ahnung, wo sie mit ihrer Suche anfangen sollten.

Mittlerweile waren ihre Pizzen gekommen. Pat hatte Teller und Besteck aufgetrieben, und eine Weile saßen sie schweigend da und aßen.

Krumme hatte erst ein Viertel verspeist, als er aufstand und zum Fenster ging. Er schaute auf seine Uhr und blickte dann seufzend hinaus in den Regen.

»Das Wetter zieht einen ganz schön runter, was?«, sagte Pat.

Theo zuckte mit den Schultern. »Das ist es nicht.«

»Ist es der Fall?«

»Auch. Aber nicht nur.«

»Was denn noch?«

Krumme holte tief Luft. »Die Silberhochzeit. Die gehen gleich alle zum Kaffeetrinken.«

»Ich dachte, es gibt heute Abend eine Party?«

»Am Abend, ja. Aber jetzt trifft sich erst mal die engste Familie.«

Pat betrachtete ihn mit einem mitfühlenden Lächeln. »Hast du schon gratuliert?«

Er kratzte sich am Kopf. »Ich wollte nachher eine SMS schicken.«

»Wieso nachher?«

»Wieso nicht?«

»Ruf an! Jetzt!«

Er verzog das Gesicht. »Aber was, wenn es nicht so gut passt?«

Pat verdrehte die Augen. »Gib mir dein Handy.«

Theo sah sie überrascht an, reichte ihr dann langsam sein Telefon. »Ich weiß, wie man eine SMS schreibt.«

Sie schüttelte den Kopf. »Du rufst an. Jetzt. Ich tipp die Nummer für dich.«

»Hör auf!« Er riss ihr das Telefon aus der Hand. »Was soll der Quatsch. Ich kriege das schon allein hin.«

»Anscheinend nicht.«

Theo ließ sich auf seinen Stuhl fallen. Er nahm das Besteck zur Hand, legte es dann aber wieder hin. »Du verstehst das nicht.«

»Ich verstehe sehr gut. Du hast Probleme mit deinem Schwager und deiner Schwägerin. Aber wenn du jetzt nicht anrufst, hast du auch ein ernsthaftes Problem mit Marianne.«

»Hab ich sowieso schon.«

»Ich dachte, ich hätte einen erwachsenen Mann als Partner. Einen erfahrenen Kommissar, der unzählige Psychopathen hinter Gitter gebracht hat.«

»Ja, ja, hör schon auf…«

»Aber im Moment sitzt mir nur ein kleines, selbstmitleidiges Kind gegenüber.«

Theo zog die Mundwinkel nach unten. »Selbstmitleidig?«

»Oder wehleidig. Feige. Such dir was aus.«

»Okay, okay, ich habe verstanden. Ich rufe schon an.« Er nahm wieder das Besteck zur Hand. »Nach dem Essen.«

Pat schüttelte vorwurfsvoll den Kopf, konnte sich ein Lächeln aber nicht verkneifen, als es an der Tür klopfte und Timmermann hereinkam.

»Gute Nachrichten«, verkündete er. »Wir haben einen neuen Zeugen und vielleicht eine neue Spur.«

28

Seit Camilla Sascha von dem kleinen Jungen erzählt hatte, herrschte dicke Luft in dem Häuschen im Inselwald. Sascha hatte sich türknallend ins Schlafzimmer verzogen und laut Rapmusik aufgedreht. Denis hatte überlegt, ob er Kopfhörer aufsetzen und weiter auf Zombiejagd an der Playstation gehen sollte, hatte dann aber anders entschieden. Die Sache mit dem Jungen ging ihm nicht aus dem Kopf.

Camilla dagegen saß gelassen auf dem Sofa mit einem Kaffeebecher in der Hand und blätterte in einer der Modezeitschriften, die sie sich auf der Insel gekauft hatte.

»Dich kratzt das alles wohl überhaupt nicht?«, fragte Denis, nachdem er eine Weile durch das Haus getigert war, auf der Terrasse eine Zigarette geraucht und dann in der Küche die Spülmaschine ausgeräumt hatte – zum ersten Mal, seit sie auf der Insel waren.

»Was meinst du?«, frage sie, ohne aufzusehen.

»Du sitzt hier rum und liest, als wäre nichts geschehen.«

»Falls du es vergessen hast, nur durch mich habt ihr überhaupt erfahren, was die Polizei weiß und was nicht.« Sie blätterte weiter in der Zeitschrift.

»Aber es scheint dir völlig egal zu sein, dass wir hier festsitzen.«

Jetzt sah sie zu ihrem Bruder auf. »Denis! Nicht wir sind es, die hier ein Problem haben. Ich habe niemanden umgebracht. Und du auch nicht.«

»Trotzdem …« Ihr Bruder rang nach den richtigen Worten. »Wir sind doch … ein Team, oder nicht?«

»Sind wir das? Ich bin nicht gefragt worden, ob dieser Surfer den Tod verdient hat.«

»Ach, so ist das?« Sascha stand auf einmal in der Tür zum Wohnzimmer. »Ihr wollt mich im Stich lassen!«

Camilla schaute ihn an. Er zitterte am ganzen Körper. Seine Nasenlöcher waren rot angeschwollen. Er hatte wieder gekokst.

»Niemand will dich im Stich lassen«, sagte sie.

»Hat sich aber gerade anders angehört.«

Camilla warf die Zeitschrift beiseite. »Hallo? Ich habe am Campingplatz mit den Leuten geredet, hab versucht, bei der Polizei was rauszukriegen. Wird Zeit, dass du auch mal was zur Lösung des Problems beiträgst, statt dich nur vollzudröhnen und bescheuerte Musik zu hören.«

Sascha trat wütend auf sie zu. Aber dann erschlafften seine Gesichtszüge plötzlich, und er sackte erschöpft neben Camilla aufs Sofa. Er lehnte den Kopf zurück, starrte an die Decke.

Eine Weile herrschte Schweigen. Camilla und Denis warteten, dass Sascha etwas sagte.

Schließlich beugte er sich mit einem Ruck nach vorn,

nahm eine Schachtel Zigaretten vom Tisch und zündete sich eine an.

»Also, was jetzt?«, fragte Denis.

»Dieses verdammte Kind«, murrte Sascha. »Ich bin sicher, das war dieser Junge, den wir am Hafen gesehen haben.«

Sie zuckte mit den Schultern. »Kann schon sein.«

»Meinst du, du kannst rauskriegen, wo er jetzt steckt?«

»Und dann?«

»Keine Ahnung, aber wir sollten …«

»Wir sollten gar nichts. *Du* solltest deinen Vater anrufen«, unterbrach sie ihn.

»Damit er was tut?«, fuhr Sascha sie an. »Die Kavallerie schicken, damit sie uns von dieser verdammten Insel holt?«

Sie sah ihn herausfordernd an. »Warum nicht? Er hat viele Verbindungen …«

Sascha fuhr sich durch die Haare. »Nein, das geht nicht. Das will ich nicht. Wir haben uns die Sache selber eingebrockt und …«

Camillas Miene verfinsterte sich. »*Du* hast sie uns eingebrockt!«

Sascha verzog gequält das Gesicht. Er drückte seine Finger an die Schläfen, versuchte, sich trotz seines aktuell benebelten Verstandes auf das Wesentliche zu konzentrieren. »Ich kann ihn nicht um Hilfe bitten«, sagte er und schüttelte den Kopf. »Wir müssen selber eine Lösung finden.«

Er nahm einen tiefen Zug von der Zigarette. Seine

Hand zitterte. Camilla wusste, wie groß seine Angst vor seinem Vater war.

Plötzlich trat ein Leuchten auf Saschas Gesicht. Er setzte sich aufrecht hin. »Ich hab's.« Er stand auf und nahm einen der Prospekte, die der Vermieter auf einem kleinen Sideboard ausgelegt hatte. Er blätterte, bis er eine Karte des nordfriesischen Wattenmeeres fand.

»Wir setzen uns ab, wir verlassen die Insel. Und zwar genau hier.« Er zeigt auf die schmale Stelle im Norden zwischen Amrum und der Nachbarinsel Föhr.

»Willst du etwa rüberschwimmen?« Denis sah ihn ungläubig an.

»Nein, du Spast! Wir *gehen* rüber. Bei Ebbe, Alter.« Wieder blätterte er in dem Heft und fand schließlich die Anzeige eines Wattführers, der Touren nach Föhr anbot.

»Du willst von einer Insel auf die nächste?«, fragte Camilla.

Sascha nickte. »Und von da mit der nächsten Fähre zum Festland. Und schon sind wir in Sicherheit.«

Er griff sich sein Handy und tippte die Nummer des Wattführers ein. Es dauerte ein bisschen, bis er abnahm. Sascha gab sich als Naturfreund aus, der gern an einer der Wattwanderungen teilnehmen wollte. Doch schon kurz darauf legte er enttäuscht wieder auf.

»Mist.«

»Was?«

»Er kann im Moment keine Wattwanderungen nach Föhr machen. Anordnung der Polizei.«

»Die Leute hier sind schließlich nicht dumm«, sagte Camilla.

Sascha warf ihr einen bösen Blick zu. Dann schaute er hinaus in den Garten. Es hatte aufgehört zu regnen, aber die Sonne versteckte sich immer noch hinter grauen Wolken.

Trotzdem lächelte er auf einmal wieder.

»Wofür brauchen wir einen Wattführer? Das kriegen wir auch allein hin.«

»Spinnst du?«, fragt Denis.

»Hast du schon mal geguckt? Föhr ist total nah.«

Camilla schüttelte den Kopf. »Du hast doch keine Ahnung.«

»Nur ein kleiner Spaziergang durchs Watt. Wie kompliziert kann das schon sein?«

Denis griff sich die Broschüre. »Sehr kompliziert. Lebensgefährlich sogar. Hier steht, dass man auf keinen Fall ohne Führer gehen sollte.«

»Klar steht das da. Die wollen schließlich Kohle mit den Touris verdienen.« Er drückte seine Zigarette aus, schnappte sich jetzt einen Joint, aber Camilla riss ihm ihn aus der Hand und zerdrückte ihn ebenfalls im Aschenbecher.

»He, spinnst du?«, schimpfte Sascha.

»Hör endlich mit dem Scheißzeug auf!«

»Tu mal nicht so! Du rauchst das Zeug doch selbst.«

»Aber nicht jetzt.«

»Ich schon. Und das geht dich gar nichts an.«

»Oh doch. Komm endlich mal klar hier oben.« Sie tippte ihm mit dem Zeigefinger auf die Stirn, worauf Sascha den Kopf wütend zur Seite drehte.

»Merkst du es denn nicht, du Idiot?«, schimpfte sie.

»Ständig ziehst du uns mit in den Abgrund. Da habe ich keinen Bock drauf! Ich werde mein Leben nicht noch mal für dich riskieren.«

Sascha starrte sie wütend an, schaute dann zu Denis in der Hoffnung auf Unterstützung. Aber auch sein Freund wich seinem Blick aus, quälte sich, bis er seufzend doch mit seiner ehrlichen Meinung rausrückte. Er schüttelte den Kopf. »Cam hat recht, Sascha. Es ist Irrsinn.«

Sascha ballte die Hände zu Fäusten. »Ihr lasst mich im Stich, ich wusste es doch! Aber ich werde mich hier bestimmt nicht ewig verkriechen, bis mich irgendein Scheißbulle erwischt.« Er zeigte auf Camilla. »Du sagst, sie haben einen Zeugen und werden mich früher oder später finden? Na schön, dann weiß ich, was ich tun muss.«

29

Wiesbaden

»Schatz, vergiss nicht«, ermahnte Lara ihn, »dass wir heute Abend zum Essen verabredet sind!«

»Natürlich nicht.« Patrick verzog das Gesicht. Wie gut, dass sie telefonierten und Lara ihn in seinem Büro nicht sehen konnte.

»Ich habe mit Felix gesprochen«, fuhr seine Frau fort. »Er sagt, Marie kennt da so einen neuen Japaner in Frankfurt. In der Nähe der Alten Oper, soll ein bisschen teurer sein, aber auch sehr gut.«

Wenn er ehrlich war, hatte er kaum zugehört. Während des Gesprächs mit Lara war er durch Angebote von Edel-E-Bikes gescrollt. Doch bei dem Wort »teurer« hatte in seinem Kopf sofort eine Alarmglocke geklingelt.

Patrick sah sich um. Alle Kollegen waren beschäftigt, niemand beachtete ihn. Er konnte noch ein bisschen plaudern. Lara saß zu Hause bestimmt schon vorm Kleiderschrank und überlegte, was sie heute Abend anziehen wollte.

»Wieso schon wieder Japanisch?«, fragte er. »Und wieso wieder extra nach Frankfurt fahren? Wir wollten doch zu dem Weinlokal? Das mit der großen Terrasse, direkt unten am Rhein.«

»Du kennst doch Marie und Felix. Die haben es gern etwas exklusiver.«

»Nein, bitte nicht. Das letzte Mal haben wir fast dreihundert Euro bezahlt. Für einen Italiener!«

»War aber auch sehr lecker.«

»Sooo lecker auch wieder nicht.« Und die Portionen waren verdammt klein gewesen, dachte er. Als sie endlich zu Hause gewesen waren, hatte er sich noch ein Käsebrot geschmiert, um nicht hungrig ins Bett zu gehen.

Lara wollte es nicht zugeben, aber auch sie hatte es gern ein bisschen edler. Zu Hause lief sie zu seinem Leidwesen am liebsten in immer derselben Jogginghose herum, doch beim Ausgehen musste es ein teures Abendkleid sein, passend zu Champagner, gepflegter Jazzmusik und sündhaft teurem Essen. Rustikal kam für sie nicht infrage.

Patrick beschloss, das Gespräch zu beenden. Diesmal bestand er darauf, wie geplant ins Weinlokal zu gehen. Seine Frau konnte froh sein, dass er überhaupt mitkam. Denn erstens wusste sie, dass er Marie und Felix und ihr Geschwätz über teure Immobilienfonds und die Vorteile italienischer Sportwagen nicht ertragen konnte. Und zweitens war seine Laune heute derart im Keller, dass er am liebsten ganz zu Hause geblieben wäre.

Den Grund für seine miese Laune durfte er seiner Frau allerdings nicht verraten.

Dreitausend Euro hatte er letzten Abend beim Roulette verloren. Und vor vier Tagen sogar viertausend.

Noch nie hatte er innerhalb einer Woche eine solche Pechsträhne gehabt. Lara würde ausflippen, falls sie je davon erfahren würde. Mit Grauen erinnerte er sich an den Abend vor anderthalb Jahren, als sie plötzlich neben seinem Kartentisch in der Spielbank aufgetaucht war.

»Wenn ich dich noch einmal dabei erwische, wie du unser Geld verspielst, dann schmeiß ich dich aus der Wohnung!«, hatte sie ihm, zitternd vor Wut, vor allen Leuten gedroht. Noch nie in seinem Leben hatte er sich so geschämt.

Lara war durchaus fähig, ihre Drohung wahr zu machen. Denn ihre Sechs-Zimmer-Altbauwohnung mit Dachterrasse im schicken Rheingauviertel gehörte nicht ihnen, sondern Laras Vater. Und der konnte ihn nicht ausstehen. Dass er beim BKA arbeitete, interessierte ihn nicht. Für seinen Schwiegervater blieb er immer nur ein Bulle. Jemand, der sich in seinem Beruf mit dem Bodensatz der Gesellschaft herumschlug und aufpassen musste, dass die Schlechtigkeit der Menschen nicht auf ihn abfärbte. Seine einzige Tochter hatte etwas Besseres verdient!

Zum Glück wusste er nicht, wo der Gatte seiner Tochter die Abende verbrachte. Auch Lara hatte keine Ahnung, dass er nur selten so lange Überstunden im Büro machte, wie er behauptete. Und genauso wenig würde sie es merken, dass er sich das Geld vom Sparkonto der Kinder ausgeliehen hatte. Das Geld war für ihre spätere Ausbildung bestimmt, diente aber in Wirklichkeit als Spielgeld für seine Ausflüge ins Kasino.

Eigentlich kein Problem, dachte Patrick, die beiden waren erst fünf und sieben Jahre alt. Bis sie ihr Geld in Anspruch nehmen konnten, hatte er genug Zeit, die Konten wieder aufzufüllen.

Trotzdem wurde es langsam schwierig. Aktuell betrugen seine »Schulden« bei den Kindern fast fünfzehntausend Euro. Und leider waren sie nicht seine einzigen Gläubiger.

Egal. Er würde schon wieder auf die Beine kommen. Und Lara würde nie erfahren, was er getan hatte. Denn er war derjenige, der sich bei ihnen um die Bankgeschäfte kümmerte. War schließlich auch sein Job. Die Finanzströme des organisierten Verbrechens, das war sein Spezialgebiet. Oder besser das seiner Abteilung. Patrick war eher ein Mann der zweiten Reihe, durch große Ermittlungserfolge war er bisher nicht aufgefallen.

Dafür konnte er in aller Ruhe seinen Hobbys nachgehen. Nicht nur Roulette und Black Jack, er wettete auch online auf Pferderennen, national und international, auf der ganzen Welt. Er schaute auf sein privates Handy, um zu checken, wie die Lage war. Gar nicht gut, sah er sofort mit Kennerblick. Frustriert klickte er weg.

Wurde Zeit, dass er mal wieder Glück hatte.

Müde begann er, durch das interne BKA-Netz zu surfen und sich über den aktuellen Ermittlungsstand seiner Kollegen zu informieren. Erstaunlich, wie turbulent es draußen in der Welt zuging, während er hier von morgens bis abends vor dem Bildschirm abhing.

Mehr aus Langeweile als aus Interesse warf er einen Blick auf die aktuellen Fahndungsaufrufe.

Peinlich, wie wenig Erfolg er und seine Kollegen hatten, vor allem was die Fahndung nach flüchtigen Mitgliedern aus Clanfamilien anging. Aber war das ein Wunder? Falls der Fahndungsdruck doch einmal größer wurde, tauchten die Burschen sofort unter oder setzten sich in ihre Heimatländer ab.

Aber so war nun mal die Welt. Und er war der Letzte, der daran etwas ändern konnte. Oder wollte.

Patrick war im Begriff, die Seite mit den Fahndungsaufrufen wieder wegzuklicken, als er stutzte.

Was war das denn für ein seltsames Fahndungsbild? Sah aus wie eine Zeichnung aus einem Mangacomic. Er rückte seine Brille zurecht und las den dazugehörenden Text.

Ein Mord auf der Nordseeinsel Amrum. Jemand hatte einem jungen Mann mit einem Messer die Kehle durchgeschnitten.

Er vergrößerte den Ausschnitt, um sich das Bild genauer anzusehen.

Augenblicklich begann sein Herz schneller zu schlagen. War das der Glückstreffer, auf den er so lange hatte warten müssen?

Er schaute sich das Bild erneut an. Las den ganzen Text – und auch den Bericht der Pathologie. Fügte eins und eins zusammen.

Das konnte kein Zufall sein.

Wieder verharrte er einen Augenblick in seinen Gedanken. Grinste dann zufrieden. Es gab bestimmt

Kollegen, die mehr über Abschreibungen, Panamapapiere und faule Konten wussten. Aber dafür verfügte er über Insiderwissen und -kontakte, von dem seine sauberen BKA-Freunde nur träumen konnten.

Er griff erneut nach seinem Privathandy und wählte eine Nummer.

Beim zweiten Klingeln wurde abgenommen.

»Hallo?«, hörte er eine vertraute Stimme.

Er vergewisserte sich, dass keiner seiner Kollegen zu ihm herüberblickte und lehnte sich auf seinem Schreibtisch vor.

»Hören Sie, ich weiß, ich schulde Ihnen eine Stange Geld. Aber ich hätte hier eine sehr interessante Information für Sie. Vielleicht könnten wir uns auf einen kleinen Deal einigen.«

30

Andrea Traustein saß am Esstisch und arbeitete an einem Angebot für einen Neubau auf Föhr. Ein Doppelhaus im altfriesischen Stil, mit Blick aufs Meer und natürlich mit Reetdach. Von Zeit zu Zeit sah sie zu Tomme, der auf dem Sofa saß und im Fernsehen eine Tierdoku über Pinguine bei Netflix sah.

Daneben saß Hannes. Die Polizeijacke hatte er ausgezogen, die obersten Knöpfe seines Diensthemdes waren geöffnet. Timmermann und dieser Kommissar aus Berlin hatten entschieden, dass Tomme, solange der Mörder von Norddorf frei auf der Insel herumlief, als ihr einziger Zeuge Polizeischutz erhielt. Hannes hatte sich sofort gemeldet. Natürlich wollte er diesen Job übernehmen.

Eine gute Idee? Zuerst war Andrea nicht sicher gewesen, was sie davon halten sollte. Sie hatte versichert, sich selbst um Tommes Schutz zu kümmern.

Dann hatte sie bei der Gegenüberstellung Tommes Hand gehalten. Und seither das Gefühl, dass sich der Mörder hinter den Gesichtern unzähliger junger Männer versteckte.

Nein, es war besser, dass Tomme offiziellen Schutz erhielt. Selbst wenn es sich bei dem Polizisten um ihren Ex-Mann handelte.

Und irgendwie sahen die beiden sehr süß aus, wie sie nebeneinander auf dem Sofa hockten. Tomme hatte sich in Hannes' Arm gekuschelt, der schon nach ein paar Minuten eingeschlafen war, wie immer, wenn er Fernsehen guckte. Da spielte es auch keine Rolle, dass es noch später Nachmittag war. Sobald ein Bildschirm angeschaltet wurde, klappten Hannes' Augen zu.

Vater und Sohn so zusammen auf dem Sofa war ein Anblick, der sie mit Wehmut erfüllte. Sie wusste genau, wie sehr die Kinder darunter litten, dass ihr Vater nicht mehr bei ihnen wohnte. Aber war das ihre Schuld? Nein! Es war Hannes' Entscheidung gewesen, eine neue Beziehung einzugehen, sie für eine Jüngere sitzen zu lassen.

»Es ist einfach passiert. Ich konnte nichts dafür«, sagte er immer. Aber da war sie komplett anderer Meinung. Als verheirateter Mann mit drei Kindern wäre es seine Pflicht gewesen, sich dagegen zu entscheiden, sich in eine neue, eine jüngere Frau zu verlieben.

In der Doku brach gerade die mächtige Flanke eines Eisberges ab und stürzte mit Getöse ins Meer. Für einen Moment sah es so aus, als würde das brechende Eis die Pinguine mit sich in den Abgrund reißen. Doch die Tiere waren schneller, sprangen rechtzeitig ins Meer und schwammen eilig davon. Tomme klatschte vor Begeisterung in die Hände, worauf Hannes mit einem leisen Stöhnen aus dem Schlaf schreckte. Für einen Moment schien er nicht zu wissen, wo er sich befand, und er hatte keine Ahnung, was passiert war.

Dann lächelte Hannes und streichelte seinem Sohn liebevoll über die zerzausten Haare. Schließlich stand er auf. Er ließ Tomme allein mit seinen Pinguinen und kam zu Andrea an den Esstisch.

»Ich mache mir einen Kaffee. Willst du auch einen?«

»Nicht nötig«, erwiderte sie und hielt ihren halb vollen Becher hoch.

Hannes nickte, ging in die Küche und kam nach einer Weile mit einem vollen Becher zurück und setzte sich zu ihr.

»Dass ich aber auch immer so schnell einpenne …«

»Sind eben sehr anstrengende Tage.«

»Oh ja.« Er blickte zu Tomme auf dem Sofa. »Wie schön, dass er wieder ein bisschen Spaß hat«, sagte er leise.

Sie nickte. Dann sah sie ihn fragend an. »Willst du wirklich auch noch über Nacht hierbleiben?«

»Aber natürlich.«

»Hast du keine Ablösung? Sind doch gerade so viele Polizisten auf der Insel.«

Er schüttelte energisch den Kopf. »Nein. Du wirst mich nicht los. Ich bleibe hier. Wenn es für dich okay ist, lege ich mir oben eine Matratze in sein Zimmer und schlafe auch bei ihm.«

Sie erinnerte sich an die beiden letzten Nächte, in denen Tomme bei ihr im Bett geschlafen hatte. »In Ordnung«, sagte sie, obwohl sie schon wusste, dass sie seinen kleinen, warmen Körper neben sich vermissen würde.

Er schaute zu ihren Unterlagen, die sie auf dem Tisch ausgebreitet hatte.

»Bannig viel zu tun, was?«

»Hört nicht auf.« Sie nickte. Für einen Moment trafen sich ihre Blicke.

»Ist ein bisschen wie früher, findest du nicht auch?«, sagte Hannes.

»Schlimm?«

»Nein, finde ich gut.« Er seufzte leise und schaute nachdenklich hinaus in den Garten. Es hatte aufgehört zu regnen. Hier und da riss die Wolkendecke auf, und das grelle Licht der tief stehenden Sonne ließ den Tag auf einmal wieder leuchten.

»Hast du Hunger?«, fragte sie.

»Sehr.«

»Ich hab noch frisches Brot, Käse und sogar Oliven.«

»Ich liebe Oliven.«

Sie lächelte. »Ich weiß.«

Sie zogen in die Küche um. Andrea schaute im Kühlschrank, was es noch zu essen gab. Dann setzten sie sich an den kleinen Tisch. Hannes bat sie, ihm mehr über ihr aktuelles Projekt auf Föhr zu verraten.

Andrea holte tief Luft und erzählte ihm, dass der Bauherr unbedingt ein echtes Reetdach haben wolle, in Nordfriesland gefertigt, und nicht eins, das, wie mittlerweile fast überall an der Nordseeküste, aus China kam.

»Finde ich auch besser«, meinte Hannes.

»Ist aber auch viel teurer. Das passt unmöglich zu seinem Budget. Entweder er legt noch mal ordentlich nach, oder er muss sich mit der chinesischen Variante begnügen. Sonst müssten wir an anderer Stelle deutlich kürzen.«

Während sie redete, bemerkte sie, wie sein Blick auf die Pinnwand ging, die hinter ihr an der Wand hing. Neben einem Flyer vom Pizzaservice und einigen wichtigen Adressen waren dort auch mehrere Fotos angepinnt. Aufnahmen von ihr und den Kindern, vom Norddorfer Strand, von einem Ausflug zum Hamburger Hafen, von einer Radtour am Nordostseekanal. Nur ein bereits leicht welliges Foto zeigte die ganze Familie auf dem Kniepsand, damals noch mit Hannes, der sich Baby Tomme vor die Brust gebunden hatte.

»Schöne Fotos«, sagte Hannes.

»Kannst du dich noch an unseren Spaziergang erinnern?«

»Natürlich, wie könnte ich das vergessen.« Er grinste. »Tomme hat die ganze Zeit wie wild geschrien.«

»Weil er Hunger hatte.«

»Genau. Er hat die ganze Zeit an meiner Brust herumgekratzt. Er dachte, ich wäre du.«

Sie lächelte, für einen kurzen Moment tauschten sie einen vertrauten Blick. Sie spürte, wie sich ihre Nackenhaare in einem wohligen Schauer aufstellten.

In dem Moment brummte sein Handy. Als er es aus der Tasche zog, konnte sie sehen, dass es ein Anruf von Melina war.

»Na los, geh schon ran«, sagte sie, mit jetzt wieder kühler Stimme, als sie sah, dass er zögerte, das Gespräch anzunehmen.

»Hallo, Schatz, kannst du sprechen?«, hörte sie deutlich Melinas Stimme.

»Äh … ja«, erwiderte der von der Situation sichtlich überforderte Hannes.

Melina wollte wissen, wann er heute Abend nach Hause kommen würde. Hannes erklärte ihr, dass er die Nacht bei Tomme verbringen würde, und bemühte sich, das Gespräch mit verlegenen Seitenblicken zu Andrea so schnell wie möglich zu beenden.

Endlich legte Hannes das Telefon wieder auf den Tisch.

»Reizend«, kommentierte Andrea. »Da scheint dich jemand zu vermissen.«

Hannes seufzte. »Andrea, bitte.«

»Wenn du lieber zu deiner jungen Freundin fahren willst, bitte.«

»Nein! Ich habe gesagt, dass ich hier bei Tomme bleibe, und das werde ich auch tun.«

»Schön, wenn du dich an deine Prinzipien hältst. Wenigstens bei der Arbeit.« Andrea spürte, wie sie auf einmal vor Wut zitterte. Es gefiel ihr gar nicht, als die Beleidigte dazustehen. Aber ihr gekränktes Herz wollte nicht auf ihren Verstand hören.

Hannes stand auf. »Es reicht.«

»Ach, jetzt bin ich wieder die Böse! Bloß, weil ich die Wahrheit ausspreche.«

»Welche Wahrheit?«

»Dass du fast nie für die Kinder da bist.«

»Das stimmt doch gar nicht«, erwiderte er. Auch er war lauter geworden. »Nur weil da keine Fotos von mir und den Kindern hängen, heißt das noch lange nicht, dass ich mich nicht um sie kümmere.«

Sie warfen sich gegenseitig vor, ungerecht und rücksichtslos zu sein. Schließlich kamen Andrea die Tränen, wie immer, wenn sie miteinander stritten, und obwohl sie es hasste, dass Hannes sie so schwach sah.

Und auch ihm schien es unangenehm zu sein, dass ihre Gespräche so oft in Streit endeten. Er hob die Hände, zum Zeichen, dass er nichts mehr hören wollte, und ging zurück ins Wohnzimmer – und erstarrte plötzlich.

»Tomme?«

Sofort verstummte sie, eilte ihm hinterher.

Das Sofa war leer.

Hannes war mit einem Sprung bei der Toilette, schaute hinein, drehte sich dann mit erschrockenem Blick zu ihr um und schüttelte den Kopf.

Andrea ging zur Treppe, rief nach oben hinauf zu ihren beiden Töchtern, wollte wissen, ob ihr Bruder bei ihnen war.

War er nicht.

»Die Schaukel«, rief Hannes und lief hinaus in den Garten.

Doch auch hier war Tomme nicht zu sehen. Leise quietschend schwang die Schaukel im Wind sanft hin und her.

Genau wie die offen stehende Gartenpforte.

31

Hinnerk Grösche konnte sich genau an den seltsamen Jogger erinnern, den er gestern Vormittag auf dem Pfad im Inselwald getroffen hatte. Er hatte nicht nur ein schwarzes Basecap gehabt, sondern auch Kopfhörer getragen. Versunken in seine Musik hatte er Grösche auf seinem Fahrrad fast umgerannt. Keine große Sache. Aber statt sich zu entschuldigen, hatte der junge Mann den Fahrradfahrer übel beschimpft und ihm den Mittelfinger gezeigt. Sehr unhöflich, fand er.

Zum Glück hatte er in seinem Beruf hier auf der Insel selten mit so unangenehmen Menschen zu tun. Denn Hinnerk Grösche war der bei allen Insulanern hochgeschätzte Pastor von Amrum.

Konnte es sein, dass der Mörder von Marco Ernst sich in den hinter Bäumen und Hecken verborgenen Ferienhäusern im Inselwald versteckte? Für die Suche hatten Pat und ihre Kollegen sich aufgeteilt. Theo ging zusammen mit dem ortskundigen Polizeikommissar Anton Jepsen von Haus zu Haus, Pat mit Jepsens Kollegin Melina Sanders, ebenfalls einer uniformierten Polizeikommissarin.

Anfangs war Pat unsicher gewesen. Sollte sie die

komplizierte Situation zwischen Melina, Hannes und seiner Ex-Frau ansprechen?

Aber Pat musste sich keine Sorgen machen. Melina hatte nicht die geringste Lust, über das Thema zu reden. Pat lernte sie als eine freundliche Kollegin kennen, die bei den Befragungen in den verschiedenen Häusern bewies, wie gut sie mit Menschen umgehen konnte.

Herausbekommen hatten sie aber auch nach über zwei Stunden noch nichts. Bisher hatten sie nur mehrere Familien angetroffen, dazu eine Gruppe munterer Kegelfreunde aus Wattenscheid und ein älteres Paar aus Stuttgart, das auf der Insel seinen vierzigsten Hochzeitstag feiern wollte.

Keine Spur eines jungen Mannes mit schwarzem Basecap und Kopfhörern.

Es war schon fast sechs Uhr, als sie vor einem besonders verwunschenen Haus standen, das vom Waldweg hinter einer meterhohen Hecke und riesigen Rhododendronbüschen kaum zu sehen war.

Pat klingelte. Als ihnen kurz darauf geöffnet wurde, traute sie ihren Augen nicht, als sie erkannte, wer vor ihr stand.

»Dörte?«

Tatsächlich, die junge schwarzhaarige Frau, die sie auf dem Campingplatz vor dem Restaurant angesprochen und die sich vor der Autowerkstatt dann dem fliehenden Tatverdächtigen heldenhaft in den Weg geworfen hatte.

»Pat? Das ist ja eine Überraschung«, erwiderte Dörte.

Anders als bei ihrem souveränen Auftritt am Mittag wirkte sie verwirrt, ja fast erschrocken. Aber nach Pats Erfahrung schaute jeder erst einmal verwirrt drein, wenn plötzlich die Polizei vor der Tür stand.

Trotzdem: Als Melina sich erkundigte, ob sie kurz reinkommen könnten, glaubte Pat, so etwas wie Angst in Dörtes Gesicht zu erkennen.

Drinnen kam ihnen ein junger Mann in einer kurzen Sporthose und einem Fußballtrikot von Eintracht Frankfurt entgegen. Dörte stellte ihn als ihren Bruder Denis vor. Und genau wie sie schaute er sehr erschrocken drein, als er sah, dass die Polizei zu Besuch war.

Pat tauschte einen fragenden Blick mit Melina. Vom Alter kam Denis als Täter infrage, aber seine Figur passte nicht. Laut Tomme war der Täter dünn, geradezu hager. Und Dörtes Bruder war untersetzt, um nicht zu sagen dick. Außerdem trug er einen ungepflegten Vollbart, der klar älter war als die zwei Tage, die seit dem Mord am Strand von Norddorf vergangen waren.

Pat schaute sich im Wohnzimmer um. Die Miete für das Haus musste ziemlich hoch sein. Die Einrichtung hatte Stil. Pat sah viel Leder und edles Holz. Soweit sie es erkennen konnte, war die chromblitzende Küche mit allen Extras ausgestattet. Und an der Wand im Wohnzimmer hing ein riesiger Flatscreen. Sogar eine Playstation 5 gehörte offenbar zum Inventar.

Aber auf Ordnung schienen Dörte und ihr Bruder keinen Wert zu legen. Überall lagen Klamotten herum. Auf dem Tisch standen leere Bierflaschen, und in der Küche stapelten sich leere Pizzakartons.

Dörte bemerkte, wohin Pats Blick ging. »Sorry, wir waren gerade nicht auf Besuch eingestellt.«

»Schickes Haus«, sagte Melina.

»Uns gefällt's.«

»Aber bestimmt ziemlich teuer?«

»Na ja, geht. Man muss nur rechtzeitig reservieren.«

»Und ihr seid hier zu zweit drin?«

»Ja. So groß ist es ja nun auch nicht. Wir hatten beide viel zu tun in letzter Zeit, wollten unbedingt mal ein bisschen ausspannen.«

»Genau, ausspannen«, stimmte Denis seiner Schwester zu.

»Und wo geht das besser als hier an der Nordsee«, sagte Dörte. Sie hatte schon erzählt, dass sie in Frankfurt Deutsch und Geschichte auf Lehramt studierte. Nun erfuhren sie, dass Dörtes Bruder eine Ausbildung zum Import-Export-Kaufmann machte.

Pat beobachtete ihre neue Bekannte. Obwohl sie sich mittlerweile wieder etwas gefangen hatte, knetete sie beim Reden ständig die Hände. Seltsam, warum war sie so nervös?

»Alles in Ordnung?«, fragte Melina, der Dörtes Anspannung ebenfalls auffiel.

»Klar, warum?«

»Sie wirken so … angespannt?«

Dörte räusperte sich. »Na ja, die Aktion heute Mittag war nicht ganz ohne. Im Nachhinein wundere ich mich über mich selbst.« Sie blickte zu ihrem Bruder. »Als ich es Denis erzählt habe, wollte er es zuerst gar nicht glauben. Dörte, hat er zu mir gesagt, bist du denn total verrückt geworden? Wie kannst du nur so einen Blödsinn machen?«

Denis sah seine Schwester für einen Moment irritiert an, nickte dann aber mit Nachdruck. »Genau. Ja, bist du denn total bescheuert, hab ich zu ihr gesagt. Ich meine, der Typ hatte doch bestimmt eine Waffe.«

Melina nickte. »Ja«, sagte sie schließlich. »Das war in der Tat sehr mutig von Ihnen.«

»War nur ein Reflex. Als der Kerl auf mich zurannte, war ich für einen Moment wie gelähmt. Und dann …« Sie stöhnte, die Erinnerung schien sie immer noch mitzunehmen. »Dann habe ich ihm einfach ein Bein gestellt.«

»Und dem Kerl das Knie in den Rücken gerammt, damit er nicht weglaufen kann«, ergänzte Pat. »Sehr beeindruckend.«

Dörte lächelte verlegen. »Wenn man einen Bruder hat, kennt man natürlich ein paar Tricks.«

»War aber schon ziemlich riskant«, sagte Pat. »Wenn er der Gesuchte gewesen wäre, hätte es sehr gefährlich werden können.«

»Aber es war nicht der Gesuchte, oder?«

Melina seufzte. »Nein, leider nicht.«

»Gibt es schon andere … Spuren?«, fragte Denis.

Pat räusperte sich. »Dazu können wir nichts sagen.«

»Aber wir finden den Kerl«, sagte Melina. »Und wenn wir jeden Stein auf der Insel umdrehen müssen.«

In diesem Moment klingelte Pats Handy. Sie sah auf das Display. Es war Theo. Hatte er etwa mehr Glück als sie gehabt und eine Spur gefunden? Mit ein paar Schritten war sie im Flur und nahm ab.

»Hallo? Gibt es was…?« Sie brach ab. Was sie hörte, ließ sie erstarren.

»Alles in Ordnung?«, erkundigte sich Dörte.

Pat blickte zu Melina, die zu ihr in den Flur kam. »Der Kleine ist verschwunden. Wir müssen sofort nach Wittdün.«

32

Als Krumme zusammen mit Anton Jepsen Wittdün erreichte, wartete Timmermann mit den Kollegen, die am Morgen den Hafen kontrolliert hatten, auf der Promenade an der Gartenpforte hinter Andrea Trausteins Haus. Auch Pat und Melina stießen kurz darauf zu ihnen.

Hannes empfing sie im Garten. Er berichtete, was passiert war, dass er und Andrea sich in der Küche unterhalten hätten, während Tomme allein im Wohnzimmer einen Film geguckt hatte.

»Und dann war er auf einmal weg«, schluchzte Andrea, die sich in ihrer Verzweiflung an ihrem Ex-Mann festhielt. Hannes erzählte, wie sie zusammen mit den Mädchen überall im Haus und im Garten nach dem Jungen gesucht hatten – ohne Erfolg.

»Aber die Gartenpforte zur Promenade stand offen«, fuhr Hannes mit zitternder Stimme fort. »Er könnte überall sein. In Wittdün. Oder irgendwo da draußen.« Er zeigte hinaus auf das weite bis zum Horizont reichende Dünenmeer des Kniepsands.

»Könnte er nicht einfach zu Freunden gelaufen sein?«, fragte Pat. »Zu Nachbarn?«

Hannes sah unentschlossen zu Andrea. Die schüttelte den Kopf. »Nein, das macht er eigentlich nicht.«

»Eigentlich?«

»Na ja, er stromert schon mal rum. Aber dann geht er nie weit weg.«

»Und ihr seid sicher, dass er nicht auch jetzt irgendwo sitzt und nur eine Sandburg baut?«, fragte Timmermann.

Andrea sah ihn verständnislos an. »Nach all dem, was passiert ist? Er war gestern noch völlig verängstigt. Und er hat sich gefreut, dass sein Vater hier ist.«

»Aber wer weiß schon, was gerade in seinem kleinen Kopf vorgeht«, sagte Hannes mit brüchiger Stimme.

Jepsen meldete sich zu Wort. »Die Tür zur Terrasse stand offen?«, fragte er. Als die Eltern nickten, fuhr er fort: »Theoretisch könnte also jemand ins Haus gekommen sein und Tomme … mitgenommen haben, oder?«

Tommes Eltern sahen ihn entsetzt an.

Hannes schüttelte den Kopf. »Nein. Er war direkt nebenan im Wohnzimmer. Das hätten wir doch gehört, oder?«, fragte er Andrea, der vor Angst die Tränen übers Gesicht liefen.

»Ich glaube nicht, dass Tomme entführt wurde«, versuchte Krumme, den beiden Mut zu machen. »Niemand weiß, dass er unser einziger Zeuge ist. Und schon gar nicht, wo er wohnt.«

Timmermann strich sich über die Haare. »Gut, dann ist er also einfach weggelaufen. Aber warum?«

Andrea blickte zu Hannes. »Kann es sein, weil wir uns …« Sie wischte sich eine Träne aus dem Gesicht. »… weil wir uns so laut gestritten haben?«

Hannes senkte den Kopf, nickte.

Für einen Moment herrschte betretende Stille in der Runde. Alle hatten verstanden. Keiner wollte das Drama dieser Familie kommentieren.

Timmermann klatschte in die Hände. »Okay Leute, wie auch immer es dazu gekommen ist, irgendwo da draußen läuft ein kleiner Junge herum. Und den müssen wir suchen. Und wir werden ihn auch finden.« Er begann, seine Kollegen von der Schutzpolizei in Zweiergruppen einzuteilen. Ein Team sollte Wittdün absuchen, insgesamt vier den Kniepsand und wieder andere die Wald- und Dünenlandschaft nördlich des Städtchens. Krumme und Pat sollten noch einmal zum nahen Campingplatz gehen.

»Los geht's«, rief Timmermann. »Weit kann der Kleine noch nicht sein.«

Die Teams machten sich auf den Weg. Hannes wollte die Kollegen begleiten, aber Krumme forderte ihn auf, lieber bei seiner Ex-Frau und den Mädchen zu bleiben. Falls der Junge zurückkam, konnten er und Andrea sich sofort um ihn kümmern. Der Polizeihauptkommissar nickte niedergeschlagen und ging dann mit seiner Ex-Frau zurück ins Haus.

»Die Armen«, sagte Pat leise. »Hoffentlich ist dem Kleinen nichts passiert. Das würden sie sich nie verzeihen.«

Krumme nickte, schaute dabei den Kollegen hinterher, die sich auf den Weg Richtung Kniepsand machten.

»Meinst du, der Kleine ist wirklich einfach so weggelaufen?«, fragte Pat.

»Kann ich mir nicht vorstellen. Aber ausschließen können wir es auch nicht.«

Sie gingen die Promenade entlang, Richtung Campingplatz. Dabei informierten sie sich gegenseitig über die Ergebnisse ihrer Suche im Inselwald. Krumme hatte genauso wenig Erfolg gehabt wie Pat und nur ein paar harmlose Familien in ihren Gästehäusern angetroffen.

Krumme stöhnte leise. Sie stocherten komplett im Trüben, hatten keine einzige konkrete Spur. Falls Tomme doch etwas passiert sein sollte, hätten sie kaum eine Chance, den Mörder zu finden.

Unweit des Hauses von Andrea Traustein entfernt, vor einer Strandbar, befand sich ein Spielplatz.

»Lass uns da mal schauen«, sagte er. »Wenn ich ein kleiner Junge wäre, würde ich da hingehen.«

Mehrere junge Väter und Mütter saßen auf den Bänken, die das Areal umstanden, und behielten ihre Kinder im Auge, die sich auf Klettergeräten und Schaukeln vergnügten. Krumme und Pat sahen schnell, dass Tomme nicht unter ihnen war.

Pat wollte sich schon abwenden, doch Krumme stapfte zu einem Klettergerüst in Form eines Fischkutters und stieg nach oben auf die Brücke. Pat sah ihm verwundert nach.

Eine leichte Brise wehte vom nahen Kniepsand her. Nach dem Regentag hatten sich die dunklen Wolken verzogen. Es hatte sich ein wenig abgekühlt, aber umso klarer war jetzt die Luft. Krumme blickte sich um. Auch in der näheren Umgebung war kein Kind zu sehen, das womöglich allein im Sand spielte. »Ein toller Spielplatz, aber leider keine Spur von dem Jungen«, stellte er fest.

Pat nickte. »Da fällt mir eine traurige Geschichte ein, die hier vor ein paar Jahren geschehen ist. Noch vor deiner Zeit in Nordfriesland. Damals war auch ein kleiner Junge verschwunden.«

Krumme horchte auf. »Was ist passiert?«

»Hier stand früher ein anderes Klettergerüst. Ein Piratenschiff aus Holz. War sehr beliebt. Aber eines Tages hat ein zehnjähriger Junge aus Österreich unter dem Schiff ein tiefes Loch gebuddelt. Auf einmal ist der Sand über ihm ins Rutschen geraten und hat ihn begraben.«

»Wie schrecklich.«

»Erst nach drei Tagen hat die Polizei seinen Leichnam gefunden. Vorher war die ganze Insel in Aufruhr. Sie haben den Jungen überall gesucht und schon vermutet, es gäbe einen Kindermörder auf der Insel. Aber am Ende war es kein Verbrechen, sondern einfach ein Unglück.«

»Ich habe an der Promenade Schilder gesehen, die vor Schlicklöchern im Kniepsand warnen.«

»Ja, aber hier haben sie einen ganz anderen Sand aufgeschüttet.«

»Ein Unglück also.«

»So etwas hätte auf jedem Spielplatz passieren können. Trotzdem haben sie das alte Piratenschiff abgerissen und dafür dieses neue Spielschiff aufgestellt.«

Krumme sah Pat betroffen an. »Schlimme Geschichte.«

Pat nickte. »Komm, lass uns zum Campingplatz gehen.«

Schweigend kletterten sie wieder vom Schiff herunter. Krumme warf sicherheitshalber einen Blick auf den Boden unter dem Gerüst, aber zum Glück war dort nichts Ungewöhnliches zu sehen.

Sie marschierten zurück zum Weg, als ihnen eine junge Frau entgegenkam. Sie war mit ihrem kleinen Pinscher unterwegs, den sie auf dem Arm trug. Vermutlich war dem kleinen Hündchen das Laufen im Sand zu beschwerlich.

Krumme blieb stehen, schaute ihr hinterher.

Pat sah ihn irritiert an. »Was ist, Theo?«

»Stell dir vor, du bist ein kleiner Junge, der von zu Hause wegläuft, weil die Eltern streiten. Wieso solltest du ausgerechnet zu einem Campingplatz gehen?«

»Keine Ahnung. Aber wir haben nun mal keine andere …«

Krumme ließ sie nicht ausreden. »Würdest du nicht eher zu einem Freund laufen?«

»Zu was für einem Freund? Die Eltern haben nicht erwähnt, dass er einen besten Freund hätte.«

Krumme lächelte. »Lass uns noch mal zurückgehen.«

»Wohin?«

»Wart's ab.«

Pat seufzte. Sie wusste, dass Krumme nicht gern die Karten auf den Tisch legte, aus Angst, sich zu blamieren, falls er mit seiner Vermutung schieflag.

Gemeinsam gingen sie zurück in die Richtung, aus

der sie gekommen waren. Dabei blickte Krumme aufmerksam in jeden Garten.

»Kannst du mir verraten, was du hier machst?« Langsam wurde Pat ungeduldig.

Plötzlich lächelte Krumme und zeigte auf ein kleines Schild an einer Gartenpforte. »Das habe ich gesucht.«

»Betreten verboten – bissiger Hund?«, las Pat. Sie sah ihren Kollegen verständnislos an.

Aber der hatte schon den Garten betreten.

Pat folgte ihm widerwillig. »Was meinst du, warum die das Schild aufgestellt haben?«

»Psst«, machte Krumme. »Wirst schon sehen.«

Das kleine Häuschen wirkte verwahrlost. Das Dach war voller Moos, der Rasen des Vorgartens seit Wochen und Monaten nicht gemäht worden. Am Rand des Grundstücks wucherten hohe Brombeerbüsche.

Bei der Haustür angekommen, kniff Krumme die Augen zusammen, um den Namen auf dem Klingelschild zu lesen.

Pat schaute sich ängstlich um. »Willst du mir jetzt endlich verraten, was du vorhast?«

Aber Krumme hatte schon auf die Klingel gedrückt. Kurz darauf zerriss lautes Bellen die Stille, das so böse und dunkel klang, als käme es direkt aus dem Schlund der Hölle.

Pat trat unwillkürlich einen Schritt zurück, als sich leise quietschend die Tür öffnete. Vor ihnen stand eine ältere Dame, klein und gebrechlich, der Rücken vom langen Leben gebeugt. Sie stützte sich auf einen Stock und sah misstrauisch zu ihnen auf.

»Ja?«, fragte sie mit krächzender Stimme.

»Guten Tag, Frau Sörensen, entschuldigen Sie bitte die Störung«, begrüßte Krumme die alte Frau und stellte sich und Pat vor.

»Kriminalpolizei? Aus Husum?«

»Ganz genau. Wir suchen einen kleinen Jungen aus Ihrer Nachbarschaft. Könnte es sein, dass …«

Krumme wurde von einem lauten Knurren unterbrochen. In diesem Moment schaute hinter der Frau, am Ende des Flurs, der große Kopf eines Schäferhundes um die Ecke. Speichel tropfte aus seinem Maul auf den Dielenboden.

»Aus!«, schimpfte die Alte. »Mach Platz!«

Krumme und Pat beobachteten überrascht, wie der Hund nicht nur augenblicklich zu knurren aufhörte, sondern sich auch brav hinlegte. Mit seinen angelegten Ohren und den großen braunen Augen wirkte er von einem Moment zum anderen nicht mehr wie ein bissiges Monster, sondern wie ein ängstlicher Teddy.

»Frau Sörensen, um auf unser Anliegen zurückzukommen …«, setzte Krumme erneut an. Doch er kam nicht weiter. Denn in diesem Augenblick erschien Tomme im Flur. Er sah Krumme und Pat und lächelte verlegen. Dann ging er in die Hocke und umfasste den Hund mit beiden Armen.

»Ganz ruhig, Elvis«, sagte er, »du musst keine Angst haben, die tun dir nichts.«

33

Es dauerte eine Weile, bis Sascha die Nordspitze Amrums erreicht hatte, doch ein Blick aufs Meer zeigte ihm, dass er zu früh dran war. Es war zwar Ebbe, aber das Wasser hatte sich noch nicht komplett zurückgezogen. Und am Strand waren auch noch viel zu viele Spaziergänger unterwegs. Er beschloss, sich in eine Mulde hinter einer Düne zu hocken und dort, geschützt vor neugierigen Blicken, auf den richtigen Moment zu warten. Außerdem wollte er sich nach dem Marsch ausruhen. Für die nächste Etappe musste er topfit sein, da durfte nichts schiefgehen.

Zuerst hatte er überlegt, mit dem Fahrrad durch den Inselwald und an Norddorf vorbei zur Ostküste zu fahren. Aber dann hatte er sich doch für eine kleine Wanderung entschieden, abseits der Straßen und Wege, durchs Unterholz und über die Felder.

Cam hatte ihn mit ihrem Gequatsche total verrückt gemacht. Er konnte den Gedanken nicht ertragen, in dem Haus zu hocken und darauf zu warten, dass dieser verdammte Junge die Bullen zu ihm führte. Nein, auch wenn überall nach ihm gesucht wurde, Sascha wollte sein Schicksal selbst bestimmen. Also hatte er sich heimlich aus dem Haus geschlichen, war quer über die Insel gelaufen und hatte in seinem Wahn in jedem blöden Touristen einen Polizisten gesehen, der ihm an den Kragen wollte.

Jetzt, nach der langen Zeit an der frischen Luft, war er wieder bei Sinnen und sah die Dinge klarer. Er wusste genau, was er wollte.

So schnell wie möglich weg von dieser Scheißinsel.

Ohne die Hilfe seines Vaters.

Aber auch ohne Cam und Denis.

Die beiden hatten ihn im Stich gelassen. Ja, vorhin zu Hause hatte er sogar geglaubt, dass sie ihn am liebsten den Bullen ausliefern würden, nur um ihren eigenen Kopf zu retten.

Inzwischen war er sich nicht mehr sicher.

Würden Cam und Denis so weit gehen? Würden sie ihn wirklich verraten? Und war es eine gute Idee gewesen, sich heimlich aus dem Haus zu schleichen?

Vielleicht nicht.

Aber das war jetzt auch egal. Sascha grübelte nie lange herum. Leute, die ewig über alles nachdachten, regten ihn total auf. Was hatte das für einen Sinn? Das Leben gehörte denen, die nach vorn schauten, statt zurückzublicken. Menschen, die bereit waren, Entscheidungen zu treffen. Das jedenfalls hatte ihm sein Vater beigebracht. Einer seiner wenigen Ratschläge, die Sascha sich gemerkt hatte.

Ein Rascheln in der Nähe riss ihn aus seinen Gedanken.

Vorsichtig erhob er sich, blickte über den Rand der Düne – und starrte einer großen Silbermöwe direkt in die Augen! Laut krächzend flatterte sie in die Höhe.

Auch Sascha schrie auf und fiel rücklings in den vom vielen Regen noch feuchten Sand.

Diese verdammte Insel machte ihn fertig. Das nächste Mal würde er das Scheißvieh einfach abstechen!

Er schloss die Augen, versuchte, sich zu beruhigen. Vorhin hatte er schon eine Streife am Strand entdeckt. Der Grund, warum er sich hier versteckte, bis es dunkel genug war, um sich auf den Weg zu machen. Aber nur, wenn die Luft rein war und niemand mehr zu sehen war, der ihn beobachten konnte.

Sascha zündete sich einen Joint an. Zum Glück hatte er vorhin im Haus eine ganze Handvoll eingesteckt. Wenn er es nicht übertrieb, beruhigten ihn die Dinger, halfen ihm, die Kontrolle zu behalten und nicht wieder durchzudrehen. Er lehnte sich zurück, zog an der Zigarette und sah hinauf zu den Wolken, die hier und da aufrissen und den Blick auf den blauen Himmel freigaben.

Er musste an vorgestern denken. Daran, wie scharf Cam in ihrem neuen Bikini ausgesehen hatte. Und wie dieser notgeile Surferarsch sie angestarrt hatte.

Dann der Moment, wie er den Kerl kaltgemacht hatte.

Ein rauschhafter Augenblick. Er bereute nichts.

Camilla hatte ihm vorgeworfen, er wäre ein Psycho. Saschas Augen zuckten nervös. War er ein Psycho? Aber was hieß das schon? Er war nicht wie die anderen. Na und?

Er zog heftig an seinem Joint. Schluss, verdammt! Jetzt fing er auch schon zu grübeln an. Das war nicht gut für ihn.

Aber noch musste er warten. Er legte sich in den Sand, den Kopf auf die im Nacken verschränkten Arme, schaute hoch in die langsam beginnende Dämmerung und dachte über seinen Plan nach.

Er würde über das Watt rüber nach Föhr gehen, ab und zu vielleicht nasse Füße bekommen. Einmal angekommen, würde er sich ein paar schöne Stunden auf Föhr machen, in irgendeine Kneipe gehen oder am Strand abhängen, um dann am nächsten Morgen die erstbeste Fähre nach Dagebüll nehmen. Nicht einmal eine Stunde später wäre er endlich wieder auf dem Festland, in Sicherheit. Er würde Cam und Denis anrufen, ihnen sagen, dass sie ihre Sachen packen und zu ihm kommen sollen.

Er freute sich schon auf ihre dummen Gesichter, wenn sie sich auf diesem riesigen Parkplatz am Fährhafen wieder gemeinsam in ihr Auto setzten. Selbst Cam wäre am Ende bestimmt beeindruckt von ihm, wenn sie kapierte, dass die Bullen ihnen nicht mehr im Nacken saßen. Und wenn sie erkannte, wie cool er diese Angelegenheit geregelt hatte.

Seinem Vater würde er erzählen, sie hätten abhauen müssen, weil zu viele Bullen auf der Insel gewesen wären. Dass er mit in der Sache drinhing und warum, brauchte der Alte nicht zu erfahren.

Ein guter Plan, fand Sascha und zündete sich einen neuen Joint an. Für eine Weile ließ er die Gedanken treiben und schaute in den jetzt klaren Himmel, der im Licht der langsam untergehenden Sonne golden leuchtete.

Nach ungefähr einer Stunde war es endlich so weit. Zeit zu handeln.

Er setzte sich auf und blickte wieder hinaus auf das Meer – oder das, was von ihm übrig war. Die Nordsee war fast komplett verschwunden. Vor ihm erstreckte sich das endlose, im Licht der Dämmerung glänzende Grau-Braun des Watts, das hier und da von Wasserläufen durchzogen war. Am Horizont war Föhr deutlich zu sehen – die Fenster der Häuser blinkten wie Leuchtfeuer. Das gelobte Land, dachte Sascha. Eine Insel, auf der er sich frei bewegen konnte, auf der es nicht von Bullen wimmelte wie hier, nur einen Spaziergang entfernt.

Er schaute sich um. Nirgends eine Menschenseele. Sehr gut.

Dann zog er seine Sneaker aus und packte sie in seinen Rucksack. Endlich ging es los.

Er stapfte durch den Strand, überquerte eine Sandbank und erreichte schließlich das eigentliche Watt. Vor ihm lag eine schier endlose, glänzende Ebene voller Pfützen und kleiner Erdhaufen.

Sascha blickte sich um, sah noch mal zurück zur Insel, lauschte wie gebannt der Stille, die ihn umgab. Hörte nur ein leises Knistern, als würde in der Nähe jemand Popcorn machen. Dazu das gleichmäßige Gurgeln und Plätschern eines flachen Priels, der parallel zum Strand dahinfloss. Er spürte eine frische Brise in seinem Rücken, als wollte ihn jemand hinaus auf den vor ihm liegenden, nackten Meeresboden schubsen.

Sascha lächelte zufrieden. Und marschierte hinaus ins Watt.

34

»Ich weiß nicht, wie wir Ihnen danken sollen«, sagte Andrea Traustein. Sie kämpfte mit den Tränen, was ihr vor den Polizisten sichtlich unangenehm war.

Krumme lächelte. »Schon gut. Ich hätte ja auch früher darauf kommen können, dass der Kleine bei Ihrer Nachbarin ist. Tomme hatte mir ja von seinem Lieblingshund erzählt.«

Hannes nahm seinen Sohn auf den Arm. »Du hast uns einen ganz schönen Schrecken eingejagt.«

»Warum hast du uns nicht gesagt, dass du zu Frau Sörensen willst?«, fragte seine Mutter.

Tomme zuckte nur stumm mit den Schultern und senkte betreten den Blick. Bei den vielen Menschen kein Wunder. Seine Eltern, seine Schwestern, Krumme, Pat und jetzt auch Timmermann mit seinen Kollegen – alle waren da. Das Wohnzimmer war voll.

»Wenn ich Frau Sörensen richtig verstanden habe«, half Krumme, »saß Tomme auf der Schaukel, als sie mit Elvis auf ihrem Spaziergang vorbeikam.«

»Und dann wollte er einfach mit«, ergänzte Pat.

»Ich durfte Elvis' Leine halten«, erklärte Tomme stolz.

Hannes drückte seinen Sohn an sich. »Das ist toll. Aber du hättest uns Bescheid sagen müssen, kleiner Mann.«

Tomme senkte erneut den Blick. »Ich wollte euch nicht stören.«

Hannes und seine Ex-Frau sahen sich betroffen an.

Andrea küsste Tomme auf die Wange. »Tut mir leid, dass wir ... uns gezankt haben. Und du weißt doch, dass du uns nie störst.«

»So, aber jetzt bringt dich Mama mal in dein Zimmer, einverstanden?«, sagte Hannes und setzte seinen Sohn ab.

Andrea nahm Tomme bei der Hand und machte sich mit ihm und seinen Schwestern auf den Weg nach oben.

Hannes schaute verlegen in die Runde. »Tut mir leid, Leute. Ich weiß, wir haben gerade genug Stress. Und dann so was ...«

»Schon gut, Hannes«, brummte Timmermann.

»Vielen Dank, dass ihr alle sofort gekommen seid.«

»Jetzt schnack nicht so viel«, sagte sein Kollege Anton. »War doch selbstverständlich.«

Hannes schaute gerührt in die Runde. »Aber jetzt setzt euch doch erst mal. Auf den Schrecken.«

Timmermann seufzte. Ihm war die Erleichterung anzusehen, dass sie es nicht auch noch mit einem Fall von Kindesentführung zu tun hatten.

»Also schön«, sagte er. »Ein halbes Stündchen haben wir immer.«

Alle setzten sich, und Hannes holte Gläser und Getränke. »Wasser, Saft? Bier? Was Stärkeres?«

Jepsen grinste. »Ach, vielleicht ein kleiner Schnaps. Nach der Aufregung.«

Timmermann hob die Hände. »Noch sind wir im Dienst. Wir feiern, wenn wir den Mörder haben.«

Eine Weile sprachen sie über ihre Suchaktion im Inselwald. Leider hatten sie keine neuen Hinweise erhalten. Der von Pastor Grösche beobachtete junge Mann war nicht wieder gesichtet worden. Timmermann erklärte, dass sie sich am nächsten Tag noch einmal die benachbarten Gemeinden vornehmen sollten, als Krummes Handy klingelte.

Er sah aufs Display. Es war Marianne. Entschuldigend sah er zu den Kollegen und erhob sich. Er ging in den Flur und nahm das Gespräch an.

Im Hintergrund war laute Musik und Stimmengewirr zu hören. Die Feier in Rendsburg war offensichtlich schon in vollem Gang.

Und er hatte sich nicht bei Klaus und Regina gemeldet, um ihnen zur Silberhochzeit zu gratulieren.

Aber Marianne hatte ihn nicht angerufen, um ihm Vorwürfe zu machen. Vielmehr erkundigte sie sich, wie es ihm ging und wie sein Tag verlaufen war.

Krumme erzählte ihr von dem Fehlschlag bei der Autowerkstatt und der vergeblichen Suchaktion im Inselwald. Und dann natürlich von Tommes Verschwinden und dem Happy End, weil er sich an die Liebe des Kleinen zum Hund der Nachbarin erinnert hatte.

»Wie schön«, freute sich Marianne. »Wir sollten ihn unbedingt mit Sonny zusammenbringen. Die würden sich lieben.« Krumme erfuhr, dass ihr Hund es sich in Rendsburg unter einem Tisch bequem gemacht hatte und die Feierlichkeiten einfach verschlief. Er lächelte, einmal mehr spürte er eine tiefe Verbundenheit zu Sonny, mit dem ihm offensichtlich viel mehr verband als ihre gemeinsamen Spaziergänge am Meer.

»So, mein Lieber«, sagte Marianne mit freundlicher Strenge, »jetzt ist es Zeit, dass du dem Jubelpaar wenigstens kurz gratulierst.«

»Muss das sein? Kannst du sie nicht einfach von mir grüßen?«

»Weißt du, dass Klaus die ganze Zeit von dir redet?«

»Ich dachte, Polizeiarbeit interessiert ihn nicht.«

»Stimmt. Aber er ist total neidisch, dass du jetzt fast jeden Tag auf den Kniepsand kannst.«

Krumme erinnerte sich. »Wegen der Strandläufer?«

Marianne lachte. Er spürte, wie sich die Haut an seinen Armen kräuselte. Er mochte ihr Lachen. Es klang für ihn wie das leise Plätschern eines kleinen Wasserfalls an einem heißen Tag. »Nicht nur wegen des Alpenstrandläufers«, sagte sie. »Klaus hat mir vorhin noch von ein paar anderen Vögeln erzählt, deren Namen ich alle vergessen habe, die du aber alle gesehen haben musst. Da ging ein Raunen durch den Saal. Theo, du bist hier ein Star.«

»Klaus weiß, dass ich keine Zeit für so einen Quatsch habe.«

»Er weiß es und wir beide wissen es. Aber die Gäste von Klaus wissen es nicht. Die sind alle total neidisch auf dich.«

»Das freut mich«, brummte Krumme und war wieder einmal froh, nicht in Rendsburg zu sein.

»Klaus!«, hörte er plötzlich Marianne auf der anderen Seite rufen. »Komm her, hier ist jemand, der dir unbedingt etwas sagen will.«

»Ist Theo dran?«, hörte Krumme den Oberlehrerbass von Mariannes Schwager.

»Komm her, Klaus«, rief Marianne.

»Sag deinem Lebensgefährten, dass ich keine Ausrede akzeptiere, dass er heute nicht hier ist.«

Krumme verdrehte die Augen, wahrscheinlich sollte das witzig sein.

»Sag es ihm doch selbst.«

»Gut.«

Dieses alberne Lachen, Krumme hasste es. Dann hatte er Klaus am Telefon.

»Moin, mein Lieber, ganz schön mutig, dass du dich traust, hier anzurufen.«

»Moin, Klaus, herzlichen Glückwunsch zum Hochzeitstag.«

»Jetzt lenk nicht ab. Sag mir lieber, ob du schon Fotos vom Alpenstrandläufer für mich gemacht hast?«

Krumme wollte gerade zu einer ausweichenden Antwort ansetzen, als Timmermann zu ihm in den Flur kam.

»Herr Kollege«, sagte er mit gepresster Stimme und hielt sein Handy hoch. »Ich habe gerade einen Anruf bekommen.«

»Moment mal, Klaus«, sagte Krumme ins Telefon und schaute seinen Kollegen verwirrt an. »Was gibt es?«, fragte er.

»Wir müssen gehen.«

»Wohin?«

»Zur Odde, im Norden. Ich glaube, wir haben ihn!«

»Theo? Hallo?«, rief Klaus aus Rendsburg. »Bist du noch da? Was …«

Krumme legte auf, ohne sich zu verabschieden, und folgte seinem Kollegen.

35

Knapp eine halbe Stunde war er jetzt unterwegs. Föhr war schon deutlich zu sehen. Sascha kapierte nicht, was die ganze Aufregung sollte. Was war so gefährlich an diesem verdammten Watt? Hatten die Leute Angst, dass sie ausrutschten und im Schlamm landeten? Er konnte sich Schlimmeres vorstellen. Zum Beispiel gefangen zu sein auf einer Insel, auf der einen die Bullen suchten.

Okay, hin und wieder musste man durch einen dieser Priele waten und manchmal auch durch Stellen, an denen das Wasser wie in einem Teich stand. Dann musste er sich vorsichtig vorantasten. Und stellte erleichtert fest, dass das Wasser zwar empfindlich kalt war, aber zum Glück nur bis zu den Knöcheln reichte.

Sascha kam gut voran, als sich auf einmal der Boden unter seinen Füßen änderte. Er war nicht mehr matschig und weich, sondern wellig und hart wie Beton. Seine Füße mussten sich erst daran gewöhnen. Aber dann konnte er sogar noch schneller gehen.

Na also, alles kein Problem! Wer brauchte einen bescheuerten Wattführer? Niemand. Er hatte es doch gewusst. Total überflüssig waren die, wollten einem nur das Geld aus der Tasche ziehen.

Er dachte an Denis und Cam. Diese Weicheier! Hätten sie auf ihn gehört, dann wären sie alle drei schon heute Abend auf Föhr und könnten gemeinsam ein Bier trinken. Gut gelaunt stapfte er weiter, staunte über die vollkommene Stille und machte sich einen Spaß daraus, kleine Vögel, die mit ihren dürren Beinen über das Watt staksten, vor sich her zu treiben.

Leicht aus der Puste blieb er stehen. Er holte eine Colaflasche aus seinem Rucksack, trank einen Schluck und schaute sich um.

Zu seiner Überraschung war Amrum immer noch ziemlich nah. Er sah die Dünen, Bäume, erkannte deutlich die Häuser. Und auch in die andere Richtung hatte sich die Entfernung kaum verringert. Föhr schien kaum größer werden zu wollen.

Egal, jetzt konnte ihn nichts mehr aufhalten.

Er wollte gerade weitergehen, als er spürte, dass etwas nicht stimmte. Sascha wusste nicht, was. Aber im Laufe der Jahre hatte er gelernt, dass er auf seine Instinkte hören musste, wenn er überleben wollte.

Er wurde beobachtet.

Langsam drehte er sich im Kreis, sah aber nichts Auffälliges – außer der Unendlichkeit des nackten Meeresbodens. Trotzdem hatte er das Gefühl, dass jemand hinter ihm stand.

Mit einem Ruck drehte er sich um.

Da war niemand.

Aber was war das? In der Ferne, an der Küste von Amrum, meinte er ein Blitzen gesehen zu haben. Vielleicht nur die Reflexion einer Fensterscheibe im Licht der untergehenden Sonne, die sich am westlichen Horizont hinter einem Wolkenberg versteckte. Verdammt, warum hatte er kein Fernglas mitgenommen? Im Haus hatte eins im Regal gelegen.

Er kniff die Augen zusammen, suchte den fernen Strand ab. Konnte es sein, dass dort jemand stand? Und ihn, den einsamen Wanderer im Watt, beobachtete?

Nein, Unsinn. Was er da sah, konnte ebenso gut ein großer Stein sein. Oder ein Baum.

Er musste weiter, je schneller, desto besser.

Sascha legte einen Schritt zu, jetzt immer auf dem direkten Weg Richtung Föhr.

Doch dann erreichte er wieder einen Priel, einen, durch den man nicht so einfach hindurchwaten konnte. Das hier war ein richtiger, ruhig dahinfließender Bach mitten im Watt. Vorhin, als er in der Mulde auf Ebbe gewartet hatte, hatte er ein wenig im Handy geguckt, wie der Boden zwischen den Inseln aussah. Eine genaue Karte hatte er nicht gefunden. Aber immerhin die Information, dass der einzig mögliche Weg von Amrum nach Föhr in Schlangenlinien um verschiedene Priele herumführte, andere aber nur zu überwinden waren, wenn man mitten hindurch lief, solange noch Ebbe war und das Wasser nicht zu tief.

Er schaute wieder auf sein Handy, aber wie nicht anders zu erwarten, war das Netz hier draußen mies. Und als er endlich eine Karte fand, konnte er seine aktuelle Position nicht feststellen. Auch diesen Priel fand er nicht. Alles sah irgendwie anders aus. Selbst Google Maps half nicht weiter.

Sascha schaute sich den vor ihm liegenden Priel genauer an. Vielleicht vier bis fünf Meter breit. Zu viel, um mit Anlauf hinüberzuspringen, aber auch nicht so weit, um nicht kurz durchzugehen, zumal das Wasser einen friedlichen Eindruck machte.

Wie tief mochte es hier sein? Sollte er den Priel besser umgehen?

Sascha blickte sich um. Verrückt! Schon wieder hatte er das Gefühl, dass jemand direkt hinter ihm stand. Doch da war natürlich niemand. Nur ein paar dieser braunen Vögel mit den langen krummen Schnäbeln, die herumliefen und Würmer aus dem Matsch zogen.

Er sah auf die Uhr seines Handys. Seine Internetrecherche hatte ihn nicht zu einem Nordseeexperten gemacht. Aber er hatte erfahren, dass mittlerweile der Tiefstand der Ebbe erreicht war. Er war jetzt gut eine Stunde unterwegs. Aus dem Prospekt wusste er, dass man bis Föhr gut zwei Stunden brauchte. Er durfte keine Zeit verschwenden. Irgendwann würde das Meer zurückkehren. Und dunkel würde es auch bald werden.

Also weiter. Am besten einfach geradeaus – durch den Priel.

Vorsichtig trat er ins Wasser. Es war nicht so tief, wie er befürchtet hatte. Aber die Strömung war überraschend stark und der Boden verdammt weich und rutschig.

Langsam arbeitete er sich voran. Er hatte fast das andere Ufer erreicht – eine höher liegende Sandbank –, als er plötzlich auf dem weichen Boden einsank. Er verlor das Gleichgewicht und landete der Länge nach im Wasser, tauchte sogar für einen Augenblick mit dem

Kopf unter. Prustend stieß er sich nach oben, versuchte, sich aufzurichten, Tritt zu fassen. Endlich bekam er die Füße frei, versank aber immer wieder aufs Neue. Auf allen vieren gelang es ihm schließlich, die kleine Anhöhe hinaufzukriechen. Erschöpft blieb er auf dem matschigen Boden liegen.

So eine Scheiße! Wie sollte er mit den nassen und dreckigen Klamotten auf Föhr unauffällig auf die Fähre kommen?

Ächzend stand er auf. Hoodie, T-Shirt und Hose klebten schwer an der Haut. Er überlegte kurz, die Sachen auszuziehen und auszuwringen, entschied sich dann aber dagegen.

Als er wieder Richtung Amrum sah, glaubte er erneut etwas zu erkennen.

Da waren Leute.

Kein Irrtum möglich.

Kamen sie in seine Richtung?

Ja, sie schienen sich zu nähern. Was hatte das zu bedeuten? Wattwanderungen waren offiziell untersagt worden. Waren sie etwa hinter ihm her?

Eine Weile stand Sascha wie gebannt da, starrte zu den sich langsam bewegenden Punkten am Horizont. Ein leichter Abenddunst kroch langsam über das Watt und erschwerte die Sicht auf die Leute. Hoffentlich auch auf ihn.

Er durfte keine Zeit verlieren.

Sascha marschierte los. Die nassen Klamotten scheuerten unangenehm, aber darauf konnte er jetzt keine Rücksicht nehmen. Bloß weiter!

Er sah, wie sich die kleine Gruppe auf dem Watt bewegte. Immer schneller rückten sie in seine Richtung vor.

Zum Glück war der Boden hier wieder fester, er sank nicht mehr ein und konnte einen Zahn zulegen. Dabei sah er sich immer wieder um – und war so abgelenkt, dass er fast in einen weiteren Priel rannte.

Im Vergleich zu dem plätschernden Bach von vorhin, war dies hier ein richtiger Fluss, bestimmt zehn Meter breit und allem Anschein nach ziemlich tief. Sascha fluchte. Er war so kurz vor dem Ziel, und jetzt das! Er musste unbedingt irgendwo eine flache Stelle finden. Aber in welche Richtung sollte er sich wenden? Auf der rechten Seite wurde der Priel nur noch immer breiter. Und wenn er nach links ging, versperrte ihm der dichter werdende Dunst die Sicht. Wie eine graue Wand schob er sich über das Watt.

Er hatte sich kaum umgewandt, als er plötzlich den kleinen Jungen sah.

Sascha zuckte zusammen. Er schloss die Augen, wischte sich mit der Hand das Salzwasser und den Schweiß aus dem Gesicht, schaute dann erneut hin.

Da stand tatsächlich ein Junge im Watt. Derselbe Junge, den er heute Morgen am Hafen gesehen hatte. Er trug sogar noch denselben Schulranzen auf dem Rücken.

Was war hier los? Sascha begann am ganzen Leib zu zittern. War er verrückt geworden? Wie kam dieses Kind hierher? Allein, hier mitten im Nirgendwo?

Wieder wischte er sich übers Gesicht, schüttelte den Kopf, um klar denken zu können.

Als er die Augen erneut öffnete, war das Kind verschwunden.

Sascha atmete tief durch, versuchte, seinen Puls zu beruhigen. Verflucht! Dieses verdammte Watt machte ihn noch völlig irre.

Eine Weile stand er schwer atmend da. Dann sah er Richtung Amrum.

Seine Verfolger waren näher gekommen. Kein Zweifel möglich. Es waren ungefähr fünf oder sechs Personen.

Sascha wandte sich ab. Er entschied, nach links zu gehen. Da wo der Dunst jetzt wie ein Geistertuch über das Watt trieb. Dorthin, wo bis eben der Junge gestanden hatte. Er lief los, rannte durch den Nebel an dem breiten Priel entlang, hoffte, eine Stelle zu finden, an der er dieses verdammte Wasser überqueren konnte.

Er war wohl etwa fünfzig Meter gelaufen, als sich ihm ein neues Hindernis in den Weg stellte – ein weiterer großer Priel, der zu seiner Rechten mündete.

Eine Sackgasse, er saß in der Falle. Was sollte er jetzt tun? Auf der anderen Seite des großen Priels waren es nur noch ein paar hundert Meter bis Föhr – und er saß hier auf dieser Seite fest! Verzweifelt suchte er nach einem Ausweg, aber ihm wollte absolut nichts einfallen.

Wieder blickte er zu der Gruppe, die über das Watt immer näher herankam. Schon glaubte er zu erkennen, dass einige der Leute Uniformen trugen.

Er war verloren.

Nur eine Chance hatte er noch.

Er musste den großen Priel durchqueren. Wenn nötig würde er eben schwimmen.

Kurzentschlossen trat er ins Wasser. Nach der Erfahrung vom letzten Mal achtete er bei jedem Schritt darauf, dass er festen Grund unter den Füßen spürte.

Eine Möwe trieb im Priel an ihm vorbei, schaute mit ihren Knopfaugen teilnahmslos zu ihm herüber. Die Geschwindigkeit, mit der sie dahintrieb, zeigte ihm, wie stark die Strömung an dieser Stelle war.

So langsam, wie er ging, schien es eine Ewigkeit zu dauern, bis er zur Mitte des Priels gelangte. Zu seiner Erleichterung reichte ihm das Wasser nur bis zur Hüfte. Selbst wenn es eisig kalt war, er konnte immer noch stehen und langsam weitergehen, musste jedoch aufpassen, dass die Strömung ihm nicht die Beine unter dem Körper wegriss.

Aber er kam voran. Meter für Meter.

Wieder sah er sich um.

Der Junge war erneut da.

Er stand am Ufer des Priels. Starrte ihn mit ernster Miene an. Sascha riss die Augen auf, geriet vor Schreck ins Schwanken. Verzweifelt versuchte er, das Gleichgewicht wiederzuerlangen, vergeblich. Er stolperte, fiel in die Fluten und wurde von der Strömung mitgerissen.

Sascha wollte schreien, doch er schluckte nur Wasser. Er wurde brutal hin und her geschleudert, schlug auf dem harten Grund auf, schaffte es nicht, irgendwo Halt zu finden

Das Letzte, was er sah, war das bleiche Gesicht des Jungen. Dann zog das eiskalte Wasser ihn herunter. Ein heftiger Stoß traf seinen Kopf, und Sascha versank in einem schwarzen Abgrund.

36

1825, Nordsee, vor der dänischen Küste

Nachdem die *Ariadna* in Kopenhagen ihre Fracht – Kaffee und Tabak aus Südamerika, Leinen aus Flandern – gelöscht hatte, war sie nach vier Tagen mit einer Ladung raffinierten Zuckers wieder in See gestochen. Bis dahin war die Fahrt durch die Nord- und Ostsee ohne Zwischenfälle verlaufen. Eduardo hatte übertrieben, so schlimm waren die Meere des Nordens nicht.

Doch dann geriet die *Ariadna* im Skagerrak in einen schweren Sturm. Eine dunkle Nacht lang kämpfte sich der Frachtsegler zwischen den Fjorden Norwegens und der dänischen Küste durch tosende Wellen, so hoch und wild, wie Gabriel sie selten erlebt hatte. Mateo, der Schiffsjunge aus Santander, wäre beinahe über Bord gegangen, als der Besanmast unter dem Druck des Orkans brach und mit zerrissenem Segel auf das Heck krachte.

Am frühen Morgen war der Spuk vorbei. Die Sonne kämpfte sich hinter den Wolken hervor und ließ die auf einmal spiegelglatte See erstrahlen.

Gabriel, der vor seiner Zeit als Seemann Schreiner gewesen war, machte sich am Heck sofort daran, den gebrochenen Mast zu reparieren, während Mateo Eduardo half, das Segel zu flicken.

»Qué horror«, stöhnte Mateo zum wiederholten Male, immer noch erschüttert von den Ereignissen der Nacht.

»O ja«, erwiderte Eduardo mit einem freundlichen Augenzwinkern zu Gabriel, »das war gewiss der schlimmste Sturm, den dieses Meer je erlebt hat. Oder, Amigo?«

Gabriel, ganz auf seine Arbeit konzentriert, nickte. »Auf jeden Fall.«

»Aber du hast diesen Sturm bezwungen, Mateo«, sagte Eduardo. »Du bist ein Held.«

Der Junge lachte verlegen. »Ich bestimmt nicht.«

»O doch, wir sind alle froh, dass du an Bord bist. Du bist unser Glücksbringer. Ohne dich hätten wir den Sturm nicht überlebt.«

Mateo strahlte. Gabriel beobachtete, wie der Junge hinaus aufs Meer blickte. Bestimmt dachte er daran, was er seiner Familie und seinen Freunden zu Hause an der kantabrischen Küste von seinem Abenteuer in den kalten Meeren des fernen Nordens erzählen würde.

»Mateo!«, hörten sie plötzlich die tiefe Stimme von Edur, ihrem baskischen Smutje. »Was machst du hier oben?«

Der Schiffsjunge sprang erschrocken auf. »Ich … helfe Eduardo beim Segel.«

»Red keinen Unsinn!« Edur gab ihm einen Klaps auf den Hinterkopf. »Unten warten zwei Säcke Kartoffeln auf dich!«

Mateo rannte los, der dicke Smutje folgte ihm mit schwerfälligen Schritten. Eduardo sah ihnen lächelnd nach.

»Du solltest dem Kleinen nicht solche Flausen in den Kopf setzen«, brummte Gabriel. »Glücksbringer! Er war gestern Abend schrecklich leichtsinnig. Fast wäre er über Bord gegangen.«

Eduardo sah seinen Freund an. »Aber das ist er nicht. Denn du hast ihn gerettet.«

Gabriel winkte ungehalten ab. »Unsinn«, brummte er und zeigte auf die Bruchstelle des zerstörten Besanmastes. »Schau dir das an. Alles verfault. Kein Wunder, dass er gebrochen ist.«

»Tu nicht so«, fuhr Eduardo fort. »Ich habe dich doch gesehen. Du bist über das Heck zur Reling gesprungen und hast ihn gepackt. Hast ihn zurück an Bord geholt und dabei dein eigenes Leben riskiert.«

»Hättest du auch getan, wenn du nicht gerade am Ruder gestanden hättest.«

»*Cierto*. Aber ich hätte zuerst nach dem Rettungsseil gegriffen, um nicht selbst über Bord zu gehen.«

»Dafür war keine Zeit.« Gabriel wich seinem Blick aus, prüfte mit einem Stemmeisen, bis wohin das Holz des Mastes noch zu gebrauchen war.

Eduardo schüttelte den Kopf. Dann stand er ächzend auf, strich sich die schwarzen Haare aus dem Gesicht. »Bin gleich zurück. Ich brauche ein anderes Garn für das Segel.« Damit stapfte er davon.

Gabriel seufzte. Die Nacht, in der er den Wal gesehen

hatte, hatte ihm gezeigt, dass er so nicht weiterleben wollte. Dass er so nicht weiterleben *konnte*.

Ohne Sara, die Liebe seines Lebens.

Er hatte alles versucht. Er war über die Meere gereist. Er hatte viele Menschen kennengelernt, hatte unzählige Abenteuer erlebt und die Wunder dieser Welt gesehen. Aber was waren alle Wunder der Welt, wenn der eine Mensch nicht da war, mit dem er die Erinnerung an sie hätte teilen können? Wenn alles Schöne, das er sah, ihm immer nur vor Augen führte, welch große, schmerzhafte Lücke es in seinem Leben gab.

In Kopenhagen hatte die Mannschaft der *Ariadna* sich die Stadt angeschaut. Ein Teil der Kameraden hatte sich in den Spelunken am Hafen betrunken, andere hatten falsche Liebe bei Huren gesucht.

»Komm mit«, hatte Eduardo gesagt und ihn daran erinnert, was er ihm über die Vorliebe der skandinavischen Frauen für die dunkelhaarigen Männer des Südens erzählt hatte.

Aber er hatte abgelehnt, wollte allein sein und seine Kameraden nicht mit seinem Seelenkummer und seiner Schwermut anstecken.

Eduardo hatte mit ihm geschimpft: »Gabriel, fang endlich an, das Leben zu genießen. Sei nicht so ein Jammerlappen.«

Langsam schien selbst sein bester Freund die Geduld mit ihm zu verlieren.

Aber Gabriel jammerte nicht. Sollten sie sich doch in Kopenhagen vergnügen und dem Glück nachjagen. Er wollte nur seine Ruhe haben.

Als alle fort waren, war er doch noch losgezogen. Aber sein Ziel waren nicht die Kaschemmen am Neuen Hafen, sondern der Königsgarten beim Schloss Rosenborg. Doch als er dort die flanierenden Ehepaare mit ihren Kindern sah, konnte er die Tränen kaum zurückhalten, denn er musste an seine tote Tochter denken. Und wenn er die vornehmen Frauen in ihren kostbaren Seidenkleidern betrachtete, wusste er, dass seine Sara auch in einem einfachen Leinenkleid die schönste Frau der Welt gewesen war.

Schließlich war er wieder zum Schiff zurückgekehrt, hatte sich an den Bug gesetzt und gedankenverloren zum Öresund geblickt. Nur auf dem Schiff, nur auf See, war es ihm möglich, mit seinem Schmerz zu leben.

Nach vier Tagen hatten sie Segel gesetzt und Kopenhagen verlassen. Und dann waren sie in der Nordsee in den schweren Orkan geraten. Es war nicht der schlimmste Sturm aller Zeiten gewesen, wie Eduardo gegenüber dem jungen Mateo behauptet hatte. Aber doch hatte es gereicht, dass es die brave *Ariadna* beinahe zerrissen hatte.

Gabriel hatte keine Angst vor dem Tod. Im Gegenteil, er sehnte ihn herbei. Doch seinem Leben selbst ein Ende zu setzen, wäre ein Frevel vor Gott gewesen, den zu begehen er nie gewagt hätte. In jener schwarzen Nacht auf diesem fremden Meer hatte er das Schicksal herausgefordert. Wenn er über Bord ging, konnte er endlich zu seiner Familie zurückkehren.

Doch dann hatte er Mateos Hilferufe gehört …

»He, Gabriel, nicht träumen!«, hörte er auf einmal die strenge Stimme seines Kapitäns. Finn Andresen, der hochgewachsene Mann mit dem kahlen Schädel und dem grauen Bart kam von irgendeiner kleinen Insel in der Nordsee, deren Namen Gabriel nicht kannte. »Was macht der Mast?«, fragte er. »Kommst du voran?«

»Aye, aye, Käpt'n«, erwiderte Gabriel und erklärte dem Alten den Schaden am zerborstenen Besanmast und wie er plante, ihn zu reparieren.

Andresen strich nachdenklich seinen Bart. »Wie lange brauchst du noch?«

»Zwei, drei Stunden, länger nicht.« Gabriel wusste, dass der Käpt'n ein erfahrener Seemann, aber kein Freund der vielen Worte war.

»Besser zwei«, sagte Andresen. »Wir müssen uns auf den nächsten Sturm vorbereiten.«

Er wies mit der Hand Richtung Westen.

Gabriel schaute zum Horizont. Er sah die Wolken, aber sie waren weiß und trieben langsam und friedlich übers Firmament. Nichts deutete auf ein neues Unwetter hin.

Er wandte sich wieder zu Andresen. Doch der Käpt'n war in seine düsteren Gedanken versunken schon auf dem Weg zur Brücke.

Gabriel lächelte. Eduardo hatte recht. Die Menschen des Nordens waren wirklich ein sonderbares Volk.

37

Gegenwart, Amrum

»Euer Täter ist ertrunken?« Marianne konnte es kaum glauben.

Krumme schaute aus dem Fenster seines kleinen Pensionszimmers. Die Sonne schien, am Himmel war keine Wolke zu sehen. »Nur eine Vermutung. Aber ich selbst war nicht mit im Watt.«

»Ach nein?«

»Nach der Meldung, dass ein einzelner Mann zu Fuß auf dem Weg nach Föhr ist, musste alles ganz schnell gehen. Da habe ich die Verfolgung den jüngeren Kollegen überlassen und bin am Strand geblieben.«

Er wollte Marianne nicht verraten, dass er gestern Abend eine Zerrung am Fußgelenk vorgetäuscht hatte. Niemand wusste, dass Krumme vor vielen Jahren im Watt vor der Hallig Hooge fast ertrunken war. Seitdem vermied er Wattwanderungen.

»Sicher, dass er tot ist, seid ihr also nicht?«, fragte sie.

»Nein. Die Kollegen haben ihn quer durchs Watt verfolgt. Am letzten Priel vor Föhr enden seine Spuren.«

»Kann er nicht durchgeschwommen sein?«

»Unwahrscheinlich. Dafür war die Strömung zu

stark, sagt der Wattführer. Und auf der anderen Seite haben sie nirgends Spuren gefunden.«

»Das heißt, das war's? Der Fall ist gelöst?«

Er holte tief Luft. »Noch ist gar nichts gelöst. Wir haben keine Ahnung, wer der Mann war und ob es sich wirklich um den Täter handelte. Aber wer sonst sollte an diesem Abend unbedingt übers Watt nach Föhr gehen wollen? Alleine. Und obwohl es nebelig war.«

»Verrückte Geschichte«, fand Marianne.

»Verstehst du jetzt, warum ich nicht länger mit Klaus reden konnte?«

»Na ja, ein bisschen mehr hättest du ruhig sagen können. Er war ganz verstört, du hast mitten im Satz aufgelegt.«

»Tut mir leid«, flunkerte er. »Sag ihm einen schönen Gruß, beim nächsten Treffen werde ich ihm alles erklären.«

»Wann soll das sein?«

»Was?«

»Das nächste Treffen?«

Krumme räusperte sich verlegen. »Mal schauen.«

Er hörte ihr Seufzen. »Weißt du, dass er heute Morgen schon von dir gesprochen hat?«

»Ach ja?«

»Ja, du weißt doch, was für ein Frühaufsteher er ist.«

»Aber gestern hat er doch mit Regina Silberhochzeit gefeiert?«

»Genau. Und war heute um sechs schon wieder unterwegs und hat angefangen aufzuräumen.«

»Mit dir?«

Marianne hüstelte. »Er hat kurz nach sechs an meine Tür geklopft. Regina musste auch mit raus.«

»Ah ja«, brummte Krumme. Und da fragte sie ihn noch, warum er nicht mitkommen wollte.

»War ganz schön viel Arbeit. Trotzdem hat er sich ständig gefragt, was du gerade auf Amrum treibst«, fuhr Marianne fort. »Und wenn ich jetzt noch die Geschichte mit der Verfolgungsjagd im Watt erzähle …«

»Auf keinen Fall tust du das«, unterbrach er sie.

»Klaus liebt Wattwanderungen.«

»Ich weiß.« Er stöhnte. »Seine zweistündige Diashow über Sandwürmer im Watt vor Japsand werde ich nie vergessen.«

»Es ging nicht nur um Würmer.«

»Nein. Die Berechnung des Tidenhubs und das Paarungsverhalten der Wattläufer spielten auch eine große Rolle.«

Marianne lachte. »Ich freue mich schon, wenn wir uns bald wiedersehen«, sagte sie leise.

»Ich … ich mich auch.« Wieso nur gingen ihm solche Dinge immer so schwer über die Lippen, wenn es doch so war?

»Was meinst du, wann ihr wieder nach Husum kommt?«, fragte sie. »Ich frag nur wegen Sonny, der vermisst dich nämlich auch schon.«

Er lächelte. »Wie gesagt, selbst wenn der Täter umgekommen sein sollte, gibt es noch einiges zu regeln.«

Ein Klopfen an der Tür ließ ihn herumfahren.

»Du, Marianne, ich muss Schluss machen. Ich melde mich wieder. Grüß das Jubelpaar von mir, hörst du?«

Damit legte er auf und öffnete die Tür.

Im Flur stand ein kleiner Junge mit einem großen Blumenstrauß.

»Tomme?«, rief Krumme überrascht. »Was machst du denn hier?«

Der Kleine sah verlegen auf und streckte ihm die Blumen entgegen.

»Meine Mutter sagt, ich soll Ihnen die geben.«

»Warum?«

»Weil Sie mich gestern gerettet haben.«

»Aber ich habe doch gar nichts getan.« Krumme nahm den Strauß entgegen und schaute in den Flur. »Wo ist denn deine Mama?«

»Die wartet unten.«

»Tja, dann vielen Dank, Tomme. Ich weiß gar nicht …«

In diesem Moment erblickte der Junge etwas im Zimmer. »Das habe ich auch!«, rief er auf einmal, lief an ihm vorbei ins Zimmer und griff sich das Buch mit den nordfriesischen Legenden. Dann setzte er sich auf den einzigen Sessel im Raum und begann darin herumzublättern.

Krumme schaute etwas überfordert drein, schämte sich vor dem Jungen für seine Unordnung, die herumliegenden Socken und zerknitterten Hemden. Und was sollte er jetzt mit den Blumen anfangen? Aber es freute ihn, dass Tomme nach den Ereignissen der letzten Tage wieder so munter war.

Krumme setzte sich in Ermangelung einer anderen Möglichkeit auf die Bettkante.

»Das ist ein tolles Buch. Kannst du denn schon so gut lesen?«

Der Junge nickte. Er zeigte auf eine der wenigen Illustrationen aus dem Buch. »Guck mal, eine Galeasse! Cool, oder?«

Krumme betrachtete das dargestellte Segelschiff. »Das ist eine Galeasse?«

Tomme strahlte dabei übers ganze Gesicht. »Ja, und die Piraten haben sie gekapert.«

Krumme nickte. »Auf dem Spielplatz hier in der Nähe gibt es auch ein Piratenschiff.«

»Das ist doch bloß zum Klettern«, sagte Tomme, ohne aufzusehen. Dann verriet er ihm, wo er am liebsten zum Spielen hinging. Krumme hörte aufmerksam zu und erzählte ihm, dass er auch schon mal gesegelt war und dass er sogar mal über Bord gegangen war und gerettet werden musste.

Tomme sah ihn mit großen Augen an. Er wollte gerade etwas erwidern, als es erneut an der Tür klopfte.

Dieses Mal war es Andrea Traustein.

»Tomme«, sagte die Mutter des Jungen, »du solltest dem Herrn Kommissar doch nur die Blumen geben. Er muss bestimmt arbeiten.«

»Schon gut«, erwiderte Krumme. »Wir haben uns nur über Segelschiffe unterhalten. Und über Piraten!«

Er blickte zu Tomme und zwinkerte ihm mit einem verschwörerischen Lächeln zu.

38

Camilla hatte nach den Wirren des letzten Abends kaum geschlafen. Stundenlang hatte sie sich in der Nacht hin und her gewälzt und lag nun wie erschlagen in ihrem Bett.

Sascha war gestern einfach abgehauen. Ohne eine Erklärung, ohne eine Verabschiedung. Als er aus dem Haus gegangen war, hatten sie gedacht, er würde ein bisschen im Wald rumlaufen, um wieder runterzukommen. Dann hatten sie entdeckt, dass sein Rucksack weg war. Camilla wollte es nicht glauben: Hatte dieser Idiot etwa tatsächlich vor, zu Fuß nach Föhr zu fliehen?

Und dann der Besuch der Polizei.

Ihr war fast das Herz stehen geblieben, als diese große Polizistin mit ihrer uniformierten Kollegin vor der Tür stand. Die Schlinge zog sich immer weiter zu.

Schließlich die Nachricht, dass der kleine Junge verschwunden war. Sie hatte den Schrecken in den Augen dieser Kommissarin gesehen. Und auch bei ihr hätte die Angst nicht größer sein können.

Das konnte kein Zufall sein.

Sascha, was hast du getan?

Immer wieder hatten sie versucht, Sascha auf dem Handy anzurufen, hatte wissen wollen, wo er steckte. Aber er war nicht drangegangen.

Die Stunden waren vergangen, aber Sascha war nicht zurückgekommen und die Beklemmung war immer größer geworden. Schließlich war sie total übermüdet ins Bett geschlichen, den Kopf voller Sorgen und böser Erwartungen.

Sie hatten die Kontrolle verloren.

Vor allem die über Sascha.

Erst in den frühen Morgenstunden war Camilla in einen kurzen traumlosen Schlaf gefallen. Und nun waren die Sorgen sofort wieder da.

Den Kopf immer noch auf dem Kissen, blickte sie zum Fenster, sah den blauen, wolkenlosen Himmel. Sie hörte das sanfte Rauschen des Meeres in der Ferne und das Rascheln der Bäume im Garten. Es versprach ein wunderschöner Sommertag zu werden. Aber ganz bestimmt nicht für sie. Mit einem flauen Gefühl im Magen fragte sie sich, was der heutige Tag ihnen bringen würde.

Doch was war das? Camilla setzte sich auf, schnupperte. Was war das für ein Geruch …?

Camilla sprang aus dem Bett und lief ins Wohnzimmer.

Sie hatte richtig vermutet.

Da saß er! Auf dem Sofa.

»Sascha? Was …?« Sie stutzte. Erleichterung mischte sich mit Angst.

Sascha hatte eine Crackpfeife in der Hand, und er sah

schrecklich aus. Auf der rechten Stirnseite hatte er eine breite Schürfwunde. Auch die Nase hatte etwas abbekommen, war blutig verkrustet. Und seine Kleidung. Sein Hoodie, die Hose – alles war voller Schlamm. Und seine nackten Füße ebenfalls.

»Na, Cam?«, sagte er mit einem verächtlichen Grinsen. Rauch quoll aus seinem offenen Mund.

»Mein Gott, Sascha, was ist mit dir passiert?«

»Nichts.«

»Wo warst du?«

Denis betrat gähnend das Zimmer. Als er Sascha sah, riss er erschrocken die Augen auf.

»Ey, Alter, Mann … Was ist denn mit dir los … Du siehst aus wie 'ne Moorleiche.«

»Aber ich lebe noch«, sagte Sascha und nahm einen Zug aus der Pfeife.

Camilla überlegte, ob sie sie ihm wegnehmen sollte, entschied sich aber dagegen. Erst musste er erzählen, was geschehen war.

»Ich habe nur einen kleinen Ausflug gemacht«, sagte er schließlich.

»Nach Föhr?«, fragte Denis ungläubig.

Sascha lachte heiser, hustete dann und brauchte eine Weile, bis er wieder zu Atem kam. Camilla tauschte einen besorgten Blick mit ihrem Bruder.

Endlich begann Sascha zu erzählen. Dass er sich gestern Abend zur Ostküste der Insel geschlichen hatte, auf Ebbe gewartet hatte und dann von dort übers Watt Richtung Föhr gelaufen war. Dass er irgendwann entdeckt und von Amrum aus verfolgt worden war. Und dass er bei seinem Versuch, einen tiefen Priel zu durchqueren, von der Strömung erfasst und unter Wasser gezogen worden war.

»Mein Gott.« Camilla schlug die Hand vor den Mund.

»Krass, Alter«, sagte Denis. »Mann, wir haben dir doch gesagt, dass das gefährlich ist.«

Sascha sah ihn verächtlich an. »Klar, ihr seid ja die zwei Checker hier.«

»Okay, du bist ins Wasser gefallen. Was dann?«, warf Camilla ein, bevor es erneut zum Streit kam.

»Dann?« Sascha stieß Kokainrauch aus der Nase. »Ich dachte, ich kratz ab. Bin voll auf den Boden geknallt, hab einen Hammerschlag auf den Kopf bekommen. Ich habe keine Luft mehr gekriegt, wusste nicht mehr, wo oben und unten ist. Der totale Horror. Die Strömung hat mich fortgespült, ziemlich übel, ich kann mich kaum an was erinnern …«

Er schaute aus dem Fenster, in seine Erinnerung versunken, schwieg. Wieder sahen sich Camilla und Denis an. Sie wollte gerade fragen, als Sascha weiterredete.

»Irgendwann bin ich wieder zu mir gekommen. Aber ich dachte mein Schädel platzt, alles tat höllisch weh. Hat eine Weile gedauert, bis ich wieder einigermaßen klar denken konnte und kapiert hab, wo ich war …«

Wieder machte er eine Pause. Offensichtlich fiel es ihm schwer, sich zu konzentrieren.

Denis hielt es nicht mehr aus. »Sag schon! Wo bist du gelandet?«

»Inzwischen war es dunkel. Erst hab ich gedacht, ich bin auf Föhr. Aber Scheiße, nein. Ich lag irgendwo im Schlamm, keine Ahnung, wo genau, aber weit weg von der Stelle, wo ich ins Wasser gefallen war. Von den Bullen war jedenfalls nichts mehr zu sehen. Dafür nicht weit entfernt von mir Amrum. Aber jetzt war um mich herum schon überall Wasser. Und es wurde immer mehr.«

»Die Flut«, stellte Camilla fest.

Sascha nickte. »Ich drohte da draußen zu verrecken. Ich musste unbedingt zurück zur Insel, irgendwie. Bin auf allen vieren gekrochen, durch das kalte Wasser geschwommen. Ich weiß auch nicht, wie ich es geschafft hab, aber irgendwann lag ich wieder auf Sand, musste erst mal kotzen, so übel war mir. Dann hab ich mich mit letzter Kraft in die Dünen geschleppt. Hab mich einfach fallen gelassen. Und war weg.«

»Du hast in den Dünen geschlafen?«, fragte Camilla. »Und niemand hat dich gesehen?«

»Keine Ahnung. Ich hab die ganze Nacht gepennt. Als ich wieder aufgewacht bin, ist es schon hell geworden. Tja, und hier bin ich.«

»Hat dich auf dem Weg hierher jemand gesehen?« Camilla sah ihn eindringlich an.

»Nein, verdammt! Denkst du, ich bin blöd? Ich hab aufgepasst. Wenn jemand gekommen ist, bin ich in Deckung gegangen.«

Endlich legte Sascha die Crackpfeife beiseite. Er grinste die Geschwister an. »Und wie war's bei euch? Habt ihr euch einen netten Abend gemacht?«

»Von wegen«, sagte Camilla. »Rat mal, wer gestern Abend bei uns vor der Tür stand?«.

»Die Bullen«, platzte Denis heraus.

Sascha richtete sich alarmiert auf. »Und?«

Camilla erzählte ihm von dem Besuch der beiden Polizistinnen, von dem Radfahrer, der Sascha beim Joggen gesehen hatte. Und verschwieg nicht, dass sie die Kripobeamtin schon mal kennengelernt hatte. Und dass Denis zum Glück schnell reagiert und sie nicht verraten hatte.

Sie war sich nicht sicher, ob Sascha in seinem Drogennebel wirklich zuhörte. Doch dann erzählte sie, wie die beiden Polizistinnen das Gespräch plötzlich beenden mussten, weil die Nachricht kam, der kleine Junge wäre verschwunden.

Sofort war Sascha hellwach. »Der Junge? Der Zeuge?«

Camilla zuckte mit den Schultern. »Scheint so. Ich hab nur aus der Ferne gehört, was sie am Telefon gesagt hat.«

»Verschwunden, sagst du?«

»Die beiden mussten sofort los«, sagte Denis. »Nach Wittdün. Waren total nervös.«

Camilla nickte. »Genau wie wir. Wir hatten beide Angst, du hättest was mit seinem Verschwinden zu tun.«

»Nein, hab ich nicht!«, schimpfte Sascha. Er rieb sich mit beiden Händen über die Schläfen, starrte dann mit düsterer Miene auf den vollen Aschenbecher.

Camilla und Denis sahen sich an.

»Was willst du jetzt tun?«, fragte Camilla.

Es dauerte, bis Sascha antwortete. »Der Junge ist das Problem«, sagte er leise, als spräche er zu sich selbst. Dann sah er auf. »Dieses verdammte Kind. Ratet mal, wer mich letzte Nacht zu diesem Priel geführt hat?«

Camilla stutzte. »Wovon redest du?«

»Der Kleine war bei mir. Da draußen im Watt.«

»Was?«, entfuhr es Camilla und Denis gleichzeitig.

Sascha zuckte mit den Schultern. »Auf einmal stand er da. Bei dem verdammten Priel. Und gleich danach war er wieder weg.«

Denis schüttelte den Kopf. »Red keinen Stuss. Du warst zugedröhnt, Alter, gib's zu!«

Camilla stemmte die Hände in die Hüften. »Der Kleine war also mit dir im Watt? So ganz allein?«

»Ich weiß, hört sich beknackt an. Aber es stimmt. Auf einmal war er da und hat mich dämlich angeglotzt.«

Camilla konnte es nicht fassen. Jetzt war Sascha offenbar komplett übergeschnappt. »Blödsinn. Hör auf mit diesem ...«

»Er war da!«, fiel Sascha ihr ins Wort. »Oder glaubst du, ich bin verrückt geworden?«

Camilla schwieg, was Antwort genug war.

»Er war da!«, wiederholte Sascha aufgebracht, »hat da gestanden, so wie du jetzt vor mir stehst.«

»Und dann?«

Sascha blickte erst zu ihr, dann zu Denis.

»Dann war er wieder weg, sag ich doch.«

Camilla verschränkte die Arme vor der Brust. »Einfach weg?«

»Ja, verdammt! Und von hinten kam die Polizei.«

»Und die war zufällig auch plötzlich einfach *weg*?« Camillas Stimme troff vor Spott.

Sascha schüttelte heftig den Kopf. »Nein, deswegen konnte ich mich nicht um den Jungen kümmern. Ich musste mich entscheiden. Also bin ich in den Priel. Ich wollte mich durchs Wasser kämpfen.«

»Und bist fast gestorben, aber dann doch nicht«, ergänzte Camilla.

Sascha sprang auf. »Ganz genau. Und weißt du, wen ich kurz vorher noch gesehen habe? Diesen kleinen Bastard. Der stand da auf einmal am Ufer von diesem Priel und hat sich gefreut, dass ich verrecke.«

Camilla schwieg, hatte keine Lust, diese dämliche Geschichte zu kommentieren. Auch Denis schaute nur betreten auf den Boden.

Sascha sah von einem zum andern. Ihm war klar, dass sie ihm nicht glaubten.

»Ihr könnt mich mal!«, stieß er aus und stürmte aus dem Zimmer. Im nächsten Moment hörten sie das Knallen der Schlafzimmertür.

39

Was für ein herrlicher Tag. Die frische Brise auf dem Sonnendeck, der weite Blick auf das nordfriesische Wattenmeer, auf die Halligen und ihre Warften, die sich über dem Horizont wie Fata Morganen aus dem in der Sonne flimmernden Meer erhoben. Auf der anderen Seite erstreckte sich der Badestrand der Insel Föhr. Er sah das bunte Mosaik aus Strandkörben, Handtüchern und den Segeln der Windsurfer, die elegant durch die Wellen glitten.

Pierre liebte Fährfahrten. An einem sonnigen Tag auf dem Meer unterwegs zu sein – was konnte es Schöneres geben? Er stand an der Reling und beobachtete eine Möwe, die sich schon die ganze Zeit auf gleicher Höhe mit dem Schiff hielt, ohne auch nur einmal mit den Flügeln zu schlagen. Er schnappte sich sein Handy, um ein Foto von dem Vogel vor dem blauen Himmel und den imposanten Wolken zu machen.

Doch als er sein Werk betrachtete, war er enttäuscht. Die Möwe hatte sich im entscheidenden Moment verdrückt. Nur ein Teil des Flügels war auf dem Bild.

Auch okay, dachte Pierre. Die besten Bilder waren ohnehin die, die man im Kopf hatte, Erinnerungen, die bald schöner wurden als die Ereignisse selbst.

Er schaute zu den Touristen, die auf dem Sonnendeck der Fähre herumliefen. Junge Pärchen, die zärtlich aneinander gekuschelt hinaus auf die Nordsee schauten. Ein älterer, grauhaariger Mann, der seine ebenfalls grauhaarige Frau verliebt dabei beobachtete, wie sie ein Buch las. Kinder, auf dem Weg zum vielleicht besten Urlaub ihres Lebens, jagten sich kreischend vor Glück die Treppen hoch und runter.

Pierre lächelte. So viele Menschen, die gemeinsam die magische Zeit auf einem Schiff erlebten, zwischen dem Abschied vom Alltag auf dem Festland und der Ankunft auf der Insel.

»Entschuldigung, dürfen wir Sie kurz stören?«

Er drehte sich um. Vor ihm stand ein Mann um die dreißig und zeigte auf seine Familie, seine hübsche Frau und seine drei kleinen Kinder, das jüngste noch ein Baby. Daneben stand ein Golden Retriever mit freundlich heraushängender Zunge.

Der Vater hielt ihm sein Handy hin. »Könnten Sie vielleicht ein Foto von uns machen?«

Pierre lächelte. »Aber natürlich.«

Er gab der Familie ein paar launige Anweisungen, wie sie sich aufstellen konnten, mit dem Hund vor den Kindern, einem Jungen und einem Mädchen, und den Eltern dahinter. Als Krönung flatterte hinter ihnen vor dem blauen Himmel die bunte Fahne Nordfrieslands.

Dann ging er mit dem Handy in die Knie. »Es geht los«, rief er. »Und jetzt alle – Ameisenscheiße!« Die Eltern lächelten leicht verwirrt, aber die Kinder wiederholten laut jubelnd »Ameisenscheiße«!

»Vielen Dank«, sagte der Vater, als Pierre ihm das Handy zurückgab.

»Sehr gerne«, erwiderte Pierre. »Sie haben wirklich eine ganz reizende Familie.« Er beugte sich vor, um den Hund zu streicheln. »Und wie heißt dieser süße Bursche hier?«

»Mojo«, verriet das Mädchen.

»Was für ein toller Name.«

Die Kleine nickte, drückte ihren Liebling zärtlich an sich.

Pierre schaute ihr in die Augen. »Ich wollte früher auch immer einen Hund haben. Aber meine Eltern waren nicht so nett wie deine. Sie haben mir das nicht erlaubt.« Er machte ein scherzhaft trauriges Gesicht. »Sie hatten Angst, ich würde mich nicht genug um einen Hund kümmern.«

»Annalena kümmert sich vorbildlich um Mojo«, sagte ihre Mutter und streichelte ihrer Tochter liebevoll über den Kopf. »Genau wie Moritz natürlich«, ergänzte sie und nickte auch ihrem Sohn freundlich zu.

Pierre lächelte. »Davon bin ich überzeugt.«

Er trat wieder an die Reling, und die Familie gesellte sich zu ihm. Der Vater verriet, dass sie aus Köln kamen.

»Eine schöne Stadt«, fand Pierre. Zu seiner großen Überraschung legte sich der Hund direkt zu seinen Füßen auf den Boden.

Moritz strahlte. »Mojo mag Sie.«

Pierre lächelte. »Ich mag ihn auch.« Er schaute zu Moritz' Eltern. »Waren Sie schon mal auf Amrum?«

»Schon oft«, sagte die Mutter, die ihr schlafendes

Baby in einem Gurt vor der Brust trug. »Ihr liebt die Insel, oder?«, fragte sie ihre Kinder.

Annalena und Moritz nickten.

»Was gefällt euch denn am besten?«, wollte Pierre von den beiden wissen.

»Der Strand«, sagte Moritz.

»Das Meer und die Dünen«, sagte seine große Schwester mit feierlichem Ernst.

»Am tollsten finde ich den Spielplatz in Norddorf. Da gibt's ein richtiges Schiff. Einen Leuchtturm. Und sogar einen Wal«, erklärte Moritz.

»Da ist auch unsere Ferienwohnung, in Norddorf meine ich«, ergänzte Annalena.

»Waren Sie schon mal auf Amrum, Herr …«, fragte der Vater.

»Sebastian, bitte«, stellte Pierre sich vor. »Nein, leider nicht.« Er blickte zu den Kindern. »Aber ich habe das Gefühl, das wird ein ganz toller Urlaub.«

»Dann ist das Ihr erstes Mal an der Nordsee?«, wollte die Mutter wissen.

Er zögerte einen Moment. »Nein, nur in Nordfriesland. Ich war schon mal in Ostfriesland.«

»Ach? Wo denn da?«

Wieder überlegte er einen Moment.

»Auf Borkum? Spiekeroog?«

»Oder auf Norderney?«

»Auf Norderney, da war ich.«

Die hübsche Mutter mit dem süßen Baby lächelte. »Da waren wir auch schon mal. Hat uns gut gefallen. Kennen Sie die wunderschöne alte Bibliothek?«

Pierre nickte. »O ja, wirklich wunderschön.« Dann fragte er, was sie ihm über Amrum zu erzählen hatten. Er war sehr neugierig, wollte alles genau wissen. Wo der Strand besonders breit war. Wo es die besten Fischbrötchen gab. Den größten Buchladen. Die leckerste Pizza.

Die Zeit verging wie im Flug. Schon bald näherten sie sich Wittdün. Aus der Entfernung konnten sie bereits den Hafen sehen. Und Polizeiwagen auf dem Hafengelände.

Die Kinder sprangen aufgeregt an die Reling und schauten hinunter zum Anleger. Der Vater der Familie – mittlerweile hatte Pierre erfahren, dass er Christian hieß und seine Frau Stefanie – nutzte die Gelegenheit und fragte leise, ob er von dieser schrecklichen Sache in Norddorf gehört habe.

Pierre gab sich ahnungslos. »Nein. Was denn?«

»Na dieser Mord an diesem Surfer?«

Pierre schüttelte den Kopf, worauf Christian erzählte, was er in der Zeitung darüber gelesen hatte. Dass die Polizei im Dunklen tappe, aber davon ausging, dass der Mörder noch auf der Insel sei.

Pierre gab sich betroffen. »Was für eine schlimme Geschichte.«

Stefanie stöhnte leise. »Nicht wahr? Wir haben sogar überlegt, die ganze Reise zu verschieben.«

»Das kann ich gut verstehen.«

»Aber wir denken, die Polizei wird schon für unsere Sicherheit sorgen. Vielleicht ist der Täter ja auch schon gefasst.«

Christian nickte. »Außerdem hätte ich später keinen Urlaub mehr bekommen.«

Pierre schaute ihm freundlich in die Augen. »Ich bin sicher, Sie müssen sich keine Sorgen machen. Auf die Polizei ist bestimmt Verlass.«

Endlich hatte das Schiff angelegt. Anders als die Kölner Familie hatte er seinen Wagen nicht auf dem großen Parkplatz in Dagebüll gelassen, sondern auf die Fähre mitgenommen.

Zeit, sich zu verabschieden. »Vielleicht sehen wir uns ja noch mal, ich würde mich freuen«, sagte Pierre.

Damit trennten sich ihre Wege. Er verabschiedete sich von Mojo und winkte der Familie noch einmal zu, als sie sich auf dem Weg zur Fußgängerbrücke machten.

Das Lächeln auf seinem Gesicht gefror. Genug geplaudert, Zeit, an die Arbeit zu denken.

Er stieg die steile Treppe hinunter zum Autodeck und ging zu seinem Wagen, einem Golf, den er heute früh am Flughafen in Hamburg gemietet hatte.

Während um ihn herum andere Urlauber in ihre Wagen stiegen, öffnete er die Heckklappe des Golfs und schlug die über seinem Gepäck liegende Decke zurück.

Er hatte nur eine kleine Reisetasche mitgenommen. Er wollte nicht lange auf der Insel bleiben. An der Seite steckte eine Wasserflasche. Pierre nahm sie heraus, trank einen Schluck und steckte sie wieder zurück.

Dann betrachtete er die andere Tasche. Natürlich hatte er ihren Inhalt schon mehrmals überprüft. Trotzdem hatte er das Bedürfnis, sich erneut zu vergewissern, dass alles in Ordnung war. Eine Marotte, vielleicht eine

Zwangsneurose. Aber wenn schon. Er fühlte sich einfach besser, wenn er sich die Zeit nahm, den Inhalt erneut zu überprüfen. Außerdem durfte dieses Mal wirklich nichts schiefgehen.

Er schaute sich um. Alle warteten darauf, dass sich die Bugklappe der Fähre öffnete. Erste Motoren wurden angelassen. Niemand beachtete ihn.

Pierre beugte sich herunter, zog den Reißverschluss der zweiten Tasche auf und schaute hinein. Prüfte mit fachkundigem Griff, dass die Pistole, die diversen Magazine und Schalldämpfer an Ort und Stelle waren.

Natürlich war alles in bester Ordnung. Er atmete tief durch, lächelte zufrieden und verschloss die Tasche wieder.

Dann stieg er in den Wagen.

Zeit für einen sonnigen Inseltag.

40

»Die gute Nachricht ist«, sagte Polizeihauptkommissar Timmermann zu der sechsköpfigen Runde, die sich im Besprechungsraum der Wache in Nebel versammelt hatte, »dass wir jetzt wohl ganz sicher sein können, dass der Mörder von Marco Ernst kein Insulaner ist. Niemand, der hier lebt, würde versuchen, in der Dämmerung und bei dem aufziehenden Seenebel über das Watt nach Föhr zu gehen. Alleine!«

»Oder vielleicht gerade?«, warf Krumme ein. »Weil nur ein Einheimischer sich hier so gut auskennt?«

Timmermann schüttelte den Kopf. »Nein, niemals. Viel zu gefährlich. So dumm ist keiner.«

»Sagt auch der Wattführer«, ergänzte Hannes. »Außerdem zeigte die Spur, die wir durch das Watt verfolgt haben, dass der Mann keinen Schimmer davon hatte, wo der beste Weg nach Föhr ist.«

Krumme nickte.

Timmermann sah erneut in die Runde und seufzte.

»Die schlechte Nachricht ist, dass wir ihn leider nicht geschnappt haben. Unglücklicherweise war der einzig verfügbare Hubschrauber zunächst noch vor Westerland im Einsatz und erreichte uns relativ spät auf dem Watt. Er hat die Gegend mit einer Wärmekamera abgesucht, aber außer ein paar Robben nichts entdeckt.«

»Aber wie kann das sein?«, fragte Krumme, der sich einen Becher mit heißem Cappuccino aus der Küche geholt hatte. Die Inselwache mochte klein sein, aber sie verfügte über eine hervorragende italienische Kaffeemaschine. Ansonsten gab es zum »Arbeitsfrühstück« nur ein paar belegte Brötchen.

»Wir haben ihn zuletzt beim Priel vor Föhr gesichtet«, setzte Timmermann an. Etwas überrascht beobachtete er, wie Pat auf ihrem Notebook offenbar jedes seiner Worte mitschrieb. »Wir gehen davon aus, dass er dort ertrunken ist«, fuhr er fort, »da zu diesem Zeitpunkt der Priel schon sehr breit war. In Föhr scheint er jedenfalls nicht angekommen zu sein. Die Kollegen dort waren alarmiert und haben die ganze Zeit das Ufer im Auge gehabt.«

»Hm«, machte Pat nachdenklich. »Wurde denn auch an der Küste von Amrum noch mal gesucht?« Krumme saß neben ihr und sah als Einziger, dass sie auf ihrem Rechner schnell eine Seekarte mit den Meeresströmungen der Region zwischen Amrum und Föhr geöffnet hatte. Was er ziemlich clever fand.

»Der Wattführer meinte, der Priel führt hinaus in die offene See«, antwortete Hannes.

»Aber zur betreffenden Zeit lief bereits die Flut auf«, sagte Pat, »das Meer hätte die Leiche auch wieder zurück nach Amrum treiben können.«

»Wir haben uns, zugegeben, erst mal auf die Küsten von Föhr konzentriert«, brummte Timmermann ungeduldig, »der Helikopter konnte natürlich nicht überall zur gleichen Zeit suchen.«

Pat nickte und tippte wieder auf ihrem Computer.

»Ich war ja nicht dabei«, warf Krumme ein, »aber falls er *nicht* ertrunken ist und auch nicht auf Föhr aufgetaucht ist, dann kann er doch eigentlich auch wieder auf Amrum sein, oder?«

Die Inselkollegen tauschten einen skeptischen Blick.

»Ich kann mir nicht vorstellen, dass er überlebt hat«, sagte Timmermann.

Hannes nickte. »Wir haben gesehen, wie er auf einmal im Priel verschwunden ist und von der Strömung weggetrieben wurde.«

»Ich habe sogar einen Schrei gehört«, ergänzte Jepsen.

Krumme kratzte sich nachdenklich am Kopf. »Haben Sie gesehen, was er anhatte?«

»Einen schwarzen oder dunkelblauen Hoodie, mehr konnten wir nicht erkennen«, sagte wieder Hannes. »So dicht waren wir dann leider doch nicht dran.«

»Außerdem war die Sicht auch nicht die Beste. Es wurde langsam dunkel, und der Seenebel zog auf.«

Krumme zuckte mit den Schultern. »Na schön, fassen wir zusammen. Wenn wir davon ausgehen, dass dieser Mann der mutmaßliche Mörder von Marco Ernst war, dann spricht vieles dafür, dass der Verdächtige letzten Abend ertrunken ist.«

Die Amrumer Kollegen nickten.

»Aber«, fuhr Krumme fort, »es ist nicht unmöglich, dass er zwar fortgespült wurde, es aber geschafft hat, sich an einer anderen Stelle wieder zurück nach Amrum zu retten, stimmt's?«

Für einen Moment herrschte nachdenkliche Stille im Raum. Dann holte Timmermann tief Luft. »Nun, die Suche geht also auf jeden Fall weiter, auch mit dem Hubschrauber – auf Föhr wie auf Amrum.«

Krumme wandte sich an Hannes. »Hat die Fahndung irgendetwas ergeben?«

Hannes schüttelte den Kopf. »Es gab ein bisschen Spott wegen des Phantombildes, aber sonst nichts.«

Krumme schaute zu Pat. »Und was sagt das BKA? Irgendwelche Treffer, die zu unserem Täterprofil passen?«

»Nein, aber die Kollegen arbeiten dran.«

»Alles gut und schön. Aber uns läuft die Zeit davon«, klagte Timmermann. »Wir können den Fahndungsdruck auf der Insel nicht ewig so hochhalten. Es ist Hochsaison, und die Leute wollen hier unbeschwert Urlaub machen.« Wieder sah er zu Pat. Er beugte sich zur Seite, um auf ihr Notebook gucken zu können. »Was schreiben Sie da eigentlich die ganze Zeit?«

Pat sah auf, räusperte sich. »Ich habe eine Datei angelegt. Mit allen Daten, die die Kollegen bei ihren Rundgängen zu den einzelnen Ferienhäusern und -wohnungen in den einzelnen Orten gesammelt haben. Alter, Geschlecht, Anzahl, Heimatstadt.«

»So eine Liste haben wir auch.«

»Ich weiß, aber ich habe die Daten noch mal anders sortiert.«

Timmermann schien beeindruckt, rückte seine Lesebrille zurecht, um besser sehen zu können. »Auf einer Landkarte?«

Pat nickte. »Ich kann die Ausschnitte vergrößern und verkleinern, schauen Sie.« Sie zeigte ihm auf dem Touchscreen, was sie meinte. »So kann ich die Daten den einzelnen Gebäuden zuordnen. Zeugenaussagen oder Hinweise bei Social Media in Verbindung zu den verschiedenen Orten darstellen. Nach Querverbindungen suchen.«

»Verstehe«, murmelte Timmermann.

Pat zuckte mit den Schultern. »Noch habe ich allerdings keine neue Spur gefunden. Aber ich habe auch noch nicht alle Daten eingegeben.«

Timmermann blickte hilfesuchend zu Krumme. Der nickte nur lächelnd.

»Na schön«, sagte der Leiter der Wache schließlich. »Mir soll es recht sein. Wir müssen alles versuchen.« Er sah in die Runde. »Zurück an die Arbeit!«

41

Ein heißer Sommerabend mitten in der Stadt. Er schwitzte, sein Hemd klebte am Rücken. Er schaute nach Westen, blinzelte in die grell funkelnde Sonne zwischen den hohen Häusern, die bis hinauf in den Himmel reichten.

Nur ein paar Meter, dann war er am Ziel. Langsam schlich er sich im Schatten einer endlos langen Wand entlang. Nur einige wenige Spaziergänger waren unterwegs. Konturlose Gesichter, niemand beachtete ihn.

Trotzdem schaute er sich immer wieder um, zitterte vor Angst.

»Tu es nicht«, sagte Cam, die auf einmal vor ihm stand. Wunderschön, in einem rot-weiß gestreiften Sommerkleid, das in einer leichten Brise um ihren Körper tanzte.

Er streckte den Arm aus, wollte sie berühren, ihr alles erklären, aber da war sie wieder verschwunden. Er rieb sich die Augen, schüttelte ungläubig den Kopf, um sich von einer plötzlichen Taubheit zu lösen, die seinen Verstand in einen Abgrund zu ziehen drohte.

Nein, nicht nachgeben, rief eine Stimme.

Es war seine Stimme.

Das ist deine Chance!

Weiter, er musste weiter. Schritt für Schritt, immer voran.

Ein Junge spielte mit einem Ball, schoss ihn gegen die Wand. Immer wieder. Bumm. Bumm.

Wer bist du?, rief er, doch der Kleine beachtete ihn nicht. Er wollte sein Gesicht sehen, konnte es in dem Schatten aber nicht erkennen. Hörte stattdessen, wie er seinen Ball immer wieder gegen die Wand schoss.

Und jedes Mal fühlte es sich für Sascha an, als würde ihn eine Faust in den Magen treffen.

Er stöhnte, rannte von einem brutalen Schmerz erfüllt weiter. Und war endlich am Ziel. Ein Mann mit dunklen Locken stand vor einer Tür, aus der laute Bässe dröhnten. Genau wie der Junge zeigte er ihm nur den Rücken, aber auf seinem Arm erkannte er das Tattoo einer sich selbst fressenden Schlange. Der Mann rauchte. Der Qualm hüllte ihn ein, als würde er mitten im Nebel stehen.

Und dann stand er wirklich im Nebel.

Aber nicht mehr in der Stadt, sondern auf dem schlammigen Grund der Nordsee. Die Sonne war verschwunden. Als er nach oben in den Himmel schaute, sah er blinkende Sterne und den Mond.

Der Mann vor ihm hatte ihn immer noch nicht bemerkt. Aber jetzt drehte er sich langsam um. Sascha zitterte vor Angst. Nein! Er durfte ihm nicht in die Augen sehen!

Mit einem stummen Schrei hob er den Arm, im Mondlicht schimmerte die lange Klinge eines Messers in seiner Hand. Kurzentschlossen rammte er es dem

Unbekannten von hinten in den Hals. Drehte es gegen einen Widerstand. Fühlte, wie warmes Blut über seine Hand floss, ihn in der nächtlichen Kälte wärmte.

Doch der Mann fiel nicht um. Starb nicht. Im Gegenteil, er drehte sich um, sah ihm in die Augen, lächelte verächtlich, während das Blut aus seinem Hals strömte.

Sascha wich erschrocken zurück, stolperte auf dem nun betonharten Boden, fiel nach hinten.

Das war nicht der Mann, den er gesucht hatte. Sondern der verdammte Surfer aus dem Klo am Strand.

Und er war nicht allein.

Immer mehr Menschen standen um Sascha herum. Sahen auf ihn, den Liegenden, herab. Schwarze Schatten traten ins Licht, Gesichter lösten sich aus der Dunkelheit. Cam und Denis betrachteten ihn mit ernsten Mienen. Freunde und Feinde aus dem Bahnhofsviertel. Verächtliche, spöttische Blicke vor dem funkelnden Sternenhimmel des Nordens.

Auch sein Vater war unter ihnen.

Von einer seltsamen Kraft an den Boden gedrückt, streckte Sascha hilfesuchend den Arm nach ihm aus. Aber sein Vater rührte sich nicht, verschränkte nur zornig die Arme.

Du Versager! Seine Stimme hallte durch die Nacht, aber seine Lippen bewegten sich nicht. Trotzdem hörte er es ganz deutlich: *Du Versager!*

Plötzlich Wasser.

Die Flut kam. Er hörte ein leises Gurgeln und Rauschen in seinem Rücken, wusste, dass er ertrinken würde, wenn er nicht bald auf die Beine kam.

Aber er konnte sich nicht rühren.

Sah auf einmal wieder den Jungen mit dem Ball. Nur die dunklen Konturen in der Nacht, doch Sascha wusste, dass er es war.

Er ächzte. Ein Traum, das war alles nur ein Traum. Genug! Er wollte aufwachen, jetzt! Aber noch gelang es ihm nicht, sich aus den klebrigen Fingern zu lösen, die seinen Verstand in ihrem festen Griff hielten, während er verzweifelt versuchte, seinen Kopf über das stetig ansteigende Wasser zu halten.

Der Junge.

Endlich zeigte er sein Gesicht. Es war der gleiche Junge, den er am Hafen gesehen hatte. Natürlich. Der kleine Mistkerl, der ihn in den Priel gelockt hatte.

Nun wollte er ihm schon wieder beim Sterben zusehen.

Hilfe! Er stöhnte, wand sich prustend auf dem Meeresboden. Warum zur Hölle half ihm keiner seiner Freunde? Alle standen sie bei dem Jungen, aber keiner rührte einen Finger. Als würden sie den kleinen Bastard schützen.

Jetzt schwappte die erste Welle über sein Gesicht.

Die Gewissheit, dass er sterben würde. Elendig ersaufen auf dem Grund des Meeres.

Eine Flamme brannte auf einmal in seinem Körper. Er spürte Wut, Hass, aber auch Verzweiflung, Angst.

Sah, wie das Gesicht des Jungen hinter einer Welle verschwamm, wollte schreien, hatte aber nicht mehr die Kraft. Kaltes Wasser lief in seinen offenen Mund, das Ende …

Mit einem Schrei richtete sich Sascha in seinem Bett auf, sah sich panisch um. Wo war er? Für einen Moment fehlte ihm jegliche Orientierung. Ja, er hatte geträumt. Aber es war heller Tag. Warme, feuchte Luft drang durchs offene Fenster herein.

Er schaute auf seine Uhr. Kurz nach zwei. Er erinnerte sich daran, dass er sich auf sein Bett geworfen hatte, völlig erschöpft von der letzten Nacht. Allmählich gelang es ihm, die Erinnerungsfetzen wieder zu einem Bild zusammenzusetzen.

Der schreckliche Marsch durchs Watt, um nach Föhr zu gelangen. Die Verfolger, die am Horizont aufgetaucht waren. Der Junge, der am Ufer des Priels gestanden und zugesehen hatte, wie er fast verreckt wäre …

Den Jungen hast du dir nur eingebildet, erinnerte ihn eine Stimme in seinem immer noch getrübten Verstand.

Er klatschte sich mit beiden Händen ins Gesicht, um wieder klar denken zu können. Aber er bekam das Bild des Jungen nicht aus seinem Kopf. Vielleicht war es nur Einbildung gewesen. Aber dass er den Kerl im Watt gesehen hatte und dass er sogar in seinem Albtraum aufgetaucht war, hatte etwas zu bedeuten.

Leise ächzend stand er auf und wälzte sich aus dem Bett. Erst jetzt wurde ihm bewusst, dass er immer noch seine schmutzigen Sachen vom Vortag anhatte.

Er ging in das Badezimmer, das sich direkt nebenan hinter einer Glastür befand, und schaute in den Spiegel.

Er sah fürchterlich aus. Unrasiert, dicke Ringe unter den Augen, vom Salzwasser verklebte Haare, das Gesicht blutverschmiert.

Er zog seine Sachen aus und stieg unter die Dusche. Es tat gut zu spüren, wie das heiße Wasser den Dreck von seinem Körper spülte. Doch als er die Augen schloss und das gleichmäßige Rauschen der Brause und das Gurgeln im Abfluss hörte, waren sofort die Erinnerungen an den Traum da. Und an den Priel. An den Moment, als er vom Sog mitgerissen wurde und fast das Bewusstsein verloren hatte.

Schnell reinigte er seinen geschundenen Körper, stieg aus der Dusche und trocknete sich ab.

Im Schlafzimmer zog er sich eine saubere Jeans und einen anderen Hoodie an. Dann ging er ins Wohnzimmer. Denis saß auf dem Sofa, mit Kopfhörern auf den Ohren, und daddelte wieder an der Playstation. Als er Sascha bemerkte, zuckte er zusammen und unterbrach das Spiel sofort.

»He, Alter, ausgepennt?«, fragte er freundlich, schaute ihn dabei aber unsicher an.

Wahrscheinlich hatte er ein schlechtes Gewissen. Zu Recht, fand Sascha, der Arsch hatte ihn im Stich gelassen. Er setzte sich schweigend zu ihm aufs Sofa und griff sich eine Handvoll Gummibärchen, die in einer Schale auf dem Tisch lagen.

»Siehst schon viel besser aus«, fand Denis.

Sascha sagte immer noch nichts, stopfte sich nur die Gummibärchen in den Mund.

»Wo ist Cam?«, fragte er.

»Einkaufen.«

Denis stand auf, ging zum Kühlschrank und holte zwei Biere raus. »Willst du auch eins?«

Sascha nickte stumm. Denis setzte sich wieder aufs Sofa und reichte ihm eine Flasche. Gemeinsam öffneten sie die Bügelverschlüsse mit einem Plopp. Denis hob sein Bier, um mit ihm anzustoßen.

»Auf dich.«

»Ach ja?«

»Na klar. Darauf, dass du das Abenteuer überlebt hast.«

Sascha nickte gnädig und stieß mit Denis an. Schweigend schauten sie hinaus in den Garten.

»Ganz schön heiß heute«, unterbrach Denis die Stille. »Heute Abend soll es ein Gewitter geben.«

»Egal«, erwiderte Sascha nur. Er hatte wirklich keinen Bock auf Small Talk.

Eine Weile tranken sie schweigend. Als im Flur die Tür aufging und Cam mit dem Einkauf zurückkam, stand Denis sofort auf und half ihr mit den Tüten. Sascha rührte sich nicht.

»Hallo«, begrüßte sie ihn, »weilst du wieder unter den Lebenden?«

Er schaute sie an, versuchte zu lächeln, musste aber sofort an die Cam aus seinem Traum denken. Die in dem rot-weiß gestreiften Sommerkleid, in dem sie verdammt scharf ausgesehen hatte.

Doch auch die Cam mit dem strengen, abweisenden Blick tauchte jetzt in seinem Kopf auf. Die Cam, die ihm im Watt nicht geholfen hatte. Die sich neben diesen kleinen Scheißer gestellt und zugeschaut hatte, wie er sich im Schlamm herumgewälzt hatte und schließlich im Meer ertrunken war …

Das war natürlich alles nur ein Traum gewesen. Aber sonderbar, die echte Camilla, die jetzt vor ihm stand, sah ihn ähnlich vorwurfsvoll an wie die in seinem Traum.

»Und?«, fragte sie, da er noch immer nicht ihre Frage beantwortet hatte

»Mir geht's gut«, sagte er.

»Schön. Und wir können davon ausgehen, dass du nicht noch mal so einen Scheiß baust?«

Er presste die Lippen aufeinander und verkniff sich eine Antwort.

Camilla ging wieder zum Kühlschrank. »Die Leute im Supermarkt reden von nichts anderem«, sagte sie, während sie die Lebensmittel in den Kühlschrank packte.

Sascha hob den Kopf. »Ach ja? Was reden sie denn so?«

Camilla zuckte mit den Schultern. »Dass die Polizei die Verfolgung aufgenommen hat und dich dann in dem Priel verloren hat.«

»Sonst nichts?«

»Na ja, dass sie dich mit einem Hubschrauber gesucht haben. Auf dem Watt, im Meer, als die Flut wieder da war. Offenbar haben sie nicht geahnt, dass du längst wieder auf Amrum warst.« Sie schloss die Kühlschranktür und wusch sich in der Spüle die Hände.

»Und?«, bohrte Sascha. »Denkt die Polizei, ich bin ertrunken?«

»Keine Ahnung.« Sie zuckte mit den Schultern. »Woher soll ich wissen, was die Polizei denkt?«

Sascha zögerte. »Du hast doch da diese Freundin?«

Camilla trocknete sich die Hände ab. »Ich glaube, es ist besser, wenn wir uns von ihr fernhalten«, sagte sie.

Er stöhnte.

»Was die Leute angeht«, fuhr sie fort, »einige denken, du hättest deine gerechte Strafe bekommen und wärst ertrunken. Andere glauben nicht, dass du tot bist. Und sie können nicht verstehen, warum die Polizei dich noch nicht gefunden hat.«

»Sie denken, dass ich immer noch auf der Insel bin?«

Camilla biss in einen Apfel, den sie im Supermarkt gekauft hatte, und nickte.

Sascha stöhnte erneut.

»Die Polizei scheint auf Nummer sicher zu gehen«, fuhr sie fort. »Ich hab kurz am Hafen geguckt. Am Anleger wird immer noch kontrolliert. Und ich kann mich auch täuschen, aber ich habe den Eindruck, dass heute noch mehr Polizei auf der Insel unterwegs ist als sonst.«

Verdammt! In Saschas Kopf drehte sich alles. Was sollte er nur tun? Gab es wirklich keine Möglichkeit, diese verfluchte Insel zu verlassen? Er kratzte sich an der Stirn, berührte die große Schürfwunde und verzog schmerzerfüllt das Gesicht.

»Haben sie auch was von dem Jungen erzählt?«, fragte er, nachdem der Schmerz nachgelassen hatte.

»Von dem Jungen?«

»Ja, verdammt! Auf dem Watt! Hat den einer gesehen?«

»Außer dir, meinst du?«

Er schnaubte wütend und schwieg.

Camilla hatte den Apfel aufgegessen und warf das Gehäuse aus dem Fenster in den Garten. »So, und jetzt du. Wie sieht dein Plan aus?«

Er sah sie ratlos an. »Was meinst du?«

»Na ja, findest du nicht auch, dass es Zeit ist, endlich deinen Vater anzurufen?«

»Nein!« Sascha sprang auf. »Das werde ich nicht tun.«

Camilla hob beschwichtigend die Hände. »Früher oder später wird er sowieso erfahren, was hier passiert.«

Sascha drehte sich wutschnaubend um. Er trat an die Terrassentür und sah hinaus, dachte an das letzte Treffen mit seinem Vater.

»Du bist ein Versager«, hatte er geschimpft. »Du hast den Frieden gebrochen. Jetzt werden Menschen sterben. Unser Name ist beschmutzt. Unsere Gegner wollen Blutrache, und die Polizei will uns aus dem Land jagen. Und warum? Weil du deinen verfluchten Jähzorn nicht im Griff hast!«

»Vater, ich kann dir alles erklären ...«

»Verschon mich mit deinen Erklärungen. Ich will, dass du untertauchst. Zusammen mit deinen sogenannten Freunden, die es nicht geschafft haben, besser auf dich aufzupassen.«

»Untertauchen? Aber ... wie lange?«, hatte er gestottert.

»Bis sich die Lage wieder beruhigt hat. Keine Ahnung, wie lange das dauert. Ein paar Wochen oder Monate. Und wehe, du kommst vorher angekrochen. Du verschwindest, als hätte es dich nie gegeben! Ich will nichts von dir sehen oder hören, kein Wort, kein Anruf, kein Nichts, ist das klar?«

»Sascha? Hörst du mir überhaupt zu?«

Camilla stand hinter ihm, riss ihn aus seinen düsteren Gedanken.

»Was?«, fauchte er.

»Ich habe dich gefragt, ob ich für dich bei deinem Vater anrufen soll? Ihm erklären, was hier …«

»Nein!«, unterbrach er sie. »Niemand ruft ihn an, ist das klar?« Er sah sie beschwörend an. »Ich werde das regeln. Ich. Ich ganz allein.«

»Na schön«, sagte sie. »Ich bin gespannt.«

Sie sah ihn kühl an. Sascha zitterte vor Wut. Er hätte sie würgen können. Gleichzeitig war sie so schön und begehrenswert, dass er sie am liebsten geküsst hätte.

Mit einem Ruck wandte er sich ab.

»Wo willst du hin?«, fragte sie.

»Frische Luft schnappen. Was dagegen?«

»Hast du mir nicht zugehört? Die Bullen suchen dich überall.«

Sascha verzog verächtlich das Gesicht. »Na und? Niemand weiß, wie ich aussehe.«

»Einer schon.«

Er nickte langsam. Und verließ dann das Haus.

42

Krumme und Pat saßen in ihrem kleinen Büro in der Polizeiwache in Nebel und übertrugen die neuen Informationen. Krumme hatte dafür eine große Wandkarte von Amrum besorgt, an der er mittlerweile einige Kärtchen befestigt hatte, die unter anderem verrieten, wo sie bereits nach dem Verdächtigen gesucht hatten und wo Insulaner und Touristen glaubten, ihn gesehen zu haben.

Pat hatte ein entsprechendes Dokument in ihrem Rechner. Sie hatte ihm im Laufe der Jahre erklärt, wie auch er das Programm für die Arbeit nutzen konnte. Tatsächlich sah Krumme in seinem Computer mittlerweile nicht mehr einen rätselhaften Gegner. Seine junge Partnerin hatte ihm sogar beigebracht, Ermittlungsergebnisse und entsprechende Infos auf sein Handy zu übertragen und dort abzurufen. Aber in Momenten wie diesem, wenn nicht klar war, wie der nächste Schritt aussehen sollte, hatte er alle verfügbaren Informationen lieber analog vor sich an der Wand.

Nach den Ereignissen des gestrigen Tages war die Stimmung etwas angespannt, was auch an der unangenehmen Hitze lag. Krumme lief der Schweiß in Strömen den Rücken herunter. Pat hatte sich aus der Pension ein

Handtuch mitgebracht, um sich immer wieder den Schweiß aus der Stirn und dem Nacken zu wischen.

Nachdem sie eine Weile still vor sich hingearbeitet hatten, klopfte es an der Tür. Es war Andrea Traustein, die mit verlegener Miene fragte, ob sie kurz stören durfte. Krumme bat sie herein.

»Wo ist Tomme?«, fragte Pat.

Andrea setzte sich erschöpft auf einen Stuhl. »Hannes zeigt ihm gerade ein paar Fotos von Verdächtigen.«

Krumme nickte. Die Kollegen hatten verschiedene junge Männer ermittelt, die als Täter infrage kamen. Sie hatten sich dafür entschieden, zunächst auf eine Gegenüberstellung zu verzichten und Tomme nur Fotos zu zeigen. Bisher ohne Erfolg.

»Ich habe gehört, dass der Mörder eventuell in einem Priel ertrunken ist?«, fragte Andrea.

Krumme seufzte. »Aber nur eventuell. Wir haben keine Leiche gefunden. Dafür hat sich eine ältere Dame aus Norddorf gemeldet. Sie war heute früh mit ihrem Hund am Strand unterwegs und sagt, sie hätte einen jungen Mann mit einer Kopfwunde durch den Sand stolpern sehen.«

Andrea sah Krumme erwartungsvoll an. »Hat sie sein Gesicht gesehen und könnte ihn wiedererkennen?«

»Leider nein. Der Mann hatte eine Kapuze auf dem Kopf. Sie hat nichts Genaues gesehen.«

»Wir haben ihr Tommes Phantombild gegeben«, ergänzte Pat. »Sie hat aber keine Ähnlichkeit erkannt.«

Andrea nickte resigniert. »Dann ist Tomme noch immer der einzige …«

»Der einzige Zeuge, ja«, beendete Krumme ihren Satz. »Wir müssen weiter die Insel durchkämmen und hoffen, dass wir irgendwann den richtigen Mann finden.«

»Oder wir haben Glück und das Meer spült doch noch seinen toten Körper an«, sagte Pat.

Andrea seufzte. »Sie haben so viel zu tun«, sagte sie und senkte den Blick. »Es tut mir sehr leid, dass Hannes und ich Ihnen gestern auch noch zusätzlich Arbeit gemacht haben.«

»Schon gut. Machen sie sich deshalb keine Gedanken.«

»O doch. Hannes und ich haben uns wieder einmal gestritten. Nur deshalb hat sich der Kleine so erschrocken und ist weggelaufen. Wir sind schuld, dass die Polizei hier auf der Insel noch eine Extraschicht einlegen musste.«

»Hauptsache, Tomme ist nichts passiert«, warf Pat ein.

Andrea schüttelte den Kopf. »Auf die Idee, dass er zu unserer Nachbarin und ihrem Hund gehen könnte, hätte ich auch selbst kommen können«, fügte sie mit leiser Stimme hinzu.

Krumme betrachtete sie bekümmert. Was sollte er dazu sagen? Ihm fiel nichts ein.

Pat lächelte sie aufmunternd an. »Sie müssen sich wirklich nicht entschuldigen. Die Sorge um Ihren Sohn, das schwierige Verhältnis zu Hannes... Das ist alles für Sie bestimmt nicht leicht. Und was uns angeht – das ist nun mal unser Beruf. Es ist unsere Pflicht, in solchen

Situationen die Ruhe zu bewahren und zu helfen. Lieber einmal zu viel als zu wenig.«

Andrea sah Pat dankbar an. »Manchmal übertreibe ich einfach. Ich möchte eben eine perfekte Mutter sein, für Tomme und die Mädchen. Und dann ist da noch die Arbeit in meiner Maklerfirma. Gerade habe ich ein schwieriges Projekt auf Föhr, das mich ganz verrückt macht. Dazu der Haushalt ... Oft weiß ich einfach nicht, wo mir der Kopf steht.«

»Das ist genau das, was meine Kollegin meinte«, erklärte Krumme. »Deswegen müssen Sie auch kein schlechtes Gewissen haben.«

Andrea lächelte traurig. »Wenn ich doch nicht immer so ein Sturkopf wäre.«

»Das wirft mir meine Freundin auch vor.« Krumme zwinkerte Andrea freundlich zu. »Vielleicht liegt es daran, dass wir beide aus Berlin kommen.«

Sie stand auf und erhob sich. »So, jetzt habe ich Sie aber lange genug mit meinem selbstmitleidigen Gerede aufgehalten. Mal schauen, wie weit Hannes mit Tomme ist. Vielleicht haben die beiden ja den Mörder gefunden und diese schlimme Sache hat ein Ende.«

Sie verabschiedete sich und verließ das Büro.

»Zurück an die Arbeit«, erklärte Pat und rückte ihren Stuhl wieder an ihren Tisch, um weiter am Rechner zu arbeiten.

Auch Krumme wollte gerade eine neue Karte an die Wand heften, als ein lauter Schrei durch die Wache gellte. Sie schauten sich alarmiert an und sprangen dann sofort auf und liefen nach draußen auf den Flur.

Und trauten ihren Augen nicht, als sie den Empfangsraum erreichten:

Hannes stand mit der erschrockenen Melina im Arm vor Andrea, während der kleine Tomme mit aufgerissenen Augen allein auf einer Bank saß.

»Was ist passiert?«, fragte Krumme.

Hannes schwieg, schien von der Situation völlig überfordert.

Dagegen rieb sich Melina die Wange und zeigte eher verwirrt als vorwurfsvoll zu Andrea: »Sie hat mich geohrfeigt.«

Alle Blicke gingen zu Tommes Mutter, die so aufgewühlt war, dass sie zitterte. Sie schaute zu Hannes und Melina – und dann zu Krumme.

»Es tut mir leid«, stammelte sie und begann zu weinen.

43

Er fühlte sich wie ein Phantom. Als hätte er die Kraft, sich unsichtbar zu machen. Sascha schlenderte durch Wittdün, als wäre er ein Tourist, der das warme Sommerwetter genoss. Der Trick war, nicht allein durch die Straßen zu bummeln, sondern die Nähe von anderen Menschen zu suchen, einfach so zu tun, als würde man dazugehören.

Er hatte auch einen Ersatz für seine Basecap gefunden – einen Fischerhut mit Amrum-Werbung. Eine gute Wahl, nicht nur um seine Schürfwunde an der Stirn zu verbergen. Sondern auch weil die Sonne heute ungewohnt heiß vom Himmel schien.

Aber was suchte er hier in Wittdün eigentlich? Klar, er hoffte, den Jungen irgendwo zu finden. Aber was dann? Dafür hatte er noch keine konkrete Idee. Ihm würde schon etwas einfallen, wenn sich die Situation ergeben würde. Da war er sicher.

Zuerst führte ihn sein Weg zum Hafen. Der Fährbetrieb dort lief offenbar völlig normal weiter. Allerdings wurde jedes Auto und jeder Fußgänger, der auf das Schiff wollte, noch immer kontrolliert. Cam hatte recht, die Bullen gingen anscheinend nicht davon aus, dass er in dem Priel ersoffen war.

Sascha setzte sich mit einer Zeitung und einem Flens auf eine Bank und schaute sich den Ablauf genau an. Praktisch alle jungen Männer mussten ihre Ausweise vorzeigen und zustimmen, dass man ein Porträtfoto von ihnen machte. Die Kontrollen liefen ruhig und zügig ab. Nur einmal sah Sascha, wie ein Mann versuchte, an den Kontrollen vorbei zum Rollsteg zu laufen, um die Fähre noch rechtzeitig zu erreichen. Ein Polizist stellte sich ihm im letzten Moment in den Weg. Alles Protestieren brachte nichts, er musste zurück zum Kontrollzelt, auch wenn das bedeutete, dass er jetzt die Fähre verpasste.

Sascha war klar: Auf diesem Weg würde er die Insel nicht verlassen.

Er trank sein Bier aus und stand auf. Ohne festes Ziel spazierte er die Inselstraße entlang. Er wandte sich nach links in die Wohngebiete und ging in einem großen Bogen bis zur Promenade im Westen. Er schaute hinaus auf den Kniepsand und kehrte am nördlichen Ortsausgang zur Inselstraße zurück, um von dort wieder Richtung Hafen zu gehen.

Amrum war nur eine kleine Insel, und Wittdün, die Inselhauptstadt, hatte nicht einmal neunhundert Einwohner. Sascha war überzeugt: Früher oder später musste ihm dieser verdammte Bengel über den Weg laufen.

Sascha hielt die Augen offen und sah sich um. Viele junge Leute in seinem Alter, viele Seniorenpärchen. Und vor allem viele Familien mit kleinen Kindern. Auf die konzentrierte er sich bei seiner Suche.

Am Ortsausgang beobachtete er aus der Entfernung ein junges Ehepaar, das mit seinen beiden Kindern auf Fahrrädern unterwegs war. Gerade hatten sie eine Panne. Während die Mutter sich um ein kleines Mädchen im Kindersitz kümmerte, flickte der Vater den hinteren Schlauch des Rades seines ungefähr siebenjährigen Sohnes. Der wollte seinem Vater helfen und sah ihm neugierig zu. Sein Vater erklärte ihm geduldig, wie man es machte. Es dauerte nicht lange, und die Familie fuhr weiter Richtung Norden in den Inselwald.

Sascha dachte an seine eigene Kindheit. Gemeinsame Ausflüge mit den Eltern hatte es nicht gegeben. Nur ein einziges Mal hatten sie so etwas wie Urlaub gemacht. Zwei Wochen auf einem Weingut in Frankreich an der Côte d'Azur. Ein großes Treffen mit dem ganzen Familienclan. Sascha war damals neun Jahre alt gewesen und konnte sich nur an die Raufereien und Streitereien mit seinen Geschwistern und den Cousins erinnern – Denis und Camilla waren auch dabei. An langweilige Spaziergänge mit den Müttern, damit die Männer in Ruhe über Geschäfte reden konnten. Höhepunkt der Reise: ein großes Besäufnis mit Wein und Obstschnäpsen. Trotz der Proteste seiner Mutter hatten alle Jungs – auch Sascha und sein großer Bruder Kostja – mittrinken müssen. Kein Problem für Kostja. Aber Sascha hatte sich eine harte Kopfnuss seines Vaters eingefangen. Nicht weil er besoffen in die Rosen kotzen musste, sondern weil er irgendwann schlapp gemacht hatte. Immerhin, wenigstens für diesen Moment hatte er die ungeteilte Aufmerksamkeit seines

Vaters gehabt, den er sonst nur als strenges, unnahbares Familienoberhaupt kannte.

Nein, liebevolle Eltern hatte Sascha nicht gekannt. Und jetzt sah er auf Amrum überall nur glückliche Kinder mit ihren stolzen Eltern – es war kaum zu ertragen. Auch das Herumlatschen nervte allmählich. Aber was sollte er tun? Von dem kleinen Scheißer war nichts zu sehen. Dabei hatte er nach ein paar Runden durch Wittdün bereits das Gefühl, er würde hier jeden kennen.

Außerdem ging ihm die Hitze zunehmend auf die Nerven. Sein Hirn fing zu kochen an, aber er konnte nicht mal für einen Moment seine bescheuerte Mütze absetzen, aus Angst, jemand würde seine Narbe und die Schürfwunde an der Stirn sehen.

Und da war noch etwas: Als Folge seines Unfalls im Watt plagten ihn schlimme Kopfschmerzen. Und konnte es sein, dass er langsam verrückt wurde? Immer wieder gab es Momente, in denen er das Gefühl hatte, verfolgt zu werden.

Wurde er beobachtet?

Wenn er sich dann schnell umdrehte, war nichts zu sehen, außer Horden von Touristen auf der Straße.

Vielleicht lag es auch einfach daran, dass er schon lange nichts mehr gegessen hatte.

Er beschloss, sich ein Fischbrötchen zu kaufen. Direkt an der Inselstraße befand sich *Scholle's Fisch-Buttze*. Sascha zog die Krempe seines Fischerhuts tiefer in die Stirn und stellte sich in der Schlange an.

»Ist schon lecker«, sagte eine junge weibliche Stimme

vor ihm, »aber langsam habe ich mal Bock auf was anderes als Fischbrötchen und Backfisch.«

Sascha sah vorsichtig auf. Ein hübsches Mädchen mit langen Rastalocken in einem knappen Bikini-Oberteil. Schlagartig wurde ihm klar, wer da vor ihm wartete – die Surferfreunde von diesem Marco, alle trugen ähnliche Armbänder als Beweis für ihre Teilnahme an diversen Wettkämpfen.

Der Typ vor ihm zuckte mit den Schultern. »Damit komme ich schon klar. Aber langsam habe ich keine Lust mehr auf Camping.«

»Hört auf zu jammern, ihr Weicheier«, schimpfte ein dritter Surfer in einem bunten Hawaiihemd. »Wir bleiben so lange hier, bis die Bullen Marcos Mörder endlich geschnappt haben.«

»Der ist doch längst über alle Berge«, warf einer der Freunde ein.

»Und wenn nicht?«, fragte der im Hawaiihemd. »Wir halten auf jeden Fall die Augen offen. Und Gnade ihm Gott, wenn wir den Kerl vor der Polizei erwischen …«

Was für ein elender Schwätzer, dachte Sascha und griff reflexartig nach dem Messer in seiner Hosentasche. Der Typ sollte ihm lieber nicht an einem einsamen Ort über den Weg laufen …

»Wer bekommt?«, riss ihn die Verkäuferin aus seinen Gedanken.

Er war dran und bestellte ein Matjesbrötchen. Viel zu schnell würgte er es herunter, wischte sich die öligen Finger ab und schmiss die Serviette in einen Mülleimer.

Was sollte er jetzt tun? Zurück zu ihrem Haus im Inselwald?

Nein, noch nicht. Er war überzeugt, dass sich Cam und Denis Sorgen machten. Geschah ihnen recht. Er blieb weiter hier in Wittdün und schaute, was sich ergab. Noch hatte er die Hoffnung nicht aufgegeben, dass ihm der kleine Junge über den Weg lief, der schuld daran war, dass er wie ein Aussätziger durch die Straßen schleichen musste.

In diesem Moment sah er, wie zwei uniformierte Beamte, nicht weit von ihm entfernt, einen Mann auf dem Bürgersteig kontrollierten und ihn aufforderten, sein Basecap abzunehmen. Wenn er weiterging, lief er den beiden direkt in die Arme.

Was tun?

Die Straßenseite wechseln? Und unter Umständen gerade dadurch auffallen? Oder einfach an den beiden Bullen vorbeimarschieren wie ein harmloser Tourist? Was, wenn sie ihn trotzdem anhielten, ihn ebenfalls aufforderten, die Mütze abzunehmen, und dann die Schürfwunde auf der Stirn sahen?

Er wäre geliefert!

Schon beendeten sie die Kontrolle und ließen den Mann ziehen, gingen weiter in seine Richtung.

Schnell, er musste sich entscheiden, sofort.

Er schaute sich um – und betrat kurzerhand eine Buchhandlung.

Der Laden war ziemlich groß. Es war ewig her, seit er freiwillig etwas gelesen hatte. Unsicher fingerte er an einigen Büchern herum, die auf einem Stapel mit Nordseekrimis lagen, und blickte dabei so diskret wie möglich durch das große Ladenfenster hinaus auf die Straße.

Dort unterhielten sich die Bullen mit zwei weiteren Passanten – ausgerechnet den Surfern von der Fischbude. Die jungen Männer reagierten ziemlich genervt auf die Kontrolle. Was genau geredet wurde, konnte Sascha nicht verstehen. Sicherheitshalber verzog er sich weiter ins Ladeninnere.

»Moin, kann ich Ihnen helfen?«, erkundigte sich plötzlich eine freundliche Stimme.

Sascha drehte sich erschrocken um. Vor ihm stand eine Verkäuferin, eine junge Frau, jünger als er, mit schwarzen Locken und einer riesigen Hornbrille und großen neugierigen Augen.

»Ähm ... helfen?«, stotterte er überfordert. »Ja, vielleicht, ich suche ... ein Buch.«

Sie lächelte. »Da sind Sie hier genau richtig. Ist es für Sie? Oder für jemanden anderes?«

»Ein Geschenk. Für ... für eine Freundin.«

»Sehr gut.« Die Verkäuferin strahlte. »Da kann ich Ihnen mein aktuelles Lieblingsbuch empfehlen.« Sie trat an einen Tisch mit hohen Bücherstapeln. »Hier, *Sweet Summer*. Die perfekte Urlaubslektüre.«

»Ach ja?« Sascha lächelte verlegen, sah aber an ihr vorbei zum Treiben auf der Straße.

»Eine zauberhafte Liebesgeschichte. Es geht um Josie, eine junge Schmuckdesignerin aus München, die von ihrem Freund kurz vor der Hochzeit verlassen wird. Verzweifelt versucht sie einen Neuanfang, zieht in das Strandhotel ihrer Oma auf einer traumschönen

Insel an der Nordseeküste und wird dort in einer leidenschaftlichen Ménage-à-trois von zwei älteren Männern umworben, einem märchenhaft reichen Inder und einem geheimnisvollen Hollywoodstar.«

»Interessant«, murmelte Sascha, hatte aber nur Augen für die Gruppe vor dem Laden. Während die Verkäuferin ihm weiter von Josies Liebes-Odyssee an der Nordsee erzählte, fragte er sich, worüber, zum Teufel, die da draußen so lange quatschten! Der Typ im Hawaiihemd, der so gern Jagd auf ihn machen wollte, gestikulierte, zeigte mit dem Finger auf die Straße und sogar in den Laden. Warum?

In diesem Moment kam eine blonde Frau in die Buchhandlung. Sie kam Sascha sonderbar bekannt vor. Sie hatte dunkle Ringe unter den Augen, wirkte gehetzt. Eine andere, ältere Verkäuferin kam auf sie zu.

»Moin Andrea, kann ich dir helfen?«

Die Frau nickte. »Ich suche etwas für Tomme.«

»Und an was hast du da gedacht?«

»Im Moment sind Piraten total angesagt. Habt ihr da vielleicht was?«

Sascha konnte es kaum glauben. Er kannte die Frau, hatte sie schon mal gesehen, unten am Hafen.

Er war seinem Ziel ganz nahe.

Diese Frau war die Mutter von dem kleinen Bastard, wegen dem er hier auf dieser verdammten Insel festsaß.

44

»Schau mal, mein Schatz, was ich dir mitgebracht habe. Hat mir Helga vom Buchladen empfohlen. Soll total spannend sein.«

Andrea setzte sich zu Tomme aufs Sofa und reichte ihm das Buch.

»Danke schön«, sagte er und fing sofort an zu lesen.

»Spielt sogar auf Amrum«, fuhr Andrea fort. »Da geht's um Strandpiraten. Helga sagt, ich soll ihr unbedingt verraten, ob es dir gefallen hat.«

Tomme nickte, ohne aufzusehen. Er blätterte bereits die erste Seite um.

Andrea fuhr ihm liebevoll mit der Hand durch die Haare. »Wenn du willst, kann ich dir nachher auch daraus vorlesen«, sagte sie.

»O ja.« Tomme strahlte.

Sie gab ihm einen Kuss auf den Kopf. »Ich muss noch ein bisschen arbeiten. Aber danach habe ich Zeit für dich, versprochen.«

Sie stand auf und betrachtete ihren Sohn mit einem verliebten Lächeln, beobachtete, wie er sich einzelne Bilder genau anschaute und mit seinen kleinen Fingern fast zärtlich über das Papier strich. Dann ging sie zu Anton, der mit einem Glas Apfelschorle in der Küchentür stand. Er hatte sie und Tomme beobachtet.

»Offenbar hast du seinen Geschmack getroffen«, sagte der uniformierte Polizist zu ihr. Er hatte heute die Aufgabe, auf sie und den Jungen aufzupassen, war bei Tomme geblieben, als sie in den Buchladen gegangen war. »Das Buch kenne ich aus meiner Kindheit. Arnulf, der einäugige Pirat mit der roten Laterne, den fand ich am besten.«

Andrea lächelte, blickte dann aber bekümmert zu ihrem Sohn. »Tomme wirkt immer noch etwas verstört.«

Anton nickte ernst. »Na ja, der Vorfall in der Wache hat die Sache bestimmt nicht besser gemacht.«

Andrea stöhnte, wedelte mit der Hand, als könnte sie die Erinnerung an ihren peinlichen Auftritt damit verscheuchen.

»Keine Ahnung, was in mich gefahren ist«, sagte sie.

»Na ja, du hast die neue Freundin deines Ex-Mannes gesehen und bist durchgedreht.«

»Nicht ganz. Ich habe die neue Freundin meines Ex-Manns gesehen, wie sie meinen Sohn auf dem Schoß hatte.«

»Na und? War doch nett. Melina hat der Kleine leidgetan, sie wollte ihn ein bisschen aufmuntern.«

Andrea schüttelte traurig den Kopf. »Wie Tomme sie angestrahlt hat …«

Anton trank einen Schluck, bevor er fortfuhr. »Sei doch froh, dass der Kleine trotz der Sache am Strand noch lächeln kann.«

Andrea überlegte einen Moment, versuchte, das Durcheinander in ihrem Kopf zu sortieren. Die entsetzten Gesichter der anderen Polizisten. Darunter dieser Kommissar und seine junge Kollegin aus Husum. Sie alle mussten sie für eine Furie halten. Und schlimmer: für eine schlechte Mutter.

Was sie, wenn sie an Tommes erschrockenes Gesicht dachte, wohl auch war.

Sie seufzte niedergeschlagen. »Hast du noch genug zu trinken?«, fragte sie Anton. Der nickte.

»Dann lass ich euch mal allein. Ich muss noch was fertig machen für meine Präsentation auf Föhr morgen.«

»Nur zu. Der Lütte und ich kommen schon klar.«

Andrea schaute den Kollegen und besten Kumpel ihres Mannes nachdenklich an. Schön, dass sie alle so besorgt um Tomme waren. Aber sie hatte den Verdacht, dass sie auch Angst vor ihr hatten und sichergehen wollten, dass sie dem Kleinen nichts antat. Was sie natürlich niemals tun würde. Aber nach ihrem peinlichen Auftritt in der Wache durfte sie sich nicht beklagen. Sie musste endlich lernen, ihre Eifersucht auf Melina in den Griff zu bekommen.

Traurig stieg sie die steile Treppe hinauf in ihr Arbeitszimmer und setzte sich an den Schreibtisch. Doch es war ihr praktisch unmöglich, sich auf ihre Präsentation für den nächsten Tag zu konzentrieren. Immer wieder schaute sie aus dem Fenster, von wo aus sie über den Kniepsand bis zum Meer sehen konnte. Einzelne Spaziergänger bewegten sich über die fernen Dünen, schienen in der flimmernden Hitze zu schweben.

Andrea wischte sich mit einem Taschentuch den Schweiß von der Stirn. An solchen Tagen war ihr Arbeitszimmer der reinste Brutkasten. Für den Abend war Sturm und Gewitter angekündigt worden. Noch lag eine seltsame Stille über der Insel. Selbst die Vögel waren verstummt und hatten sich in sichere Ecken verzogen. Alles war ruhig, als würde die Natur tief Luft holen für einen möglichst dramatischen Auftritt. Im Westen konnte sie bereits die ersten Wolken erkennen, die sich langsam auf die Insel zubewegten. Die noch hoch stehende Sonne tauchte sie in ein unwirkliches Violett.

Für einen Moment wurde sie von einer schlimmen Ahnung erfasst. Als könnte jeden Moment etwas Schreckliches passieren …

Verdammt, ihre Nerven!

Sie musste endlich mit der Arbeit anfangen. Je schneller sie damit durch war, desto früher konnte sie sich wieder um Tomme kümmern.

Sie hatte kaum ihren Computer gestartet, als ihr Handy klingelte. Andrea schaute auf das Display und runzelte die Stirn. Olaf Martens, ihr Geschäftspartner auf Föhr.

»Moin, Olaf, was gibt's?«

»Moin, Andrea. Hör zu, kleine Planänderung. Hast du heute noch was vor?«

Sie erzählte ihm, dass sie gerade die Präsentation für den nächsten Tag vorbereitete. Es würden nur noch ein paar Details fehlen, aber im Prinzip sei sie fertig.

»Sehr gut«, freute sich Olaf, »meinst du, du kannst den Rest improvisieren?«

»Improvisieren?«

»Ja, weil wir unser Projekt heute schon vorstellen müssen.«

»Heute schon?«, wiederholte sie entsetzt. »Aber das geht nicht. Ich kann hier nicht weg, du weißt doch, was hier auf Amrum los.«

Olaf war nur halb eingeweiht. Er hatte von dem Mord gehört und dass sie sich deshalb große Sorgen um die Sicherheit ihrer Kinder machte. Dass Tomme der einzige Zeuge des Mordes war, hatte sie ihm nicht verraten.

»Andrea, tut mir leid, aber die beiden Manager des Investmentfonds haben keine Zeit mehr, um morgen nach Föhr zu kommen. Sie müssen zurück nach Zürich. Also entweder wir präsentieren heute Abend oder gar nicht.«

»Das heißt, sie sind gar nicht auf Föhr?«

»Nein. Wir sollen heute Abend nach Husum kommen.«

»Aber wie soll das gehen?« Sie schaute verwirrt auf die Uhr. Die letzte Fähre fuhr bereits in einer halben Stunde.

»Ich weiß, verdammt kurzfristig. Aber das ist unsere Chance auf den größten Auftrag der letzten zehn Jahre. Du darfst mich nicht im Stich lassen.«

Andrea spürte, wie sich ihr Puls beschleunigte. »Aber … ich kann Tomme nicht alleine lassen.«

»Können deine Mädchen nicht auf ihn aufpassen?«

»Die sind heute Nacht bei einer Freundin …«

»Was ist mit Hannes? Kann er nicht ausnahmsweise vorbeikommen?«

Andrea schwieg. Natürlich konnte er das. Womöglich zusammen mit Melina. Sie stellte sich vor, wie sie zu dritt aneinandergekuschelt auf ihrem Sofa vor dem Fernseher sitzen würden …

»Oder nimm Tomme doch einfach mit«, schlug Olaf vor.

»Nach Husum?«

»Wieso nicht? Ist doch nur für eine Nacht. Außerdem kommt er dann mal weg von eurer Mörderinsel.« Er lachte.

Aber Andrea war gerade nicht nach Lachen zumute. Wieder spürte sie dieses beklemmende Gefühl einer Bedrohung.

Alles nur Einbildung, die Erschöpfung nach den vergangenen Tagen. Und vielleicht war es ja tatsächlich eine gute Idee, mit Tomme für ein paar Stunden von der Insel zu verschwinden?

»Andrea? Bist du noch dran? Du musst dich entscheiden. Jetzt!«

Sie gab ihren Widerstand auf. »Also gut, wir kommen.« Sie besprach noch ein paar Details mit Olaf, dann legte sie auf und ging runter, um Anton zu informieren.

»Nach Husum?«, sagte der überrascht. »Aber nur, wenn ich mitkomme.«

»Du willst mitkommen?«

»Ich bin für die Sicherheit des Kleinen verantwortlich.«

»Ja, hier. Aber doch nicht auf dem Festland.«

»Andrea, keine Diskussion. Und wir sollten fragen, was Timmermann oder dieser Kommissar dazu sagen.

Wenn die gegen den Ausflug sind, geht's sowieso nicht. Ich rufe sie gleich mal an.«

Zu Andreas Überraschung hatten die beiden nichts dagegen – aber nur, solange Anton sie begleitete.

Also gut, dachte Andrea und packte umgehend ihre Sachen und die von Tomme. Als der von dem Ausflug hörte, war er sofort Feuer und Flamme. Er freute sich auf die Fährfahrt. Und als Andrea versprach, ihm auf dem Schiff aus seinem neuen Buch vorzulesen, strahlte er übers ganze Gesicht und schnappte sich seinen kleinen Rucksack.

»Also gut, ich muss noch mal kurz pieseln, dann können wir los«, erklärte Anton. Er hatte wohl etwas viel Apfelschorle getrunken.

Andrea schaute auf die Uhr. »Wir warten im Auto«, sagte sie, nahm Tomme an die Hand und ging mit ihm zum Volvo. Sie schnallte ihn auf den Rücksitz fest und nahm hinterm Steuer Platz.

Wieder schaute sie auf die Uhr, schüttelte den Kopf. Wieso hatte Anton nicht bis zur Fähre warten können, um auf Klo zu gehen?

Da fiel ihr mit Schrecken ein, dass sie das Allerwichtigste vergessen hatte: ihre Präsentation!

»Einen Moment, Schatz. Ich bin sofort wieder da.« Sie löste den Gurt, sprang aus dem Auto und lief zurück ins Haus, die Treppe hoch in ihr Arbeitszimmer. Sie schnappte sich die Unterlagen, Papiere, Laptop, Stick und verstaute alles in der Computertasche. Sie vergewisserte sich, dass sie nichts vergessen hatte, und lief dann nach unten.

Gerade ging die Toilettenspülung. Anton kam aus dem Gäste-WC, während er den Gürtel seiner Hose festzurrte. »Ich bin so weit.«

»Höchste Zeit. Die Fähre geht in zehn Minuten.«

Gemeinsam verließen sie das Haus.

Wo Andrea augenblicklich das Gefühl hatte, ihr Herz würde stehen bleiben.

»Hast du nicht vor der Tür geparkt?«, erkundigte sich Anton.

Ja, das hatte sie. Doch die Auffahrt lag jetzt verlassen vor ihr.

Der Volvo war weg. Und mit ihm Tomme.

45

»Ganz ruhig, Andrea«, sagte Hannes, »es hilft uns nicht weiter, wenn du jetzt durchdrehst.«

Aber Andrea konnte sich nicht beruhigen. Sie war so aufgewühlt, dass sie am Handy vor lauter Schluchzen kaum zu verstehen war. Krumme hatte Hannes gebeten, das Telefon mit angeschaltetem Lautsprecher auf den Tisch zu legen.

Krumme, Pat, Hannes und Timmermann sahen sich betroffen an, als Andrea versuchte, Tommes Entführung zu schildern. Auch Melina kam alarmiert hinzu. Timmermann wies sie mit leiser Stimme sofort an, eine Fahndung nach dem Volvo rauszugeben.

»Gut, Andrea, mach dir keine Sorgen, wir kümmern uns sofort um alles. Tomme wird nichts geschehen«, versuchte Hannes, seine verzweifelte Ex-Frau zu beruhigen, dabei sah Krumme, wie er selbst vor Angst zitterte. »Kannst du mir jetzt noch mal Anton geben?«

Nach einem Moment meldete sich der Kollege am Telefon. Während Hannes sich erst mal setzen musste, forderte Timmermann Anton auf, die Situation noch einmal aus seiner Sicht zu erklären. Neues konnte er leider nicht berichten. Ihm war nur deutlich anzuhören, dass er sich große Vorwürfe machte, dass er Tomme nicht die ganze Zeit im Auge hatte.

Timmermann forderte Anton auf, sich um Andrea zu kümmern und in der Nähe des Telefons zu bleiben. Dann beendete er das Gespräch.

»Was für eine Katastrophe«, stöhnte er und setzte sich neben Hannes. »Damit ist wohl klar. Unser Täter ist nicht im Watt umgekommen. Wie auch immer er das geschafft hat.«

Einen Moment lang schwiegen alle und dachten über die Konsequenzen dieser Aussage nach. Hannes vergrub sein Gesicht stöhnend in den Händen. Krumme blickte nachdenklich aus dem Fenster. Die Äste der Buchen vor der Wache bewegten sich im auffrischenden Wind. Der Himmel hatte sich inzwischen zugezogen. Die Wolken leuchteten sonderbar violett, wie er es noch nie gesehen hatte.

Er war sicher, dass ihnen ein ungemütlicher Abend und eine schlimme Nacht bevorstanden.

Pat meldete sich zu Wort. »Wäre es denkbar, dass es sich gar nicht um eine Entführung handelt? Was, wenn ein Autodieb die Gelegenheit genutzt hat, als er den offenen Wagen sah mit dem Schlüssel im Zündschloss?« Aber ihre Miene verriet, dass sie selbst nicht daran glaubte.

Timmermann konnte sich ein trauriges Lächeln nicht verkneifen. »Liebe Kollegin, das ist Amrum. Wenn wir mit *einem* Delikt hier keine Probleme haben, dann ist das Autodiebstahl. Wo sollte der Dieb mit seiner Beute wohl hinfahren? Hier werden keine Autos gestohlen. Ich selbst lasse bei meinem Privatwagen oft sogar den Schlüssel stecken. Wohin sollte ein Autodieb auch abhauen?«

Pat nickte und sah betreten zu Krumme.

Der kam ihr zur Hilfe. »Genau, aber das wird in diesem Fall auch ein Vorteil sein. Wir werden das Auto in Nullkommanix finden.«

Hannes war den Tränen nah, als er sprach. »Das Auto ja. Und Tomme? Was ist mit Tomme?«

Allgemeines Schweigen am Tisch. Niemand wollte Hannes diese Frage beantworten.

Timmermann legte seinem Kollegen die Hand auf die Schulter. »Nur Mut, Hannes, die Fahndung ist raus, wir kriegen den Kerl. Dem Lütten wird nichts passieren.«

Hannes ballte die Fäuste. »Verdammt, wie konnte Andrea nur so nachlässig sein!«

Timmermann sprach mit ruhiger Stimme auf ihn ein. »Mit Anschuldigungen kommen wir jetzt nicht weiter, Hannes. Wir müssen uns jetzt auf die Fahndung konzentrieren. Der Entführer kommt nicht weit. Alle Kollegen sind nach ihm auf der Suche.«

»Ach ja?« Hannes erhob sich abrupt. »Seit drei Tagen geht das so. Alle Kollegen sind im Einsatz. Eine deutschlandweite Fahndung läuft. Die Kripo ist auf der Insel. Und was hat es gebracht? Nichts. Stattdessen gelingt es diesem Schwein sogar, meinen Sohn zu entführen!«

Er wandte sich ab und verließ ohne ein weiteres Wort den Besprechungsraum.

Timmermann sah zu Krumme und Pat, zuckte mit den Schultern. »Ich sehe wohl besser mal nach ihm«, sagte er und eilte dem Kollegen hinterher.

46

»Und?«, fragte Denis.

Camilla schaute auf ihr Handy. »Nichts. Keine Antwort. Er hat meine Nachricht nicht einmal gelesen.«

Ungeduldig warf sie ihr Telefon auf den Tisch und setzte sich neben ihren Bruder aufs Sofa. Der trug wie immer ein weites Fußballtrikot und entsprechende Shorts. Doch ausnahmsweise hatte er keinen Controller in der Hand.

»Verdammt!«, schimpfte sie. »Was macht dieser Idiot schon wieder?«

Ihr Blick ging aus dem Fenster hinaus in den Garten. Gewitterwolken waren aufgezogen. Es war nicht einmal sieben Uhr, aber dunkel wie am späten Abend. Ab und zu blitzte es, doch Donner war nicht zu hören. Dafür ein lautes Rauschen in den Bäumen im Garten und das Ächzen des Gebälks im Dachstuhl. Noch immer war es schwül, im Haus stand die Hitze.

»Es wäre besser gewesen, du hättest Sascha mit nach Hause gebracht«, sagte sie zu ihrem Bruder.

»He, du hast gesagt, ich soll ihn nur beobachten und schauen, dass er keine Dummheiten macht. Und das hat er nicht. Er ist nur spazieren gegangen.«

»So viele Stunden? Warum kommt er nicht endlich zurück?«

Denis trank einen Schluck Flens, seufzte. »Mach dir um Sascha keine Sorgen. Bestimmt sitzt er bei dem Wetter in irgendeiner Kneipe und besäuft sich.«

»Blödsinn. Das hier ist Amrum, nicht Frankfurt. Hier kannst du dich nicht in einer Kneipe betrinken, ohne dass du auffällst. Und falls das passiert und sie ihn schnappen, ist nicht nur er am Arsch, sondern auch wir.«

Denis nickte, nippte wieder an seinem Bier.

»Er hat mir Angst gemacht, heute Morgen«, sagte er, nachdem sie eine Weile jeder für sich ihren Gedanken nachgehangen hatten.

Camilla nickte. »Er war völlig durchgeknallt.«

»So schlimm war es noch nie. Muss mit seinem Erlebnis im Watt zusammenhängen.« Denis wischte sich den Schweiß aus dem Nacken.

Camilla zuckte mit den Schultern. »Sascha war schon immer verrückt. Weißt du noch, dieser Typ in der Schule? Nach dem Fußballspiel? Sascha hätte ihn beinahe totgeschlagen, nur weil er dich gefault hatte.«

Denis sah sie von der Seite an. »Und weil der Kerl versucht hat, mit dir zu flirten.«

»Hör bloß auf!« Sie stöhnte. »Wenn's nach ihm geht, dürfte ich mit niemandem reden. Ich hasse ihn dafür.«

»Er mag dich eben«, sagte Denis und grinste.

Camilla verkniff sich eine Antwort. Ja, das wusste sie natürlich. Im Grunde mochte sie ihn ja auch. Aber nicht so, wie er sich das vielleicht wünschte.

Sie waren wie Geschwister aufgewachsen, waren, als sie kaum achtzehn waren, in Frankfurt und Mannheim durch die Clubs gezogen. Hatten gemeinsam zum ersten Mal Drogen genommen. Hatten sich gegenseitig geholfen, wann immer einer von ihnen Probleme hatte oder in Schwierigkeiten steckte. Den Mann, den sie erschossen hatte – den hatte Sascha verschwinden lassen. Ohne ihn wäre sie längst im Knast.

Und jetzt steckte Sascha in Schwierigkeiten. Und natürlich würden sie ihn nicht im Stich lassen.

Draußen erhellte wieder ein Blitz den Himmel. Das Licht im Haus flackerte.

In diesem Moment klingelte es an der Tür und ließ die Geschwister zusammenzucken.

Camilla sah Denis fragend an. Wer konnte das sein? Sascha hatte einen Schlüssel. Schon wieder die Polizei?

Erneutes Klingeln an der Tür.

Camilla sprang auf, war mit ein paar Schritten bei der Tür, holte tief Luft und öffnete.

Niemand zu sehen.

Sie sah die grauen Steinfliesen, die durch den Garten bis zur Hecke führten. Dahinter lag der Weg, der durch den Inselwald führte. Nichts rührte sich. Camilla lauschte, hörte das Rauschen der Bäume. Oder war es das ferne Dröhnen der Wellen auf dem Meer?

»Wer ist es denn?«, hörte sie Denis' Stimme aus dem Wohnzimmer. »Cam? Alles okay?«

Camilla trat einen Schritt vor die Tür, schaute nach rechts und links, aber da war niemand.

Verdammt, was war hier los? Ein Klingelstreich? Bestimmt nicht bei diesem Wetter. Und nicht bei einem so abgelegenen Haus. Camilla wünschte, sie hätte ihre Pistole mitgenommen.

»Camilla …«, hörte sie wieder ihren Bruder. Er klang seltsam verängstigt.

Und da begriff sie.

Sie rannte zurück ins Wohnzimmer – und erstarrte.

Denis saß immer noch auf dem Sofa. Doch jetzt stand hinter ihm ein Mann in schwarzer Jeans und schwarzem Hemd.

Und hielt eine Pistole mit Schalldämpfer an den Kopf ihres Bruders.

»Hallo, Camilla«, sagte er mit einem charmanten Lächeln. »Schön, dich endlich mal kennenzulernen.«

Sie spürte, wie sich ihre Nackenhaare aufstellten. Schweiß tropfte ihr von der Stirn, aber sie wusste, dass es keine gute Idee war, die Hand zu heben, um ihn sich abzuwischen.

»Willst du dich nicht zu uns setzen?« Er zeigte mit der Pistole auf den Platz neben Denis.

Langsam ging sie um den Tisch zum Sofa, während der Unbekannte sich von ihrem Bruder entfernte und in einem Bogen zu einem im Raum stehenden Stuhl bewegte. Dabei behielt er sie genau im Blick, lächelte mit aufreizendem Selbstbewusstsein. Ein gut aussehender Typ, ungefähr vierzig Jahre alt, athletische Statur. Braungebrannt, kantiges Kinn, gepflegte schwarze Haare, braune Augen und Dreitagebart. Doch sein attraktives Äußeres ließ keinen Zweifel daran, dass von ihm eine tödliche Gefahr ausging.

Camilla nahm auf dem Sofa Platz. Der Unbekannte drehte den Stuhl verkehrt herum, setzte sich rittlings darauf und stützte sich lässig auf der Lehne ab. Der Arm mit der Pistole hing achtlos nach unten, aber Camilla war sicher, dass ihr Gast, wenn nötig, blitzschnell und tödlich reagieren könnte.

»So«, sagte der Fremde, »und jetzt, wo wir so schön beisammensitzen, reden wir ein bisschen.«

»Unsere Namen scheinen Sie ja schon zu kennen«, sagte Camilla, ihre Nervosität überspielend. »Wollen Sie sich nicht auch vorstellen?«

»Das könnte ich. Aber ich glaube nicht, dass wir heute so gute Freunde werden, dass das angemessen wäre.« Er bewegte den Kopf von rechts nach links, um mit einem leisen Knacken eine Verspannung im Nacken zu lösen.

»War gar nicht so einfach, euch zu finden«, sagte er schließlich. »Ich hatte eine Adresse, aber leider war die ein bisschen unpräzise. Ich musste praktisch jedes Haus in diesem Wald abklappern, bis ich euer kleines Versteck gefunden habe. Und nachdem ich beim letzten Mal zu einer falschen Adresse geschickt wurde, wollte ich dieses Mal ganz sicher sein.«

»Das auf Norderney, das … waren Sie?«, stotterte Denis mit vor Angst bebender Stimme.

»Erwischt.« Der Mann grinste. »Nicht eine meiner besten Arbeiten. Aber was soll ich machen, wenn ich die falschen Informationen bekomme.«

»Wer hat uns verraten?«, fragte Camilla.

Der Unbekannte räusperte sich. »Ihr selbst. Habt ihr

wirklich geglaubt, dass niemand mitbekommt, was ihr auf dieser netten, kleinen Insel treibt?«

»Es ist nicht so, wie Sie denken«, sagte Camilla.

»Das ist es nie. Unterm Strich seid ihr nicht nur verantwortlich für Kamirs Tod, sondern auch für den der drei Kinder in Frankfurt.«

Camilla schluckte trocken. Sie wagte einen letzten Versuch. »Was, wenn ich Ihnen sagen, dass wir beide weder für die Sache in Frankfurt noch für den Mord hier verantwortlich sind?« Sie spürte Denis' überraschten Blick, wusste, dass Sascha sie töten würde, wenn er von ihrem Verrat erfuhr. Aber spielte das noch eine Rolle?

»Verstehe, meine Kleine«, erwiderte der Unbekannte mit einem spöttischen Lächeln, »du versuchst, den Kopf aus der Schlinge zu ziehen. Aber dazu ist es etwas spät. Ich würde also vorschlagen …«

»Aber sie hat recht«, unterbrach Denis ihn aufgeregt, »wir haben nichts damit zu tun, wir …«

Nur ein leises Ploppen war zu hören.

Die Kugel traf Denis in den Oberschenkel.

Der schien nicht gleich zu begreifen. Er sah die Wunde, sah, wie dunkelrotes Blut zu fließen begann. Sein Mund ging auf und zu wie bei einem Fisch auf dem Trockenen.

»Denis!«, schrie Camilla auf und drückte verzweifelt ihre Hand auf die Wunde. Sie funkelte den Unbekannten an. »Warum haben Sie das getan? Sie Bastard!«

Doch der Mann blieb völlig ruhig.

»Sei still!«, sagte er mit eisiger Stimme. Er stand auf

und ging langsam zur Küchenzeile, ohne die Waffe auch nur für eine Sekunde von ihnen abzuwenden. Er nahm einen Lappen von der Spüle und warf ihn Camilla zu. »Drück das auf die Wunde. Daran wird er schon nicht sterben. Glaube ich«, ergänzte er grinsend.

Camilla presste den Lappen auf Denis' blutenden Oberschenkel. Das bleiche, zu Tode erschrockene Gesicht ihres Bruders zu sehen, zerriss ihr das Herz.

Die Pistole, dachte sie. *Ich muss an die Pistole kommen, irgendwie. Sonst sind wir beide erledigt.*

»Warum knallen Sie uns nicht einfach ab?«, rief sie, um Zeit zu gewinnen. »Deshalb sind Sie doch hier, oder nicht?«

Der Fremde sah auf sie herab, schüttelte den Kopf, als wäre er der Vater und sie seine kleine dumme Tochter, der man alles dreimal erklären musste. »Camilla, ich glaube, es wird Zeit, dass wir uns über ein paar Regeln verständigen. Erstens – ich mag es nicht, unterbrochen zu werden. Zweitens – ich hasse Lügen. Drittens – ab jetzt stelle ich hier die Fragen. Und deshalb ...«

»Aber wieso wollen Sie nicht...«, unterbrach ihn Camilla.

Wieder das Ploppen. Nur wenige Zentimeter neben ihr hatte eine Kugel ein Kissen zerfetzt. Camilla zuckte erschrocken zur Seite, starrte mit weit aufgerissenen Augen den Mann an.

Der nickte ihr zu. »Letzte Warnung.«

Sie schwieg. Spürte, wie Denis' warmes Blut ihr durch die Finger rann, und verstärkte den Druck.

Der Mann setzte sich wieder rittlings auf den Stuhl.

»So, und jetzt kommen wir zur alles entscheidenden Frage. Wo ist Sascha?«

Camillas Gedanken rasten. »Wir ... wir haben keine Ahnung«, antwortete sie.

Er stöhnte genervt, zielte mit der Pistole auf ihren Kopf. »Was hatte ich über Lügen gesagt?«

»Das ist die Wahrheit! Sascha ist heute Mittag abgehauen, er war wütend, völlig bekifft. Wir wissen nicht, wo er steckt.«

»Er war wütend?«

»Ja, weil ...« Camilla blickte zu Denis. Er nickte schwach. »Weil ... er wollte den Zeugen finden, der ihn identifizieren kann.«

»Den kleinen Jungen?«

Cam riss erstaunt die Augen auf. Woher wusste er davon?

Der Mann zeigte auf das Handy, das auf dem Esstisch lag. »Wie wär's, wenn wir ihn anrufen?«

»Das haben wir die ganze Zeit probiert. Aber er geht nicht ran.«

Er wedelte mit seiner Pistole. »Los, hol es her.«

Camilla sah fragend zu Denis. Der nickte wieder und presste mit schmerzverzerrter Miene seine Hände auf die Wunde. Camilla stand auf, holte das Telefon vom Esstisch, legte es vor den Mann auf den Sofatisch und setzte sich wieder zu ihrem Bruder aufs Sofa.

Dieses Mal auf die andere Seite.

Denis stöhnte vor Schmerzen auf. Camilla nahm schnell den Lappen, faltete ihn neu, presste ihn dann wieder auf den Oberschenkel.

Denis schien kurz vor einer Ohnmacht. Sein Gesicht war aschfahl.

Der Mann hatte aufmerksam jede ihrer Bewegungen beobachtet. Jetzt zeigte er mit der Pistole auf ihr Handy. »Los, freischalten.«

Doch bevor Camilla dazu kam, den Code einzugeben, ging der Klingelton los. Camilla zuckte vor Schreck zusammen. Sie wusste sofort, wer der Anrufer war, als die Melodie von der *Exorzist* im Raum erklang.

Der Unbekannte beugte sich vor, blickte auf das Display, sah, dass es Sascha war.

Er grinste. »Guter Klingelton. Du hast Humor. Ich mag das.« Er schob das Handy mit seiner Pistole zu ihr. »Los, rangehen. Aber mit Lautsprecher.«

Camilla tat, was er verlangte. Sein Kopfnicken zeigte ihr, dass sie sprechen sollte.

»Sascha?«, fragte sie mit belegter Stimme.

»Hallo, Cam!« Der Empfang war schlecht. Es knackte und rauschte in der Leitung. Vielleicht lag es am Gewitter. »Ich habe ihn.«

»Wen?«

»Den kleinen Scheißer natürlich!«

Ihr blieb vor Schreck die Luft weg. »Wirklich? Aber wie …?«

»Da staunst du, was? Hab Glück gehabt. Ich wusste doch, dass ich ihn früher oder später finde.« Er hörte sich betrunken an. Oder hatte er wieder gekifft?

»Sascha?«, rief sie in das Knistern.

»Was?«

»Was hast du jetzt vor?«

»Was wohl. Ich mach die kleine Ratte kalt. Dann sind wir endlich frei.«

»Aber das ist verrückt!«

»Was heißt hier verrückt? Verrückt ist, noch länger auf dieser Scheißinsel festzusitzen.«

»Mein Gott, das kannst du nicht machen. Das ist ein Kind. Die werden dich jagen, bis …«

»Halt die Klappe«, unterbrach er sie wütend. »Ich weiß, was ich tue!«

Camilla schwirrte der Kopf. Sie schaute zu ihrem unheimlichen Gast, der ihrem Gespräch aufmerksam gefolgt war. Jetzt formte er mit den Lippen ein Wort: *Wo*.

Sie holte tief Luft. »Wo steckst du, Sascha?«, fragte sie.

Und schob, als sie merkte, dass der Mann wieder zum Handy schaute, ihre linke Hand langsam, ganz langsam hinter den auf dem Sofa liegenden Denis.

»Warum willst du das wissen?«, erwiderte Sascha.

Camilla stöhnte. Wieso war Sascha ausgerechnet jetzt so schlecht zu verstehen? Und wieso war Denis so verdammt schwer? So sehr sie sich auch mühte, sie schaffte es nicht, an die Pistole unter dem Kissen zu gelangen, ohne dass der Fremde misstrauisch wurde.

»Nun sag schon!«, ächzte sie, während wieder ein Blitz am Himmel zuckte. Jetzt war auch ein grollender Donner zu hören war. Doch Sascha schwieg.

»Mein Gott, Sascha. Wir machen uns einfach Sorgen. Sind denn nicht schon genug schlimme Sachen passiert?«

47

Anton stieß die Tür zum Besprechungszimmer auf. »Wir haben den Wagen gefunden.«

Timmermann, der ruhelos auf und ab gewandert war, fuhr zu ihm herum. »Wo?«

»Oben in Norddorf.«

»Und der Junge?«

Anton schüttelte den Kopf. »Nein, keine Spur.«

»Egal«, sagte Timmermann. »Wir fahren sofort hin. Wollen Sie mit?«, fragte er an Krumme und Pat gewandt.

Krumme erhob sich und machte Anstalten zu gehen, als er bemerkte, dass Pat sitzen geblieben war und weiterhin auf ihr Notebook starrte.

»Kommst du nicht?«, fragte Krumme.

Sie sah auf, dann erneut auf den Bildschirm. »Was hältst du davon, wenn wir noch mal woanders hinfahren?« Sie strich sich die verschwitzten Haare zurück. »Ich habe da vielleicht noch eine andere Spur als den leeren Wagen.«

Krumme sah sie überrascht an. Aber in ihren gemeinsamen Jahren hatte er gelernt, seiner jungen Kollegin zu vertrauen, wenn sie einen Verdacht hatte. Er blickte zu Timmermann und Anton. »Wäre es möglich, dass wir einen Dienstwagen bekommen?«

Timmermann schüttelte den Kopf. »Die Dienstwagen sind alle besetzt.«

»Sie können meinen Wagen haben«, half Anton. »Der Renault, der vor der Tür steht. Schlüssel steckt.«

Timmermann sah zweifelnd zu Pat, zuckte dann mit den Schultern. »Also schön, wir müssen alles versuchen. Hauptsache wir finden den Jungen. Melden Sie sich sofort, falls Sie irgendwas herausfinden.«

Draußen war es dunkel wie in der tiefsten Nacht. Als Krumme und Pat in Antons kleinen Renault stiegen, schien es, als würden die Wolken direkt über den Baumkronen kleben. Krumme hörte den ächzenden Wind in den Ästen und schüttelte den Kopf. Jederzeit konnte es zu einem Wolkenbruch kommen.

»Also«, sagte er zu Pat, als er sich auf den Beifahrerplatz des Kleinwagens setzte, »wo fahren wir hin?«

Pat antwortete nicht gleich. »Hoffentlich habe ich recht«, sagte sie nur versonnen. Dann startete sie den Motor und fuhr los.

Als sie auf der Hauptstraße waren, hielt es Krumme nicht länger aus: »Nun sag schon, was hast du herausgefunden?«

Pat holte tief Luft. »Also. Die ganze Zeit sind wir von Tür zur Tür gegangen und haben nach dem Mörder gesucht. Das Problem ist, dass wir schwer nachprüfen können, ob die jeweiligen Angaben stimmen. Wohnen wirklich die Personen in den Ferienhäusern oder Apartments, die die Leute bei unseren Besuchen angegeben haben?«

»Und?«

»Na ja. Ich habe vorhin bei einem Pizzaservice angerufen.«

Krumme sah sie fragend an.

»Ja. Musste sie ein bisschen überreden. Aber die haben mir verraten, wie viele Pizzen an die verschiedenen Adressen ausgeliefert wurden.«

»Und das hast du für alle Adressen auf der Insel kontrolliert?«

Sie schüttelte den Kopf. »Nein, wenn ich ehrlich bin, ging es mir vor allem um eine Adresse. Dieses Ferienhaus im Inselwald, wo wir jetzt hinfahren. Als ich mit Melina gestern Abend da war, habe ich einen großen Stapel Pizzakartons in der Küche gesehen. Die Bewohner, zwei Geschwister, haben behauptet, dass nur sie beide in dem Haus wohnen würden. Aber wie sich jetzt herausstellte, haben sie in den letzten Wochen immer drei Pizzen bestellt. Insgesamt schon fast zwanzigmal.«

»Du glaubst, dass es noch einen dritten Bewohner gibt?«

Sie zuckte mit den Schultern. »Ja. Vielleicht hätte mich das nicht so beschäftigt, wenn ich Dörte, die junge Frau aus dem Haus, nicht ein paarmal getroffen hätte.«

»Sie hat dich auf dem Campingplatz angesprochen.«

Pat nickte. »Und sich dann dem flüchtigen Automechaniker vor der Werkstatt in den Weg geworfen.«

»Was durchaus ein Akt von Zivilcourage war.«

»Aber nicht, wenn sie genau wusste, dass er überhaupt nicht der Mörder war.«

»Weil der bei ihr im Haus saß und gemeinsam mit ihr und ihrem Bruder regelmäßig Pizza gegessen hat?«

Pat nickte. »Sie schien sehr nett zu sein. Aber wenn ich ehrlich bin, hat sie mich ziemlich gezielt ausgefragt, aber das ist mir erst später aufgefallen. Wollte alles über den Fall und unseren aktuellen Ermittlungsstand wissen.«

»Aber du hast dir nichts anmerken lassen.«

»Natürlich nicht. Aber …« Sie überlegte, seufzte. »In Kombination mit der Pizzageschichte kommt mir das alles doch ein bisschen seltsam vor.«

Krumme strich sich mit der Hand über den verschwitzten Nacken. »Wir schauen mal.«

Auf Amrum waren die Wege kurz. Die Fahrt dauerte keine zehn Minuten. Das Ferienhaus, das Pat suchte, war von dem sandigen Weg aus, auf dem für gewöhnlich Fahrradfahrer quer über die Insel fuhren, nicht zu sehen. Eine hohe Hecke und mehrere Rhododendronbüsche schirmten es fast vollständig ab. Nur eine schmale Auffahrt am Rand des Grundstücks gab den Blick frei auf einen modernen Bungalow.

Pat parkte den Wagen am Straßenrand. Der Garten, den sie betraten, war ungepflegt, der Swimmingpool voller Algen.

Wer hier wohnte, dachte Krumme, wollte vor allem seine Ruhe haben. Und nicht gesehen werden.

Die Stille, die über der ganzen Insel lag, war unheimlich. Die Ruhe vor dem Sturm. Nur die Äste der Bäume knirschten im Wind. Auch das Haus lag völlig still vor ihnen da. Man hätte es für unbewohnt halten können, wäre im Innern nicht gedämpftes Licht zu sehen gewesen.

Pat machte Krumme ein Zeichen und zog ihre Waffe. Krumme seufzte und fummelte ebenfalls an seinem Holster, hatte aber so verschwitzte Hände, dass ihm die Waffe fast auf den Boden gefallen wäre. Er hatte sie schon seit Ewigkeiten nicht benutzt. Doch jetzt suchten sie einen Mörder, der ein kleines Kind entführt hatte.

Gemeinsam gingen sie zur Tür. Krumme klingelte.

Nichts passierte.

Sie klingelten erneut. Doch nichts rührte sich.

»Ich gehe zur Terrasse«, flüsterte sie.

Krumme nickte.

Er klingelte wieder.

Lauschte.

Nichts zu hören.

Dann vernahm er schwere Schritte auf der anderen Seite. Jemand kam auf die Tür zu. Krumme umfasste mit beiden Händen seine Waffe, bereit, sofort in Angriffshaltung zu gehen …

Da ging die Tür auf und Pat stand vor ihm, sah ihn mit geschockter Miene an.

»Komm rein, schnell!«

»Was ist los?«

»Sieh selbst«, sagte Pat und ging voran.

Im heruntergedimmten Licht des Wohnzimmers bot sich ihnen ein schauriges Bild. Ein kräftig gebauter junger Mann lehnte schief auf dem Sofa. Sein Schoß war blutüberströmt. Und auf seiner Stirn, über den beiden erstaunt dreinblickenden Augen, klaffte ein rotes Loch.

Zu seinen Füßen ein zweiter Körper. Die junge Frau, von der Pat gesprochen hatte. Die, die sich gestern dem Verdächtigen in den Weg gestellt hatte.

Jetzt lag sie mit dem Gesicht nach unten in ihrem eigenen Blut.

»Sonst ist niemand im Haus.« Pat wischte sich den Schweiß von der Stirn, wirkte angeschlagen.

Krumme hatte auf einmal einen staubtrockenen Hals, schwankte. Zwei Tote. Was zum Teufel war hier geschehen? Und was bedeutete das für den kleinen Tomme?

Er ging in die Hocke, fasste der Frau an den Hals, um einen eventuellen Puls zu fühlen. Reine Routine. Niemand, der so viel Blut verloren hatte, konnte das überleben.

Und doch vernahm er ein Stöhnen.

Die junge Frau war nicht tot!

Vorsichtig stützte er ihren Kopf, drehte sie langsam auf die Seite. Bauchschuss, erkannte er.

Ihre Augenlider flimmerten.

Pat griff sofort nach ihrem Handy. Wieder das Knistern und Rauschen in der Leitung. Pat musste mehrmals laut wiederholen, dass sie sofort einen Krankenwagen brauchten, bis sie von Melina in der Zentrale verstanden wurde.

Krumme hielt derweil Blickkontakt mit der jungen Frau. »Durchhalten, Hilfe ist unterwegs!«, sagte er und drückte ihr dabei ein Kissen auf ihre Wunde.

Pat ging neben ihnen in die Hocke.

»Dörte? Kannst du mich verstehen?«

Die Frau lächelte erschöpft, wollte etwas erwidern, hustete aber nur Blut.

»Dörte, alles wird gut, gleich kommt ein Krankenwagen. Aber wir brauchen unbedingt deine Hilfe.«

Wieder hustete die junge Frau in Krummes Arm. »Der Junge…«, flüsterte sie. »Er … du musst …« Wieder versagte ihre Stimme. Ihr Gesicht war kreidebleich.

Krumme wechselte einen besorgten Blick mit Pat.

»Tomme!«, rief seine junge Kollegin. »Dörte, kannst du uns sagen, wo er ist?«

Sie nickte. Wieder holte sie Luft, ihr Atem rasselte, als sie sprechen wollte.

»Beim Schiff.«

»Beim Schiff? Was für ein Schiff?«

Es kostete die junge Frau schier übermenschliche Kraft, als sie hervorstieß: »Piratenschiff.«

48

Sascha schaute hoch zu den tief über der Insel hängenden pechschwarzen Wolken, die immer wieder von Blitzen zerrissen wurden. Dazu der Sturm. Sobald er den Kopf ein bisschen hob, peitschte der Wind, der in heftigen Böen über die Dünen fegte, ihm den Sand ins Gesicht. Zum Glück hatten sie diese tiefe Mulde in den Dünen gefunden.

Eigentlich war es ja eine Idee von dem Jungen gewesen. Ohne viel Worte war der Kleine hierher geflüchtet, als plötzlich der Wind aufgekommen war. Das Piratenschiff nannte er es. Dabei war es nur ein jämmerliches kleines Holzwrack mitten in den Dünen.

Er sah zu dem Kind, das neben ihm mit angezogenen Knien vor dem Boot kauerte und ihn ängstlich anstarrte.

Kaum zu glauben, dass sie hier zusammensaßen.

Der Junge war ihm praktisch auf dem Silberteller präsentiert worden! Sascha hatte die Mutter vom Buchladen bis zu ihrem Haus am Ortsrand verfolgt und dann dort hinter ein paar Büschen gewartet. Er hatte nicht erwartet, dass der Junge unbewacht das Haus verließ. Auch am Hafen war immer ein Bulle an seiner Seite gewesen. Doch dann hatte er auf einmal festgeschnallt auf dem Rücksitz eines Autos gesessen. Allein. Und der Schlüssel steckte im Zündschloss!

Eine bessere Chance hätte das Schicksal ihm nicht bieten können. Also hatte er das Kind eben entführt.

Zum Glück hatte der Kleine nicht geschrien oder um Hilfe gerufen, als er sich hinter das Steuer gesetzt hatte und losgefahren war. Stattdessen hatte er sich erschrocken an seinen Rucksack geklammert und hatte ihn angestarrt, als wäre er der Teufel persönlich. Und vielleicht war er das ja sogar. Wenn Sascha in seine vor Angst aufgerissenen Augen blickte, hatte er das Gefühl, als hätte er grenzenlose Macht und wäre unbesiegbar.

Instinktiv war er erst einmal Richtung Norden gefahren, so weit weg wie möglich von Wittdün. Natürlich war ihm klar, dass die Bullen den Wagen sofort suchen würden und er ihn unbedingt loswerden musste. Er hatte sich an einen Steg erinnert, der von dem Dorf im Norden hinaus in die Dünen führte. Für das, was er vorhatte, der beste Ort.

Aber was genau hatte er vor?

Bring ihn um, sofort!, rief ihm eine innere Stimme zu. Und exakt das war sein Plan gewesen. Den ganzen Tag lang hatte er an nichts anderes denken können, als dem verdammten Zwerg die Kehle durchzuschneiden. Diesem unheimlichen Kind, das ihn in den Priel gelockt hatte. Das schuld daran war, dass er in dem eisigen Wasser fast ertrunken wäre. Dass sein Kopf immer noch dröhnte wie nach einem zwölfstündigen Trip in einem Hardstyle-Club. *Bring ihn um!* Er hatte es kaum erwarten können.

Aber dann war da noch diese andere Stimme. Cams Stimme. *Tu es nicht. Sieh ihn dir an! Er ist doch nur ein kleines Kind! Das nur zufällig mitangesehen hat, was auf der Toilette passiert ist.*

Jetzt, neben ihm in der Mulde der Düne, sah der Kleine wirklich nur wie ein ganz gewöhnliches Kind aus. Sascha konnte sich an ein Foto erinnern, von sich selbst am bulgarischen Goldstrand, auf dem er vor vielen Jahren fast genauso ausgesehen hatte.

Nur ein kleines schwaches Kind.

Er hätte schwören können, dass dieser Junge mit im Watt gewesen war. Aber als er ihn jetzt so sah, musste er Cam recht geben. Wie zum Teufel hätte so ein Zwerg allein auf den schlammigen Grund des Meeres kommen sollen?

Alles nur Einbildung? Es gab keine andere Erklärung.

Aber was sagte das über seinen Geisteszustand aus?

Sascha schloss die Augen, seufzte, versuchte, seine widerstrebenden Gefühle zu sortieren.

Bring ihn um!, beharrte die Stimme. *Er ist schuld, dass du verrückt wirst!*

Mach keinen Scheiß!, rief die besorgte Cam. *Tu ihm nichts! Sonst wird alles nur noch schlimmer!*

Töte ihn, dann bist du frei, sofort!

Du kommst in die Hölle, wenn ihm was passiert!

Er stöhnte laut auf. Rieb sich mit beiden Händen übers Gesicht, um wieder einen klaren Gedanken fassen zu können. Aber er verstärkte dadurch seine Kopfschmerzen nur noch mehr.

»Bist du krank?«, hörte er auf einmal die leise Stimme des Jungen.

Er stutzte, blickte zu dem Kleinen, der ängstlich zu ihm aufschaute.

»Glotz nicht so blöd«, fuhr er ihn an.

Der Junge fing stumm an zu weinen. Dicke Tränen liefen über sein Gesicht.

Sascha wandte sich entnervt ab. Wenn er etwas in seinem Leben auf den Frankfurter Straßen gelernt hatte, dann dass man kein Mitleid haben durfte. Man durfte keine Schwäche zeigen, sonst war man erledigt.

Aber verdammt – er hatte noch nie ein Kind umgebracht! Ja, auf der Schule hatte er sich oft geschlagen, hatte seine Gegner manchmal krankenhausreif geprügelt. Aber das konnte man nicht vergleichen.

Aus den Augenwinkeln schaute er wieder zu dem Kleinen.

Es wäre einfacher, wenn er seine Pistole mitgenommen hätte. Einmal abdrücken und die Sache wäre erledigt.

Aber jemanden mit einem Messer zu töten, war etwas ganz anderes.

Kamir, Nehrats Sohn, hatte er mit einem Messer abgestochen. Aber das war ein verdammtes, eingebildetes Arschloch gewesen. Kamir hatten ihn beleidigt. Sascha hatte es genossen, ihn zu töten. Ihm war fast einer abgegangen, als er ihm das Messer in den Hals gerammt hatte.

Aber dieser kleine Junge war vielleicht wirklich nur ein kleiner Junge.

Bring ihn um, sofort! Was stimmt nicht mit dir?

Er musste eine Entscheidung fällen. Aber das wollte er nicht allein tun. Deshalb hatte er Cam angerufen. Auch wenn er sich vor ihr supercool gegeben hatte, war er doch ein verdammtes Weichei.

Deshalb hatte er ihr sogar verraten, wo sie jetzt waren. Vielleicht hatte Cam ja eine Idee, wie sie das Problem anders lösen konnten. Denn Cam war die schlaueste Frau, die er kannte.

Vorhin am Telefon hatte er sie kaum verstehen können. Schlechte Verbindung. Ihr Gespräch war mitten im Satz abgebrochen. Aber sie hatte versprochen, zu ihm zu kommen.

Cam würde eine Lösung finden. Vielleicht hatte sie ja eine Idee, was sie mit dem Jungen anstellen sollten. Oder sie hatte keine. Dann musste sie zugeben, dass es keinen anderen Weg gab, als den Kleinen verschwinden zu lassen. Dann musste sie ihm ihren Segen geben und er konnte in Frieden tun, was nun mal zu tun war.

Das war sein Plan. Die Entscheidung Cam zu überlassen.

Wieder blitzte es am schwarzen Himmel. Der Junge zuckte vor Schreck zusammen. Sascha sah ihn an.

»Was hast du in deinem Rucksack?«, fragte er ihn mürrisch. »Was zu essen?«

Der Junge antwortete nicht, stattdessen klammerte er sich umso fester an seine Tasche.

Sascha riss ihm den Rucksack aus den Händen und öffnete ihn. Zu seiner Überraschung war nur ein Buch darin – vermutlich das, das ihm seine Mutter in diesem Laden gekauft hatte.

Sascha holte es heraus und schaute es sich an.

Seine Eltern hatten ihm nie Bücher geschenkt, und er kapierte nicht, wozu sie gut sein sollten. Ausgedachte Geschichten! So ein Quatsch.

Als er wieder aufsah, war der Kleine näher gerückt und sah neugierig ins Buch. Sascha hielt es abrupt von ihm weg. Er lachte grimmig. »He, cool bleiben.«

»Das ist meins.«

»Ja, ja, ist ja gut«, brummte er. Dann sah er den Kleinen an. »Kannst du überhaupt schon lesen?«

Der Kleine nickte tapfer.

Sascha überlegte. »Hier, kannste haben.«

Der Junge nahm das Buch und schlug es sofort auf, schien lesen zu wollen, doch dann sah er wieder auf.

»Zu dunkel«, sagte er mit schwacher Stimme.

Sascha stöhnte. Dann gab er dem Jungen eine kleine Taschenlampe, die er im Auto gefunden hatte.

»Aber nur auf das Buch halten, sonst gibt's Ärger, kapiert?«

Der Junge nickte mit verstörter Miene, rührte sich nicht, starrte ihn nur ungläubig an.

»Nun lies schon, verdammt, bevor ich es mir anders überlege!«

Der Junge senkte den Kopf, knipste die Taschenlampe an und begann tatsächlich zu lesen.

Sascha schaute zu ihm herunter. *Na bitte*, dachte er und lächelte, zufrieden über seine Großherzigkeit. Er war gar nicht so ein Monster.

Das wird Cam gefallen, dachte er und fragte sich, wo sie so lange blieb.

49

Doktor Horn, der Notarzt aus Norddorf, schüttelte den Kopf. »Was ist nur aus Amrum geworden?«, klagte er, während zwei Sanitäter die schwer verletzte junge Frau auf der Rolltrage zum Rettungswagen brachten. »Erst der Mord am Strand, und jetzt so etwas!«

»Ein Albtraum«, gab Krumme ihm recht.

»Und wenn ich richtig verstanden habe, kann es noch schlimmer werden.«

Krumme blickte zu dem jungen Mann mit dem Loch im Kopf und wusste nicht, wie er die Befürchtungen des Arztes zerstreuen sollte.

»Wird die Frau überleben?«, fragte Pat.

Horn zuckte mit den Schultern. »Ich weiß es nicht. Sie hat viel Blut verloren. Allerdings muss ich zugeben, dass mir auch die Erfahrung mit so schweren Verletzungen fehlt. Zum Glück.«

Krumme nickte und zog Pat zur Seite, während Horn und seine Kollegen ihre Arbeit machten.

»Wir müssen Timmermann anrufen.«

»Was hat sie gesagt?«, fragte der, als sie ihm den aktuellen Stand durchgegeben hatten. »Wo steckt der Junge?«

»Er soll bei einem Piratenschiff sein«, sagte Krumme.

»Welches?«, erwiderte Timmermann nach kurzem Nachdenken.

»Gibt es mehrere?«, fragte Krumme.

»Mir fallen zwei ein. Eins auf dem Spielplatz in Wittdün und eins auf dem Spielplatz am Norddorfer Strand. Hat sie noch mehr gesagt?«

»Leider nein.«

»Na schön. Wir sind sowieso schon hier in Norddorf, und ich schicke noch einen Wagen nach Wittdün. Beten wir zu Gott, dass wir nicht zu spät kommen.«

Krumme sagte, dass er und Pat sich den Kollegen in Wittdün anschließen würden, und beendete das Gespräch.

Also sprangen sie wieder in Antons Renault.

»Einen Moment«, sagte Krumme, als Pat den Wagen starten wollte.

»Was ist?«

Krumme kratzte sich am Kopf. Er spürte wieder dieses Prickeln auf dem Kopf und im Nacken, wusste aber nicht, ob es von dem seltsamen Wetter kam, oder weil er gerade eine wichtige Idee hatte. »Ich glaube, die Kollegen in Norddorf und Wittdün kommen auch ohne uns klar.«

»Ich verstehe nicht, was du meinst?«

»Eventuell gibt es eine dritte Stelle, wo wir nach Tomme suchen sollten. Tomme hat mir neulich noch von einem ganz anderen Piratenschiff erzählt.«

Pat sah ihn erstaunt an. »Das sagst du jetzt?« Sie startete den Motor. »Sag mir, wo ich hinfahren soll.«

50

Pierre stapfte durch die Dünen, über sich die wütenden Wolken, und stemmte sich gegen den Sturm, der ihm den Sand ins Gesicht fegte.

Der Auftrag entwickelte sich langsam, aber sicher zu einem ziemlichen Ärgernis. Schon wieder hatte er eine falsche Adresse bekommen. Den halben Tag war er im Inselwald herumgelaufen, um endlich das richtige Haus zu finden. Und dann war die eigentliche Zielperson nicht einmal zu Hause. Besonders ärgerlich war, dass die schwarzhaarige Kleine es doch tatsächlich geschafft hatte, ihn zu übertölpeln. Verdammt, wurde er langsam zu alt für diesen Job? Er hatte sich auf das Gerede von diesem Sascha am Handy konzentriert und für einen kurzen Moment die Kleine aus den Augen gelassen. Plötzlich hatte sie eine Waffe in der Hand gehabt und auf ihn geschossen. Und sogar getroffen.

Okay, nur ein Streifschuss. Daran würde er nicht sterben. Trotz seiner Verletzung hatte er es geschafft, ihr die Waffe zu entreißen. Dabei hatte sich ein weiterer Schuss gelöst. Die Schwarzhaarige hatte ihn groß angeguckt und war dann auf den Boden gesackt.

Jetzt fehlte nur Sascha. Er konnte es kaum erwarten,

sein Gesicht zu sehen, wenn statt seiner Freundin er, Pierre, vor ihm stehen würde.

Aber wo steckte der Kerl?

Pierre war nicht klar gewesen, wie weitläufig sich Amrums Dünenlandschaft hinter dem Strand erstreckte. Und besonders präzise hatte die Zielperson seinen Standort leider nicht angegeben. Aber hier musste es irgendwo sein.

Er blieb stehen, stöhnte, die Wunde in seinem Oberschenkel pochte wie verrückt, obwohl er sie im Haus noch verbunden hatte.

Er schaute sich um. Was für ein sonderbarer Abend. Schwarze Wolken jagten am Himmel dahin, so tief, dass sie am Horizont fast die Spitze des einsam blinkenden Amrumer Leuchtturms berührten. Eine Dunkelheit, die alle Farben aufsaugte, dabei war es doch noch gar nicht so spät. Immer wieder erhellten Blitze die Finsternis. Und dann hatte er auf einmal das Gefühl, alle Geräusche nur gedämpft wie unter einer großen Glocke wahrnehmen zu können. Als hätte er nach dem Baden noch Wasser in den Ohren.

Doch was war das?

Er hatte im Augenwinkel ein Licht gesehen. Keinen Blitz. Nur leichtes Schimmern hinter einer Düne.

Er lächelte. Na bitte, er war endlich am Ziel.

Langsam ging er auf den Dünenkamm zu. Geduckt, um nicht gesehen zu werden.

Als er dann in die Mulde sah, traute er seinen Augen kaum.

Halb im Sand begraben, war das Wrack eines alten

Holzbootes zu sehen. Davor saß ein junger Mann mit einer Fischermütze auf dem Kopf. Und daneben ein Kind, das mit einer Taschenlampe in einem Buch las.

»Hallo, ihr beiden«, rief Pierre und trat zu ihnen in die Mulde. »Ich hoffe, ich störe nicht.«

Der junge Mann sprang auf, erstarrte aber, als Pierre seine Pistole mit Schalldämpfer hinter dem Rücken hervorholte.

»Ganz ruhig.«

»Was soll das? Wer sind Sie?«

Er lächelte. »Nimm die Mütze ab und ich sage es dir.«

»Die Mütze? Warum …?«

Er wedelte mit der Pistole. »Los, mach schon. Runter damit.«

Sein neuer Freund zögerte immer noch, blickte irgendwie hilfesuchend zu dem im Sand sitzenden Kind, das ihr Gespräch mit großen Augen beobachtete.

Dann nahm er seine Mütze ab.

An der rechten Schläfe erkannte Pierre eine heftige, noch frische Schürfwunde, der Teufel wusste woher. Überhaupt sah er mitgenommen aus. Aufgequollenes Gesicht. Tiefe Schatten unter den Augen.

Und auf der rechten Stirnseite, direkt am Haaransatz entdeckte Pierre die Narbe.

Er grinste. »Hallo, Sascha, schön dich kennenzulernen. Mein Name ist Pierre.« Warum nicht die Wahrheit sagen? In ein paar Minuten war die Sache sowieso erledigt.

»Sorry. Aber nach einigen Missverständnissen in der

Vergangenheit wollte ich dieses Mal absolut sichergehen.«

Sascha sah ihn fassungslos an, zitterte. Wahrscheinlich wusste er von der Sache in Norderney. Und konnte sich denken, was jetzt auf ihn zukam.

»Wie haben Sie uns gefunden?«, flüsterte er.

Pierre seufzte, wartete ab, bis das Donnergrollen nach einem weiteren Blitz verklungen war, bevor er antwortete.

»Ich habe es schon deinen Freunden erklärt. Schlimm genug, was ihr in Frankfurt getan habt. Aber ihr könnt euch nicht überall wie die Vandalen benehmen. Armen Touristen den Hals durchschneiden und denken, es hätte keine Konsequenzen für euch.«

Sascha wankte, als hätte er einen Tiefschlag eingefangen. »Sie … Sie waren bei Camilla und Denis?«

Pierre nickte. Saschas Blick verriet, dass er verstand. Auf einmal funkelte blanker Hass in seinen Augen.

»Dafür wird Sie mein Vater killen«, zischte er.

Pierre schüttelte langsam den Kopf. »Das glaube ich nicht.«

»Er wird Sie finden. Und wenn Sie sich im letzten Loch auf der Erde verstecken. Er wird Sie finden und Ihnen die Haut abziehen.«

»Ach Sascha …« Er tastete mit der freien Hand an sein verletztes Bein. Es tat weh. Aber egal. Bald war es geschafft. »Es tut mir aufrichtig leid, dir das sagen zu müssen. Aber alles, was hier in dieser Nacht passiert, passiert mit dem ausdrücklichen Einverständnis deines Vaters.«

Wieder blitzte es. Eine heftige Böe wirbelte den Sand in der Senke auf, tanzte um das Bootswrack. Aber Sascha schien auf einmal zur Salzsäule erstarrt. »Sie lügen.«

»Glaub mir, ich wünschte, es wäre so. Aber nein … dein Verschwinden ist der Preis, den er zu zahlen bereit war, damit wieder Frieden zwischen den Familien herrscht. Auge um Auge. Sohn um Sohn.« Er grinste.

Plötzlich ging alles sehr schnell. Sascha warf ihm die Mütze ins Gesicht und sprang zur Seite hinter das Wrack, wollte in der Dunkelheit verschwinden.

Für den Bruchteil einer Sekunde war Pierre überrascht. Doch im nächsten Moment hob er seine Waffe und schoss Sascha von hinten in den Kopf. Nur ein leises Ploppen, das im Sturmwind kaum zu hören war. Sascha fiel vornüber und war sofort tot.

Was für ein armseliger Fluchtversuch, dachte Pierre und schüttelte den Kopf. Nach den Geschichten, die man sich über Sascha erzählte, hätte er mehr erwartet.

Aus dem Augenwinkel sah er, dass sich der Kleine auch aus dem Staub machen wollte. Mit zwei großen Schritten war Pierre bei ihm und packte ihn am Arm.

»Nicht so hastig, junger Mann!«

Der geschockte Junge sträubte sich kurz gegen den Griff, rührte sich dann aber nicht mehr.

»So ist es gut, mein Kleiner«, sagte Pierre. »Du heißt Tomme, oder?«

Keine Reaktion. Nur der ängstliche Blick aus großen Augen. Pierre seufzte. Was sollte er mit ihm anfangen?

Natürlich war es nur ein Kind. Aber ein Kind, das zu viel gesehen hatte. Damit blieb nur eine Möglichkeit …

Plötzlich spürte er einen stechenden Schmerz. Pierre stöhnte laut auf, sah auf einmal nur Sterne. Der Junge hatte ihn gegen das verwundete Bein getreten. Er fluchte! Aber als er sich umsah, war der Kleine bereits verschwunden.

»Du Ratte! Hiergeblieben!«

Pierre holte die Taschenlampe hervor, die er wohlweislich mitgenommen hatte, und nahm die Verfolgung auf. Mit der Pistole in der einen und der Lampe in der anderen Hand stapfte er auf den Dünenkamm. Schaute sich um, ließ den Lichtkegel schweifen.

»Tomme, mein Kleiner!«, rief er in den Sturm hinein. »Tut mir leid, dass ich so böse war. Aber ich tue dir nichts, ganz bestimmt nicht. Im Gegenteil, ich verspreche dir, ich bringe dich zurück zu deiner Mutter und …«

Ein Rascheln zu seiner Linken. Er drehte sich um. Und tatsächlich, hinter der nächsten Düne war kurz im Schein der Lampe der Kopf des Kleinen zu sehen.

»Hallo, mein Süßer, bleib ganz ruhig, ich bin gleich bei dir«, sagte er, und es klang, als würde er singen.

Wieder blitzte und donnerte es. Pierre blieb unwillkürlich stehen, schüttelte benommen den Kopf. Dieser Sturm machte ihn noch wahnsinnig. Zeit, die Sache zu beenden.

Er stapfte weiter, erklomm die nächste Düne. Und tatsächlich – da war der Junge. Zusammengekauert saß er in dem hohen Dünengras.

Pierre lächelte. »Tut mir leid, mein Kleiner«, sagte er, und das stimmte sogar. »Aber du hast gerade wirklich Pech.«

Damit legte er an, auf das Kind, das ihn auf einmal nicht nur ängstlich, sondern irgendwie erstaunt anstarrte.

Oder schaut er an ihm vorbei?

»*O que está a acontecer*?«, hörte Pierre plötzlich die tiefe Stimme eines Mannes hinter sich.

Er fuhr herum, erstarrte. Wie war das möglich?

Im Licht der Taschenlampe stand ein Mann, schwarzes, lockiges Haar, zerschlissene Kleider, Bart, ein blinkender Ring im Ohr – und sah ihn mit weit aufgerissenen Augen an! Er war verletzt, eine Schnittwunde an der Stirn, aus der Blut über sein Gesicht lief.

»*Longe do menino!*«, rief er und zeigte auf den am Boden liegenden Tomme. »*Agora mesmo*!« Dann ging er drohend auf Pierre zu.

Der schoss sofort.

Wieder flackerte ein Blitz. Und Pierre hörte, wie Tommes Schrei laut durch die Dunkelheit hallte.

51

Krumme blieb stehen, als er den Schrei hörte. Er schaute zu Pat, sah ihren besorgten Blick, wusste, dass sie das Gleiche dachte.

Tomme lebte, aber er war in Gefahr!

Sie hatten ihre Suche nach dem Jungen westlich von Norddorf begonnen, doch schon bald die Orientierung in der Weite der Dünenlandschaft verloren.

»Da lang!«, rief Krumme jetzt und zeigte mit seiner Taschenlampe in die Richtung, aus der der Schrei gekommen war.

Sie sprangen vom Holzsteg herunter, auf dem sie bisher gegangen waren, rannten durch den Sand, um eine breite Düne herum. Pat mit langen Schritten vorneweg, Krumme schnaufend hinterher.

Pat hatte ihre Pistole bereits in der Hand. Krumme versuchte, im Laufen nach seiner Waffe zu greifen, schaffte es aber nicht. Nachdem er über ein Bündel Schilfgras stolperte, entschied er, sich erst einmal darauf zu konzentrieren, an Pat dranzubleiben.

Nach wie vor war keine Menschenseele zu sehen. Nur das sanfte Auf und Ab der Dünen, dahinter die dunklen Schatten des Inselwaldes und am fernen Horizont wie ein einsamer Wächter der Amrumer Leuchtturm, der sein Licht in die tief hängenden Wolken warf.

Doch dann sahen sie es, in etwa fünfzig Metern Entfernung – einen Lichtschein wie von einer Taschenlampe.

Also weiter! Krumme stolperte um eine Düne herum, während Pat den direkten Weg über den Dünenkamm nahm und dann nicht mehr zu sehen war.

In diesem Moment zuckte ein Blitz am Himmel, gefolgt von einem heftigen Donner. Krumme blieb erschrocken stehen. Seltsam, dachte er, das Rauschen des Windes war deutlich zu hören. Doch auf einmal klang alles wie gedämpft und hohl.

Verwirrt stapfte er weiter, erreichte ächzend die andere Seite der Düne – und rannte fast in die Überreste einer kleinen Holzjolle, die hier halb im Sand vergraben lag. Tommes »Piratenschiff«, da war Krumme sicher.

Er sah zu Pat, die hinter dem Bootswrack stand und betroffen nach unten schaute – auf die Leiche eines jungen Mannes, dem fast der halbe Kopf weggeschossen worden war.

»Was zum Teufel …?«, keuchte Krumme, doch er kam nicht weiter. Denn in diesem Moment vernahmen sie die laute Stimme eines Mannes: »Du kleine Ratte! Hör auf dich zu verstecken. Ich find dich ja doch!«

Krumme zerrte seine Pistole aus dem Holster. Er sah zu Pat, die gerade eine SMS in ihr Handy tippte.

»Für Timmermann«, flüsterte sie.

Er nickte. Gemeinsam gingen sie langsam zur anderen Seite der Düne – als plötzlich die Wolkendecke aufbrach und ein greller Strahl der tief stehenden Abendsonne die Dünenlandschaft in ein irreales Licht tauchte.

Für einen Augenblick standen sie geblendet da. Dann rannte ein Kind auf sie zu – Tomme.

»Der böse Mann, er will mich töten«, rief er und gestikulierte wild mit den Armen.

Pat ging in die Knie, fing ihn auf, strich ihm sanft durch die verschwitzten Haare. »Tomme! Tomme! Beruhige dich! Wir sind's. Du bist in Sicherheit.«

In dem Moment lief Tommes Verfolger um die Düne. Pat schob sich sofort schützend vor den Jungen.

Krumme hielt seine Waffe mit beiden Armen im Anschlag. »Halt!«, rief er mit bebender Stimme »Polizei! Waffe runter, sofort!«

Mit der Sonne im Rücken stand der Unbekannte zehn Meter von ihnen entfernt, ebenfalls eine Waffe im Anschlag, mit der er abwechselnd auf Krumme und Pat zielte.

Krumme versuchte, den dicken Kloß herunterzuschlucken, der in seinem Hals steckte und ihm den Atem nahm. »Hören Sie, was auch immer Sie vorhaben, geben Sie's auf. Verstärkung ist auf dem Weg. Sie haben keine Chance.«

»Ach ja? Das sehe ich aber anders, alter Mann.«

»Weg mit der Waffe! Die Kollegen sind unterwegs.«

»Ich sehe hier niemanden.«

»Legen Sie die Waffe runter, sofort …«

In diesem Moment schloss sich die Wolkendecke erneut. Als hätte jemand das Licht ausgeschaltet.

Bevor sich ihre Augen an die Lichtverhältnisse gewöhnt hatten, war der Mann verschwunden.

Krumme fluchte.

»Er ist in die Dünen gelaufen, da lang«, rief Pat, die neben dem verschreckten Tomme im Sand kniete.

Keine Zeit, lange zu überlegen. »Bleib bei dem Kleinen«, forderte er Pat auf.

»Und du?«

»Wir dürfen ihn nicht entkommen lassen!«, rief er und lief mit der Waffe im Anschlag in die Richtung, die Pat ihm gezeigt hatte.

»Theo, nein!«, hörte er Pat rufen, doch er drehte sich nicht mehr nach ihr um.

Schon nach kurzer Zeit schien es, als wäre er das einzige Lebewesen weit und breit. Um ihn herum nur Dünen. Manche mehrere Meter hoch, andere nur flach und bewachsen mit Dünengras. In der Ferne das Meer als schwarze Linie am Horizont.

Plötzlich ließ ihn ein Rascheln zusammenzucken. Mit der Waffe im Anschlag fuhr er herum – und sah nur einen kleinen Vogel, der mit langen Beinen durch das spitze Schilfgras stakste.

Krumme atmete erleichtert aus. Pat hatte recht, es war total verrückt. Wie sollte er allein, mitten in diesem seltsamen Sturm, einen Killer stellen? Vielleicht hatte der Kerl ihn bereits im Visier? Er dachte an den Toten mit dem Loch im Kopf. So könnte er im nächsten Moment auch aussehen.

Als erneut ein Blitz den Himmel erhellte, sah er die Fußspuren, die in einer geschwungenen Linie zum nächsten Dünenkamm führten. Der Kerl musste hier irgendwo sein. Und er konnte sich nicht bewegen, ohne dass er es mitbekam.

Krumme nahm all seinen Mut zusammen. »Kommen Sie raus!«, rief er. »Sie haben keine Chance!«

»Falsch, alter Mann, *Sie* haben keine Chance«, hörte er auf einmal die Stimme seines unsichtbaren Gegners. »Gehen Sie nach Hause und leben Sie Ihr kleines Leben. Ich verspreche, ich werde Sie nicht umbringen.«

Krumme richtete die Pistole in alle Richtungen. Sein Atem ging schwer, er war schweißgebadet. Wo steckte der verdammte Kerl?

»Gleich wird es hier von Beamten wimmeln. Geben Sie auf!«, rief er gegen den Sturmwind an. »Ich komme jetzt näher. Heben Sie die Hände so, dass ich sie sehen kann.«

»Nur damit Sie's wissen. Ich habe den Kerl erledigt, der Ihnen hier auf der kleinen Insel seit Tagen das Leben so schwer macht.«

Krumme blinzelte, als brennender Schweiß ihm ins Auge lief. Auch seine Knie taten ihm von der langen Hocke weh.

»Und diesen schmutzigen Penner, der sich hier herumgetrieben hat«, ergänzte der Mann, »den habe ich auch beseitigt. Zeit für ein Dankeschön. Also, hauen Sie ab und Sie sehen mich nie wieder, versprochen.«

Was für ein Penner? Krumme hatte keinen Schimmer, von wem der Kerl sprach.

»Oder sind Sie ein braver deutscher Schutzmann, der bereit ist, sein Leben zu opfern, nur weil seine Vorgesetzten ihm das befehlen?«

»Schluss mit der Quatscherei! Kommen Sie endlich raus!«

Er hörte ein spöttisches Lachen, hatte den Eindruck, als würde es aus mehreren Richtungen gleichzeitig kommen.

Langsam erklomm er den Dünenkamm – als unter ihm, in ungefähr zwanzig Metern Entfernung, eine metallische Reflexion im Zwielicht aufblinkte.

Instinktiv beugte Krumme sich zur Seite.

Fast zu spät. Im nächsten Moment wurde er nach hinten gerissen, taumelte und stürzte in die Mulde. Ächzend blieb er liegen, spürte einen heftigen Schmerz in seinem linken Arm.

Er presste die Hand auf die Wunde, stöhnte. Vermutlich nur ein Streifschuss, aber es tat höllisch weh. Warum hatte er nicht auf Pat gehört und auf Timmermann gewartet?

Er hielt die Luft an und lauschte angestrengt.

Schnell, er musste überlegen. Der Kerl würde jeden Moment auftauchen, um zu überprüfen, ob er erledigt war. Und wenn er sah, dass er nur angeschossen war, würde er kurzen Prozess machen und ihm den Gnadenschuss geben.

Immer noch im Sand liegend, schaltete Krumme seine Taschenlampe an und warf sie ein Stück weit weg an den Fuß der nächsten Düne, hinter einen hohen Busch Dünengras.

Ob seine List funktionieren würde?

In diesem Moment tauchte der Schatten des Killers auf, die gezogene Pistole mit dem Schalldämpfer auf den Lichtschein hinter dem Dünengras gerichtet.

»Alles in Ordnung bei Ihnen?«, sagte der Mann mit gespielter Sorge und trat noch ein Stück näher an den Busch heran.

Krumme biss die Zähne zusammen, versuchte, den pochenden Schmerz in seinem Arm zu ignorieren. Er ächzte leise, als er mit zitternden Händen seine Pistole hob und zielte.

Aber er war zu laut.

Der Mann hörte sein Ächzen, drehte sich um.

Im selben Augenblick zerschnitt wieder ein Blitz zischend den Himmel über der Insel. Krumme sah, wie der Unbekannte ihn suchte und fand. Und dann grinsend seine Waffe auf ihn richtete.

Wieder gab es keinen Gewitterdonner, dafür knallte ein Schuss durch den Sturm über Amrum.

52

Petra Mannsen feierte ihren Geburtstag im Sommer immer mit einer kleinen Grillparty in ihrem Garten in Kleebüll, einem verträumten Dörfchen nördlich von Husum, mitten in der nordfriesischen Marsch. Doch angesichts der dramatischen Ereignisse hatte sie sich zusammen mit ihrer besten Freundin Marianne überlegt, die Gästeliste um ein paar Personen zu erweitern.

So waren an diesem sonnigen Samstagnachmittag nicht nur Pat und ihr Freund Mike aus Husum nach Kleebüll gekommen, sondern auch Besuch aus Amrum: Hannes und Andrea hatten zusammen mit Tomme und seinen Schwestern die Mittagsfähre nach Dagebüll genommen. Neben einigen Nachbarn mit ihren Kindern war auch Harke wie immer mit dabei und hatte, assistiert von Mike, den Platz am Grill übernommen.

Besondere Ehrengäste waren Sonny und sein Hundevater Watson, den Marianne ebenfalls aus Husum mitgebracht hatte. Der kleine Tomme konnte sein Glück kaum fassen. Es war Liebe auf den ersten Blick, vor allem mit Sonny, den Tomme immer wieder umarmen wollte – und trotz anfänglicher nervöser Bedenken seiner Mutter auch durfte. Zusammen mit seinen Schwestern und den Kindern aus Kleebüll jagte Tomme mit den beiden Hunden kreuz und quer durch den Garten der Mannsens. Die Erwachsenen saßen derweil zunächst bei Kaffee und Kuchen, später bei Bierchen, Koteletts und Würstchen zusammen und staunten, was für ein geschickter Grillmeister Harke war. Auch der hatte seinen Hund Reiko dabei. Aber im Gegensatz zu den herumspringenden Sonny und Watson lag der Dobermann die meiste Zeit schlafend neben dem Grill.

Als weiterer Ehrengast saß Krumme am Tisch. Sonst war er fast jede Woche mindestens einmal bei den Mannsens. Einen Grund zum Feiern und gemeinsam zu essen gab es schließlich immer. Doch dieses Mal war ihm nicht so recht nach einer Sommerparty zumute.

Aber Marianne hatte darauf bestanden, dass er nicht kniff. »Wo kannst du besser über diese schreckliche Geschichte hinwegkommen als im Kreis deiner Freunde und der Menschen, die dich lieben? Und wann hast du das letzte Mal einen Nachmittag zusammen mit Sonny *und* Watson verbracht?«

Während des Essens waren die Ereignisse auf Amrum noch kein Thema gewesen. Krumme hatte sich über die Anwesenheit seiner besten Freunde gefreut, die meiste Zeit aber geschwiegen.

Schließlich wurde die lange Tafel abgeräumt, und die Gesellschaft teilte sich in kleinere Runden auf. Krumme blieb mit Marianne am Tisch sitzen. Lächelnd beobachteten sie, wie Andrea mit Tomme und den anderen Kindern auf der Wiese saß und ihnen aus einem Buch vorlas, das Tomme mitgebracht hatte. Ein Buch über Piraten natürlich. Auch die beiden Hunde hatten sich dazugelegt – und dienten den Kindern mit ihren großen Körpern als Sofaersatz.

Ein friedliches Bild. Krumme griff nach Mariannes Hand, drückte sie liebevoll. »War eine gute Idee, alle hierherzuholen. Du bist die Beste.«

Petra und Holger Mannsen gesellten sich mit Hannes und einer Flasche Haselnussschnaps zu den beiden.

»Tomme scheint diese schlimmen Tage ja gut verarbeitet zu haben«, sagte Krumme, nachdem sie gemeinsam auf Petras Geburtstag angestoßen hatten.

»Zuerst war er noch schrecklich verstört«, erzählte Hannes. »Er bekommt die Betreuung einer Kinderpsychologin. Aber immerhin, dieses Mal hat er sich nicht komplett in sich zurückgezogen, sondern hat auch mit uns über sein Erlebnis in den Dünen geredet. Und als er dann erfahren hat, dass er zu dieser Feier kommen und Ihren Hund kennenlernen darf, gab es sowieso nur ein Thema.«

»Scheint, als würden die beiden sich schon ewig kennen«, sagte Marianne mit Blick auf die Leserunde auf dem Rasen, wo sich Tomme gemütlich an seinen neuen Kumpel Sonny gekuschelt hatte.

Hannes sah voller Liebe zu seinem Sohn. »Ich habe vorhin mit Andrea gesprochen. Wir überlegen, uns auch einen Familienhund zuzulegen.«

»Ein Familienhund?«, erkundigte sich Marianne hoffnungsvoll.

Hannes schien zu ahnen, worauf sie anspielte, und schüttelte den Kopf. »Die Mädchen würden ihn lieben. Tomme sowieso. Und Melina und ich würden selbstverständlich auch auf ihn aufpassen, wenn Andrea mit den Kindern mal in den Urlaub fahren will. Oder eine Pause braucht.«

»Hat Tomme noch was über die Nacht in den Dünen erzählt?«, fragte Krumme.

»Nein«, sagte Hannes. »Es bleibt bei dem, was er uns und der Kinderpsychologin erzählt hat. Auch das mit dem Piraten.«

Petra horchte auf. »Piraten?«

Hannes nickte. »Tomme ist fest davon überzeugt, dass in der Nacht plötzlich ein Pirat aufgetaucht ist und ihm das Leben gerettet hat.«

»Ach ja?« Petra schaute überrascht zu Krumme.

Der schüttelte den Kopf. »Nein, er meint nicht mich.«

Petra verstand gar nichts.

Hannes versuchte zu erklären. »Den Pirat scheint Tomme sich nur eingebildet zu haben. Er liebt alles, was mit Piraten zu tun hat.«

»Sind alle Jungs auf Amrum so?«, fragte Petra.

»Keine Ahnung.« Hannes zuckte mit den Schultern. »Aber bei Tomme kommt es bestimmt von seinem Ururgroßvater. Ein Portugiese. Der ist vor zweihundert Jahren als Seemann über alle Meere gesegelt, bevor er sich auf Amrum zur Ruhe gesetzt hat.«

»Wie interessant«, warf Petra ein.

Krumme hatte kaum zugehört. »Noch mal zurück zu der Nacht. Tatsächlich hat auch der Auftragsmörder behauptet, er habe jemanden gesehen«, sagte Krumme. »Einen Obdachlosen. Er hat behauptet, ihn erschossen zu haben.«

»Wir haben niemanden gefunden«, erwiderte Hannes, während sich jetzt auch Pat zu ihnen setzte. »Und wir haben wirklich gründlich gesucht. Wir haben nicht nur in den Dünen, sondern auf der ganzen Insel geschaut. Keine Spur, nichts.«

»Was gibt es sonst noch Neues zu dem Fall?«, fragte Mannsen und goss eine neue Runde Schnaps ein.

»Die Untersuchungen laufen noch«, sagte Pat. »Offensichtlich geht es um einen Bandenkrieg in Hessen zwischen zwei verfeindeten Familien. Das LKA und das BKA haben die Ermittlungen übernommen, stehen aber noch ganz am Anfang. Vieles hängt von unserer einzigen Zeugin ab, dieser Camilla.«

»Die in der Nacht angeschossen wurde?«

Pat nickte. »Es ist ein Wunder, dass sie überlebt hat. Sie steht jetzt unter Polizeischutz und ist auch bereit zu reden, aber sie ist noch immer im Krankenhaus.«

»Und wer hat jetzt diesen Surfer auf der Toilette umgebracht?«, wollte Petra wissen.

»Der Tote in den Dünen. Der, der Tomme entführt hat. Ein Freund von dieser Camilla. Hat mit ihr und ihrem Bruder im selben Ferienhaus gewohnt. Er hatte die Tatwaffe, das Messer, noch immer in der Tasche.«

»Aber warum hat er das getan?«, fragte Marianne. »Das habe ich immer noch nicht begriffen.«

»Aus Eifersucht, wie es aussieht.«

»Hört sich alles ziemlich verworren an.« Petra erhob

sich. Sie wollte sich ein wenig um ihre Gäste aus der Nachbarschaft kümmern.

Mannsen begleitete sie, versprach Krumme aber, nachher noch einen mit ihm zu trinken. Auch Hannes stand auf, um Andrea bei den Kindern zu helfen.

Pat blieb bei Marianne und Krumme.

»Wie geht's dir, Theo?«, fragte sie.

»Gut. Sehr gut.«

»Wirklich?«

»Der Arm tut manchmal noch weh. Bin noch für eine Woche krankgeschrieben. Aber danach bin ich wieder einsatzbereit.«

Pat musterte ihn nachdenklich. »Ich kann immer noch nicht fassen, dass du diesen Killer mit einem Kopfschuss erledigt hast.«

Er zuckte mit den Schultern, wich ihrem forschenden Blick aber aus.

»Wie es aussieht, ist er noch für viele andere Morde verantwortlich«, sprach Pat weiter. »Nicht nur für die beiden auf Amrum, sondern auch für den Dreifachmord auf Norderney.«

Krumme nickte nur.

»Aber dass er ausgerechnet in dir seinen Meister gefunden hat … Ein Meisterschuss, unglaublich.«

»Jahrzehntelange Erfahrung auf den Straßen Berlins.«

»Sehr witzig.«

Krumme tat empört. »Nur weil ich nie eine Waffe benutze, heißt das ja nicht, dass ich nicht mit einer Pistole umgehen kann.«

Pat schüttelte den Kopf und stand auf. »Wir reden noch. Aber jetzt habe ich mir erst einmal einen Veggiespieß bei Harke bestellt. Mal schauen, ob er so etwas auch hinbekommt.« Damit ließ sie Krumme und Marianne allein.

Krumme machte Anstalten, ebenfalls aufzustehen. »Wollen wir uns auch noch was zu essen holen?«

Marianne musterte ihn mit vorwurfsvoller Miene. »Warum sagst du ihr nicht die Wahrheit?«

»Was denn?«

»Na, dass du gar nicht so cool bist? Dass du seit der Amrumsache jede Nacht stundenlang wach liegst. Und wenn du doch mal einnickst, im Schlaf stöhnst und Albträume hast.«

»Wehe, du sagst ihr was!«

»Was? Dass du mir verraten hast, dass du einfach nur draufgehalten hast? Zitternd vor Angst!«

»Das hätte ich dir nie erzählen dürfen.«

»Aber natürlich durftest du das. Genau wie du auch zu Pat ehrlich sein musst.«

»Ich bin ihr Partner. Was, wenn Pat erfährt, was ich für ein Waschlappen bin?«

Marianne betrachtete ihn mit einem mitleidigen Lächeln. Krumme mochte das nicht, zeigte es ihm doch, dass er sich gerade wieder wie ein kleines Kind benahm.

Nur dass ein Kind niemals einem anderen Menschen das Leben genommen hätte.

»Du bist kein Waschlappen, Theo. Vielleicht ein Idiot, aber kein Waschlappen.«

Er sah sie überrascht an.

»Du hast mitten in diesem verrückten Sturm in diesen unübersichtlichen Dünen ganz allein die Verfolgung eines sehr gefährlichen Mannes aufgenommen.«

»Ich konnte ihn nicht entkommen lassen. Nicht nach dem Blutbad im Ferienhaus, dem Mord an dem Jungen in den Dünen und nachdem er auch noch versucht hatte, den Kleinen zu erschießen.«

»Ich weiß, das war sehr mutig von dir.«

»Aber?«

»Aber du bist ein Idiot, wenn du nicht zugeben willst, dass du trotzdem Angst hattest. Zu Recht! Schließlich wusstest du nicht mal, wie man richtig schießt.«

»He, übertreib nicht. Als Polizist gehe ich regelmäßig zum Schießstand.«

»Du hast mir gesagt, du hast die Augen zugemacht, als du abgedrückt hast.«

Krumme betrachtete Marianne einen langen Moment und ließ sich dann auf seinem Stuhl zurücksinken.

»Du bist so eine tolle Frau«, sagte er. »Warum bist du überhaupt mit mir zusammen?«

»Weil du auch ein toller Mann bist. Mit all deinen Stärken und Schwächen.«

»Okay, über meine Schwächen haben wir genug gesprochen. Aber an welche Stärken dachtest du jetzt?«

»Lass mich überlegen.« Marianne fasste sich nachdenklich ans Kinn, schwieg.

»Nicht so viele auf einmal. Du musst dich schon entscheiden.«

»Deine Haare.«

»Meine Haare?«

Sie lächelte. »Die stehen immer so lustig ab. Finde ich süß.«

Krumme gab sich beleidigt, lächelte dann aber ebenfalls.

»Ich habe dich vermisst, Marianne, in diesem Chaos da, auf Amrum.«

»Von wegen. Du hast ständig mitten im Gespräch aufgelegt.«

»Nicht bei dir. Nur bei Klaus.«

»Hatte ich dir schon erzählt, dass er und Regina übermorgen für eine Woche zu Besuch kommen?«

»Wie bitte?«

»Sie wollen unbedingt deine Geschichte hören.«

»Eine ganze Woche?«

»Außerdem will Klaus mit dir einen Fotoausflug auf Hooge machen.«

Krumme sah sie entsetzt an. »Sag mir, dass du immer noch Spaß machst?«

Sie grinste und schüttelte den Kopf. »Ich habe ihm gesagt, das wäre dein Geschenk für ihn zur Silberhochzeit.«

53

1825, Amrum

Immer wieder diese Albträume, die immer gleichen schrecklichen, quälenden Bilder. Die Schmerzen, die ihn in den Wahnsinn trieben, in einen brutalen Strudel, der direkt in die Hölle zu führen schien.

Hohe Wellen, die donnernd über das Deck spülten. Der tosende Sturm, der aus dem Nichts aufgetaucht war. Wie eine wütende Bestie fiel der Orkan über die *Ariadna* her. Warf sie in seinem offenen Maul hin und her, riss die Segel von den Masten. Ein Seemann nach dem anderen verschwand schreiend in seinem tiefen Schlund.

Plötzlich Lichter am Horizont – ein Moment der Hoffnung! Land, da war rettendes Land!

Der heftige Stoß, als sie auf Grund liefen. Das laute Ächzen und Krachen, als das Schiff auseinanderbrach wie ein morscher Ast.

Die schwere Takelage, die auf ihn herabfiel, ihn mit einem harten Schlag am Kopf traf, unter sich begrub, hinabzog in eine gnädige Ohnmacht.

Später wachte er in der tosenden Brandung auf, an einem unbekannten Strand, immer noch in der Nacht.

Über ihm donnerte ein Gewitter aus lila leuchtenden Wolken. Sein Körper ein einziger Schmerz.

Gabriel versuchte, sich aufzurichten, aber seinen Beinen fehlte die Kraft. Im Licht der Blitze blickte er zurück zum Wrack der *Ariadna*, bemerkte erst jetzt die Kameraden, die mit zerschmetterten Gliedern stöhnend am Strand lagen.

Und er sah die fremden Schatten, die Dämonen gleich von einem Seemann zum nächsten liefen – und sie mit der Axt erschlugen oder mit Schwertern aufspießten.

Strandpiraten!

Weg hier, sofort!

Mit letzter Kraft raffte sich Gabriel in der schäumenden Gischt auf, kroch auf allen vieren, stolperte durch tiefen Sand hinein in ein endloses Meer aus Dünen. Weiter, immer weiter, während hinter ihm laute Schreie durch den tobenden Sturm gellten.

Sein Kopf dröhnte, als würde ein riesiger Hammer auf einen Amboss einschlagen. Dicke Regentropfen prasselten auf seine Haut, Blut floss über sein Gesicht, Salz brannte in seine Augen. Aber er musste weiter, von den Blitzen getrieben, immer weiter, weg vom Strand, weg vom sicheren Tod. Durfte nicht rasten.

Schließlich brach er zusammen, fiel in den vom Regen aufgeweichten Sand, spürte, wie das scharfe Dünengras seine Hände zerschnitt. Wieder zerriss ein Blitz den Himmel über ihm. Ächzend wälzte Gabriel sich am Boden, rang nach Luft …

… als er auf einmal einen unheimlichen Singsang in einer fremden Barbarensprache hörte, ganz in der Nähe, direkt von der anderen Seite der Düne, hinter der er Schutz gesucht hatte.

Die Strandpiraten!

Gabriel richtete sich stöhnend auf. Spürte, wie heiße, verzehrende Wut in ihm aufflammte.

Genug, Schluss damit, er wollte, konnte nicht mehr davonlaufen! Er würde die Sache jetzt zu Ende bringen, und wenn es seinen Tod bedeutete.

Mit wankenden Schritten erklomm er die Düne, ging hinein in das helle Licht eines weiteren Blitzes. Stand schließlich oben auf dem Dünenkamm – und wollte nicht glauben, was er im blassen Schimmern des Mondes sah:

Ein kleiner Junge, zusammengekauert in einer Kuhle, zu Tode erschrocken. Und vor ihm ein großer Mann, schwarz gekleidet wie ein wandelnder Teufel. In der Hand eine im Mondlicht glänzende Pistole, gerichtet auf den Kopf des Kleinen.

»Was ist hier los?«, rief er durch die Nacht.

Überrascht drehte der Unbekannte sich um. Auch der Junge starrte ihn verblüfft an.

»Weg da!«, forderte Gabriel den Mann auf. »Sofort!«

Doch der Mann hob die Waffe, drückte ab. Und Gabriel spürte, wie ihn ein grausamer Schlag in ein unergründliches Nichts stieß, in einen Strudel aus Dunkelheit und Leiden …

Mit einem lauten Stöhnen schreckte Gabriel auf. Sofort spürte er einen schrillen, alles überlagernden Schmerz, in seinem Kopf, in seiner Brust. Schreiend hielt er sich die Hände vors Gesicht, sank zurück aufs Kissen.

Was für ein Kissen?

Wo war er?

Was war mit ihm geschehen?

Er fühlte, wie der quälende Druck nachließ, je weniger er sich bewegte. Vorsichtig nahm er die Hände von den Augen, musste blinzeln, zu sehr blendete ihn das helle Tageslicht.

Langsam gewöhnte er sich an die Helligkeit. Verwirrt fragte er sich, was mit ihm geschehen war.

War er gestorben und im Himmel?

Er lag in einem weichen, frischbezogenen Bett, mit dem Kopf auf einem dicken Daunenkissen. Er befand sich in einer kleinen Holzkammer. Auf einer Anrichte sah er eine Schale mit Wasser und blutigem Verbandsmaterial. Breite Dielen, in der Ecke ein Keramikofen, an den Wänden blaue Fliesen. Das Fenster war weit geöffnet. Er spürte, wie angenehm warme Luft von einer leichten Brise getragen ins Haus strömte. Sah hohe Kiefern, roch den Geruch von Harz – und das Salz des nahen Meeres.

Vögel zwitscherten draußen in den Bäumen. Schwalben flogen am Fenster vorbei, wo im Licht des Sommertags alles flimmerte, als würde Goldstaub in der Luft schweben.

Schon verblassten die dunklen Erinnerungen an die Nacht wie Nebel im Tageslicht. Hatte er alles nur geträumt?

Wieder wollte er sich aufrichten, spürte aber sofort den pochenden Schmerz am Kopf, in der Brust, jetzt aber nicht mehr so heftig wie kurz zuvor. Verwirrt ertastete er einen Kopfverband. Auch sein Oberkörper war verbunden.

Auf einmal öffnete sich eine Tür, und eine junge Frau trat in den kleinen Raum. Gegen das helle Tageslicht konnte er zuerst nur ihre zarten Konturen erkennen, dann, als sie an sein Bett trat, sah er auch ihr Gesicht.

Sie hatte ein freundliches, sanftes Lächeln, strahlend blaue Augen und blonde, hochgesteckte Haare, die vor dem Sonnenlicht wie eine Krone leuchteten. Eine Königin, da war er sicher, obwohl sie nur ein einfaches Leinenkleid trug.

»Schhh«, machte sie, als er vor ihrer Hand zurückzuckte, die seinen Verband prüfen wollte.

Er spürte, wie ein wohliger Schauer seinen ganzen Körper erfasste, als er sich in ihren Augen verlor. Sie lächelte, strich ihm liebevoll durch die schwarzen Haare.

»Wees nich bang«, sagte sie in einer fremden Sprache, aber es klang, als würden Engel singen. »Hier büst du seker.«

Dank

… an alle, die mich bei der Arbeit an diesem Buch unterstützt haben. An Kerstin Schaub und das ganze Team des Goldmann Verlags, die meine Bücher schon seit so vielen Jahren begleiten. An Heiko Arntz, der als mein Lektor alles gibt, um mich zu einem besseren Autor zu machen. An Beate Kohmann vom Lektorat Wortgut für die liebevolle Organisation von Lesungen in ganz Deutschland. An meine Freunde bei der Polizei, die geduldig alle meine Fragen beantwortet haben. Wenn trotzdem etwas nicht stimmen sollte, liegt es nur daran, dass ich nicht richtig zugehört habe. Dank an all die Amrumer, die mir bei der Recherche geholfen haben. An Lukas, Inga und Frank, Melli und die Leseinsel Pellworm. An meine Schwester Mona. An meinen guten Freund und treuen Kollegen Janne Mommsen und die vielen Freunde und Büchermenschen, die im letzten Jahr mein Autorenleben bereichert haben. Dank natürlich auch an Nadja und Lars von der Literarischen Agentur Kossack, meine Agenten und besten Freunde im turbulenten Buchgeschäft. Und natürlich ein dicker Kuss für Anke, meine Frau, meine große Liebe und furchtlose Partnerin auf den vielen Reisen ins oft stürmische Nordfriesland.

Sturmnacht ist bereits der zehnte Fall von Krumme und Pat – ein Erfolg, der ohne die weltbesten Leserinnen und Leser nicht möglich gewesen wäre.

An alle, die dieses Buch gerade in den Händen halten: Krummes zehnter Fall ist für mich dieses Jahr nicht der einzige Grund zum Feiern. Das wunderbare Ohnsorg-Theater in Hamburg hat mein erstes Theaterstück *Landünner – Eine Nacht am Ende der Welt* ins Programm genommen (Premiere im April) – für mich die Erfüllung eines Traums. Ein Hallig-Krimi – es wird sehr lustig und turbulent, während auf der Nordsee ein Sturm tobt und der Klabautermann an die Tür klopft. Und zwei Figuren aus diesem Buch spielen auch mit …

Hendrik Berg, Frühjahr 2024

Autor

Hendrik Berg wurde 1964 in Hamburg geboren. Nach einem Studium der Geschichte in Hamburg und Madrid arbeitete er zunächst als Journalist und Werbetexter. Seit 1996 verdient er seinen Lebensunterhalt mit dem Schreiben von Drehbüchern. Er wohnt mit seiner Frau und seinen beiden Kindern in Köln.

Mehr unter: www.hendrik-berg.de/
www.facebook.com/AutorHendrikBerg
www.instagram.com/hendrikbergautor

Hendrik Berg im Goldmann Verlag:

Dunkle Fluten. Roman (nur als E-Book erhältlich)

Deichmörder. Ein Nordsee-Krimi.
Ein Fall für Theo Krumme 1 (auch als E-Book erhältlich)

Lügengrab. Ein Nordsee-Krimi.
Ein Fall für Theo Krumme 2 (auch als E-Book erhältlich)

Küstenfluch. Ein Nordsee-Krimi.
Ein Fall für Theo Krumme 3 (auch als E-Book erhältlich)

Schwarzes Watt. Ein Nordsee-Krimi.
Ein Fall für Theo Krumme 4 (auch als E-Book erhältlich)

Kalte See. Ein Nordsee-Krimi.
Ein Fall für Theo Krumme 5 (auch als E-Book erhältlich)

Eisiger Nebel. Ein Nordsee-Krimi.
Ein Fall für Theo Krumme 6 (auch als E-Book erhältlich)

Dunkler Grund. Ein Nordsee-Krimi.
Ein Fall für Theo Krumme 7 (auch als E-Book erhältlich)

Strandfeuer. Ein Nordsee-Krimi.
Ein Fall für Theo Krumme 8 (auch als E-Book erhältlich)

Dünenrache. Ein Nordsee-Krimi.
Ein Fall für Theo Krumme 9 (auch als E-Book erhältlich)

Sturmnacht. Ein Nordsee-Krimi.
Ein Fall für Theo Krumme 10 (auch als E-Book erhältlich)